この手はあなたに届かない

J・R・ウォード
琴葉かいら 訳

HIS COMFORT AND JOY
by J.R. Ward
Translation by Kaira Kotoha

mira

HIS COMFORT AND JOY

by J.R. Ward writing as Jessica Bird

Published by K.K. HarperCollins Japan, 2024

この手はあなたに届かない

おもな登場人物

ジョイ・ムーアハウス——家事手伝い
フランキー・ムーアハウス——ジョイの姉
ネイト・ウォーカー——フランキーの婚約者。シェフ
トム・レイノルズ——ネイトの補佐役
アレックス・ムーアハウス——ジョイの兄
グランド・エム——ジョイの祖母
グレイソン（グレイ）・ベネット——政治コンサルタント
ウォルター・ベネット——グレイの父親
ジョン・ベッキン——ウォルターの元部下
ベリンダ・ベネット——グレイの母親
カサンドラ——グレイの友人
リース——カサンドラの夫。故人
リビー——ベネット家の家政婦
アリソン・アダムズ——グレイの友人
ロジャー・アダムズ——アリソンの夫

1

グレイことグレイソン・ベネットは、エンジンを脈打たせるボートを低速に保ち、湖岸沿いを走らせていた。全長九メートルのこの年代物の船舶は、かの有名な小説『グレート・ギャッツビー』で繰り広げられた湖畔生活を思わせる、グレイの宝物だ。マホガニーで作られ、目を刺すほどぴかぴかに磨き上げられたベリタス号は、実に美しかった。しかも、恐ろしく速い。細長いデザインの船体に、座席エリアが三箇所ひっそりと設けられ、曲線を描く深緑色の革張りの長椅子が特徴的だ。水上で時速百キロ近く出せる巨大なエンジンが、ボート中央の二メートル近くの空間を占めている。

冬に備えてボートを収納してしまうと寂しくなるが、年に一度の冬眠時期は目の前に迫りつつある。そのことが空気からも感じられた。

真っ昼間だというのに、ニューヨーク州北部のアディロンダック山地の九月は涼しかった。体が冷えないよう、グレイはウィンドブレーカーをはおり、ただ一人の乗客はぶあついセーターを着ている。そのほかには大型のゴールデンレトリバーが一匹、実に満足げな様子で乗っていた。

当然、犬は寒さにはめっぽう強い。

向かいの席に目をやると、そこに座る女性は通り過ぎる崖を見つめていた。カサンドラ・カトラーの豊かな赤毛はうなじのところで結ばれ、緑の目はサングラスに覆われている。疲労によってできた目の下の隈《くま》も、サングラスのフレームに隠されていた。

景色はほとんど目に入っていないのだろう。つい一カ月半前に事故で伴侶を失った人間にとって、人生とは取るに足りないぼやけた光景にすぎないのだ。

「感想は？」グレイは古くからの大切な友人にたずねた。

カサンドラはかすかにほほえんだが、その張りつめた表情が苦労してひねり出したものであるのは確かだった。「あなたが街を離れるようしつこく言ってくれてよかった」

「そうか」

「でも、わたしと一緒にいても楽しくないと思うけど」

「ここでは頑張らなくていいんだよ」

沈黙を満たすように低くうなるエンジン音と、木製の船縁《ふなべり》に水が当たる音を聞きながら、グレイは目の前の湖を眺めた。日光はマホガニーに反射し、穏やかな波の頂を照らして、空の鮮やかな青と山々の濃い緑を際立たせている。空気は澄みきっていてさわやかで、深く吸いこむと、鼻の内側が心地よく震えた。

申し分のない秋晴れの日だ。それなのに、グレイはこの心地よい静寂の時間を台なしにしようとしていた。

私有地内のボートハウスを出たときは、どの方向にも向かうことができた。南を目指し、入り組んだ小島の周囲をうろついてもよかった。西に行って、いくつもの広大な地所を見物してもよかった。

けれど、グレイが選んだのは、旧ムーアハウス邸が見えてくる北の方角だった。

〈ホワイト・キャップス〉は白い大きなバースデーケーキを思わせる邸宅で、広さ一万平方メートル以上ある断崖の上に立っている。かつてムーアハウス家はベネット家と肩を並べる裕福な一族で、その邸宅も彼らの贅沢《ぜいたく》な私邸だった。だが一族の財産が尽きたときに、朝食つき低価格ホテル《B&B》に改装されたのだ。

とはいえ、グレイが見たかったのは、ムーアハウス家の地所ではなかった。

断崖が視界に入ると、グレイは目を細めた。なだらかに起伏した芝生は、〈ホワイト・キャップス〉のポーチから湖岸まで長く続き、まぶしいくらい青々としていた。オークと楓《かえで》の木々が屋敷を囲み、夜に降りる霜のせいですでに色づいている。

人の姿は見当たらず、グレイはいっそう目を凝らしたまま、ボートの向きを変え始めた。カサンドラをムーアハウス邸に近づかせる必要はない。あの屋敷では、長男でヨットレーサーのアレックス・ムーアハウスが事故から生還し、家族の看病を受けていた。そして、カサンドラの夫はアレックスのヨットレースのパートナーだった。同じ事故で、カサンドラは夫を亡くしたのだ。

カサンドラがアレックスの状況を知っているのかどうかも、アレックスに会いたいのかどうかもわからない。だが、新たなショックを与えるような危険は冒したくなかった。悪い意味での驚きには、最近いやというほど見舞われているのだから。

カサンドラの声が聞こえても、グレイの頭の中は屋敷のことでいっぱいだった。

「グレイ、夫はあなたのことが好きだったわ」

「ぼくもリースが好きだったよ」肩越しに振り返り、屋敷を探るように見ながら言う。

「でも、あなたのこと、危険な人だって言ってた」

「へえ?」

「あなたはワシントンDCのどこに死体が埋まっているのか、だいたい知っているんですってね。なぜなら、そのほとんどをあなたが土に埋めたから」

グレイは喉の奥で音をたて〈ホワイト・キャップス〉が小さくなっていく光景を見つめ続けた。

「その話はほかの人からも聞いたわ」

「なんと」

「大統領まであなたを警戒しているそうね」

グレイはもう一度、屋敷を振り返った。「くだらないおしゃべりだ。くだらない」

「そんな目つきであの屋敷を見ているんだから、怪しいものだわ」カサンドラは首を傾《かし》げ、好奇心のこもった目でグレイをじっと見つめた。「あそこに誰が住んでいるの？　もっとはっきり言うと、あの屋敷にいる人をどうしたいの？」

グレイが黙っていると、カサンドラの乾いた笑い声がそよ風に漂った。

「まあ、なんだか知らないけど、その気の毒な人に同情するわ。あなた、獲物を狙っているように見えるもの」

「じっとしてくれないと、刺すわよ」ジョイ・ムーアハウスは姉に言った。

「じっとしてるじゃない」

「じゃあ、どうしてここの縁が移動標的みたいに動いてるの？」ジョイはかかとに体重をかけて体を引き、自分の作品を見上げた。

ウエディングドレスの白いサテンは、姉のフランキーの肩から優雅に垂れている。デザインには神経を遣った。フリルが多すぎたり、布を使いすぎたりすると、姉の検閲を通らなくなる。髪をアップにしさえすれば、ブルージーンズでも正装になると考えているような人なのだ。

「他人のドレスを借りてきたように見えるでしょう？」フランキーがたずねた。

「ううん、きれいよ」

フランキーは屈託なく笑った。「それはわたしじゃなくて、あなたの担当分野よ。わたしは姉妹のうち、地味で現実的なほうだもの、忘れたの？」

「あら、でも結婚するのは姉さんのほうだわ」

「それって奇跡じゃない？」

ジョイはにっこりした。「すごくうれしい」

うれしいのは誰もが同じだった。ここサラナック・レイクの住民みんなが喜びに沸き、二カ月後に行われる披露宴には誰もが出席することになっている。

フランキーは傷つけることを恐れるように、慎重にスカート地を持ち上げた。「確かに着心地がいいわ」

「直しが終わったら、もっと体にぴったり合うわ。もう脱いでいいわよ」

「これで終わり？」

ジョイはうなずき、床から立ち上がった。「裾のしつけは全部終わったわ。今夜そこを縫うから、明日もう一度試着して」

「でも、今夜はあなたも手伝いに来てくれるはずでしょう。ミスター・ベネットの誕生日パーティの仕出しがあるのよ。忘れた？」

ジョイは思わず大笑いしそうになった。あと二時間後に自分がいるはずの場所と、そこで会うはずの人を忘れるくらいなら、自分の頭を見失ったほうがよっぽどいい。

「忘れたの？」姉はせっついた。「あなたも来てくれないと」

　ジョイはせかせかと裁縫キットを片づけた。興奮が顔に出ている気がして、それを姉に見られたくなかった。「わかってるわよ」

「パーティが終わったら遅くなるわ」

「それはいいの」どうせ家に帰ってからも眠れるわけではないのだから。

「あまりドレス作りを頑張りすぎないで」

「でも、姉さんは二カ月後には結婚するんだから、それまでには終わらせなきゃ。下着でバージンロードを歩きたいなら別だけど、ネイトはほかの人にその姿を見せたくないでしょうし。それに、知ってるでしょ、わたしはこの作業が好きだし、しかも姉さんのドレスなんだから」ジョイは振り向いた。姉はぼんやりとドレスをなでながら、窓の外を見つめていた。「姉さん？　どうかした？」

「昨夜《ゆうべ》、アレックスに祭壇まで一緒に歩いてほしいって頼んだの」

「返事は？」ジョイはささやくようにたずねたが、兄を結婚式に連れ出すだけでも難しいことはわかっていた。

「断られたわ。注目を浴びるのがいやなんだと思う」フランキーは頭を振った。「無理やり一緒に歩いてもらうことはできないわ。でも、本当なら……ああ、お父さんがいてくれたらよかったのに。お母さんも。二人ともまだ生きていてくれたらよかったのに」

ジョイは姉の手を取った。「わたしも同じ気持ちよ」

フランキーは自分の体を見下ろした。茶色い髪が前に落ちる。それから姉は短く、ぎこちない声で笑い、話題を変えるつもりでいるのがわかった。「信じられない」

「何が?」

「このドレスを脱ぎたくないわ。すごくすてきだもの」

ジョイは悲しげにほほえみ、自分はこのドレスを一針縫うごとに、姉が今までしてくれたすべてのことの埋め合わせをしているのだと思った。あまりに早く親の役を務めることになったせいで、フランキーが払ってきたすべての犠牲に。このドレス作りは、姉に対するささやかすぎるお返しのように思えた。

「さあ、背中のボタンを外しましょう」

フランキーが足元に丸く広がったサテンの外に出ると、ジョイは両腕でドレスをまとめて持ち、作業台に運んでいった。寝室は狭いため、ミシンとマネキンと壁に立てかけたロール状の生地の間のスペースは限られている。ツインベッドの片方しか置かれていないのは幸いだった。

長い間、ジョイは祖母のために、数えきれないほどの舞踏会用ドレスを急ごしらえの裁縫コーナーで直し、つぎを当ててきた。祖母のエマ——通称グランド・エムは認知症を患っているため、不条理な思い込みにとらわれることが多い。しかも、かつては育ちのよい名の知れた裕福な若いレディだったため、時間帯に関係なく〝今から始まる〟と言い張るパーティに備えて、最高のおめかしをしていないと気がすまないのだ。

ただ、実際にパーティは開かれない。何十年も開かれていなかった。

減る一方のムーアハウス家の財産では、祖母がかつて知っていた生活様式も贅沢も取り戻すことはできなかった。だが、ジョイが四十年、五十年前の舞踏会用ドレスを直すことで、黄金時代の幻想は維持されている。そのおかげで、グランド・エムもある程度の心の平穏を保つことができていた。

そして、ジョイ自身も衣服デザインに打ちこむようになった。

「今週末は三部屋に予約が入っているわ」フランキーはカーキのズボンをはきながら言った。「紅葉狩りのお客様は、ちょうどいいタイミングで来ることになるわね」

〈ホワイト・キャップス〉は十九世紀の初頭に先祖が建てた邸宅で、当時はムーアハウス家の数多くある不動産の一つにすぎなかった。今は、寝室が十あるこの屋敷だけが、かつては莫大《ばくだい》だった財産の中で唯一残っているものだ。

八〇年代、両親はこの屋敷をB&Bに改装した。十年前に二人が亡くなったあとは、フランキーが苦労してその経営を続けて、今はようやく窮地を脱したところだ。

B&Bの業績は上向きつつあったが、それはフランキーの婚約者ネイトの働きによるところが大きい。ネイトは一流のシェフで、そのフランス料理の腕前のおかげで〈ホワイト・キャップス〉は客に選ばれる宿となった。また、時機をとらえたネイトの事業投資によって、借金スパイラルから抜け出すことができたのだ。

「それで今夜のことだけど、スパイクがこっちの仕事に専念してくれるわ」フランキーは履き古したスニーカーに足を突っこみながら、ネイトのパートナーの名をあげた。「ネイトとトムとわたしは、あと一時間ほどでベネット家のキッチンに向かうつもり。あなたも五時くらいに行ける？」

「大丈夫よ」

「ありがたいことに、アレックスがグランド・エムを見てくれるって。注意点は伝えてる？」

ジョイはうなずいた。「兄さんならちゃんとやってくれるはずだし、もしグランド・エムがあんまり興奮するようなら、スパイクが来てくれるわ。幸い、ここのところ夜は前ほど騒がないし」

妄想にとらわれた祖母の世話は、普段はジョイの仕事だが、このパーティにはできるだけ多くの人手が必要だった。

「グレイがこんなチャンスをくれてすごくうれしいわ」グレイが父親の誕生日パーティを今年はこのB&Bに任せてくれると決めたことは、フランキーにとって大いなる喜びだった。姉は髪を後ろでまとめながら続けた。「いい人よね。政治家にしては」

政治家じゃないわ、とジョイは言いたかった。正確には、選挙を専門とする政治コンサルタントだ。

だが、そんな訂正をすれば姉の注意を引いてしまう。グレイに夢中な自分の気持ちは慎重に隠してきた。幻想を人に話すことは、そもそも幻想を抱くのと同じくらい無意味だ。

「ジョイ、ずいぶん口数が少ないのね。本当に今夜、大丈夫なの？」

「ちょっとぼうっとしていただけよ」グレイを三時間、いや、四時間も眺めることができるという事実に。もしかすると、話もできるかもしれないという事実に。

とはいえ、本人の前に出るのはあまりいいこととは思えなかった。ジョイは十代のころからグレイに焦がれてきたが、最近ではその報われない恋心は捨て去ろうとしている。何しろ、もうすぐ二十七歳だ。幻想の世界に生きる生活が長くなりすぎた。年も取りすぎた。

「ねえ、ジョイ、いやなら来なくてもいいのよ。ウエイトレスの手伝いなら、一人くらい調達できるから」

「いいえ、行きたいわ」ジョイはきっぱりと言った。

たぶん。

なぜなら、今夜の彼はとてもかっこいいに違いない。グレイソン・ベネットは、いつだってかっこいい。

人よ」

「あなた、頑張りすぎよ」

「姉さんもでしょう」

フランキーは頭を振り、部屋の向こうをじっと見つめた。「あのね」さりげない口調で言った。「昨日トムと話をしたの。あなたのことをいろいろきかれたわ。彼、本当にいい人よ」

トム・レイノルズは、ネイトとそのパートナーのスパイクの補佐として、新たに雇われた部門シェフだ。確かに、トムはいい人だ。いい人らしい、感じのいい笑顔。いい人らしい、優しい目。いい人らしい、ていねいな物腰。

ただ、ジョイが好きなのは、グレイが持っているものだった。権力、カリスマ性、息が止まるような熱いセックスの予感……。

そんなことを打ち明ければ、姉はショックを受けるだろう。

フランキーが姉妹の現実的なほうだというなら、ジョイは箱入りのお堅い末娘といったところだ。ただ、いい子でいることにはもううんざりで、グレイ・ベネットのことが頭に浮かぶときはなおさらだった。

そして、決意とは裏腹に、一階の大時計が鳴るのと同じくらいの頻度で、グレイのことが頭に浮かぶのだった。要するに、十五分に一度。

「いつかトムと出かけてみたらいいんじゃないかしら」姉が言った。

ジョイは肩をすくめた。「考えておくわ」

姉は部屋を出ていき、ジョイはベッドに座った。

グレイソン・ベネットへの執着が不健全であることはわかっていた。年に五、六回しか見かけない男性との妄想で頭をいっぱいにするなど、ばかげている。しかも、向こうにはまったくその気がないのだ。夏になると湖畔の邸宅にやってくるグレイは、ジョイと町で顔を合わせたとき、いつも親しげに接してくれる。名前も覚えてくれている。だが、それ以上のことは何もなかった。

もちろん、ジョイの夢の中では違う。夢の中では……ずっと先まで進んでいた。

そして現実では、ジョイが一方的に彼に惹《ひ》かれているだけだった。グレイが自分をどう見ているかはよくわかっていて、それは部門シェフのトムに対する自分の印象と同じだった。感じがよくて、若い、いい人。

特筆すべきことは何もない。

本当に悲惨なのは、ジョイはそのすべてに自覚があって、グレイソン・ベネットを忘れたいとさえ思っているのに、今夜彼に会うのが楽しみでたまらないことだった。

グレイは父親のネクタイをきっちりと結んでやった。結び方はウィンザーノット――パーティの主役にふさわしい。五カ月前に脳梗塞に見舞われて以来、父ウォルター・ベネットの左半身はうまく機能しなくなっていた。体のリハビリは効果が出ていたし、時間の経過とともに脳もある程度は回復したが、抜群だった運動神経は今も損なわれたままだ。

「父さん、今夜の準備はできた？」

「ああ、できた」言葉はゆっくりで、わずかに不明瞭だった。

「よし、最高にびしっとして見える」グレイは出来映えを吟味した。ネクタイを少し右に引っ張れば完成だ。

ウォルターは節くれ立った手で自分の胸をたたいた。その弾みで、鮮やかな赤色の絹が横にずれた。「うれしい。とても、うれしい」

「ぼくもだ」グレイはネクタイをもとの位置に戻した。

「本当、か？」

グレイはたんすに向かい、父の金色のカフスボタンを取り出した。手にずっしりと重いそのボタンには、ベネット家の紋章が刻まれている。グレイも同じようなものを、十八歳になってハーバード大学に進学した際にもらった。

父は誰かの注意を引きたいときの癖で、足を踏み鳴らした。「本当、か？」

「もちろん」

「嘘《うそ》を、つくな」一年のせいで背中が曲がり、若いころよりずいぶん背が低くなってはいるものの、父はそれでも大柄だ。一人息子とは違って、もともと血の気が多いほうではないが、本人がその気になればずけずけとものを言う。ワシントンDCで連邦裁判所の判事としてこれほど成功したのも、その性質があるからに違いなかった。

グレイは父親を安心させるようにほほえんだ。「ワシントンに戻るのが楽しみだよ」

二つ目の嘘だ。

父はぷりぷりしたままカフスボタンをはめられ、グレイは自分が父の頭の中で厳しく説教されている気がした。

「おまえはもっと、話を、しろ」

「何について?」

「自分の、ことだ」

「もっとましな話題がいくらでもあるよ。それに、心理カウンセリングは苦手なんだ」グレイは一歩下がった。「いいよ、父さん。準備完了だ。ぼくもシャワーを浴びて着替えてくる」

「着替える」ウォルターは言った。「変化は、いいことだ」

グレイはうなずいたが、会話を中断するために自分の部屋に向かった。しばらく廊下を歩き、カサンドラが使っている客室の前で足を止める。

変化は必ずしもいいことだとは限らない。

カサンドラの夫の死を知ったとき、グレイはなんとしてでもニューヨークに行って、彼女に直接会おうと思った。リースを失えば、カサンドラはめまぐるしいマンハッタンの社交界の真ん中で一人ぼっちになってしまうと思ったのだ。幸い、共通の友人であるアリソン・アダムズとその上院議員の夫ロジャーが、夫を亡くしたばかりのカサンドラを気にかけてくれた。優しき中年夫妻はカサンドラのよき支えになってくれたが、それでも彼女がつらい時期を過ごしたことに変わりはない。

もし、グレイとアリソンが強引に説き伏せなければ、カサンドラはこの週末の訪問には同意していなかっただろう。パーク・アベニューのあの広いペントハウスに一人きりで、悲嘆に暮れていたはずだ。

グレイは再び歩き出した。カサンドラとアリソンは二人とも、グレイが属する輪の中では珍しい女性だ。二人とも夫を愛し、夫に尽くしている。

だからこそ、リースが死ぬなんてあんまりだという気持ちになるのだ。

グレイが知るレディたち、といっても〝レディ〟という言葉は大ざっぱに使っているだけだが、彼女たちにとって、忠誠は服や靴のデザイナーに誓うものだ。どこかの間抜けに指にダイヤモンドをはめられ、そそくさと白いドレスを着たことは、彼女たちの性衝動の前では些細《ささい》な記憶にすぎない。

そこまで言うのは辛辣すぎるかもしれない。だが、当たらずとも遠からずだろう。

グレイは自分の部屋のドアを閉め、ポロシャツを脱いだ。長年の間に大勢の女性に言い寄られてきたが、その多くが既婚者だった。けれど、グレイが女性に不信感を抱いているのは、同世代の女性たちのせいばかりではない。

最初の教訓は、家庭で学んだ。

親愛なる母上から。

母ベリンダ・ベネットは裕福な名家の出身で、美しかった。メイフラワー号にまでさかのぼれるルーツと、貴族らしい骨格から、本物の上流階級の人間であることがわかる。だがあいにく、ベリンダは何よりもまず身持ちが悪かった。反抗的で行儀の悪い、甘やかされた娘で、悪名を立てようと心に決めているかのようだった。自分を少しも大事にしてくれない男にひどい目に遭わされることが、自立の証《あかし》とでも思っているかのようだった。

ああ、母が父にしてきた仕打ちときたら。母は父に屈辱を与え、父の体面を傷つけた。そのすべてが、母が父のクラブ仲間としでかしたことが原因だった。あるいは、父の税理士と。父のいとこと。庭師や、母のテニス講師、聖歌隊の指導者もいた。

恐ろしいことに、息子であるグレイのキャンプ指導員も、寄宿学校の英語教師も、例外ではなかった。その上、どういう手を使ったのか、グレイの大学の友人二人にも手を出した。いや、今では〝元友人〟だ。

グレイはシャワーをひねり、蹴るように下着を脱いで、降り注ぐ湯の下に足を踏み入れた。

父は善良な人間だ。愛には弱いが、善良だ。あいにく、その二つの性質が組み合わさったせいで、状況を把握していながら結婚生活を続けることになった。何度も何度も、心をぼろぼろにされても。

良識より自分の信条を重んじれば、そういうことになる。罰を受けるのだ。

そんな惨状を見てきたせいで、グレイはずっと昔に、胸の奥はもちろん、頭の片隅にも女性を入りこませないことを決意した。グレイを女嫌い呼ばわりする女性は多く、それは少しも誇れるようなことではなかったが、その非難を否定したことはない。

父親がやろうとして失敗したことを、試してみる気にはとてもなれなかった。心から信頼できる女性を見つけ、その人と結婚するなど、考えたためしもない。

なんということか。ただ、臆病なだけかもしれない。

グレイは鼻を鳴らし、シャワーから出てタオルで体を拭いた。

いや、もし自分に意気地がないなら、上下両院の議員の多くに、どうしてここまで恐れられる? 大統領も警戒まではしていないだろうが、どこにいても、誰といても、グレイの電話には出てくれる。

そう、グレイが一匹狼のような暮らしを送っているのは、臆病だからではない。遠くが見えすぎてしまうせいだ。ほかの人には見えない真実がはっきりと見える。自分を傷つける力を誰かに与えれば、相手はすぐにでもそれを使うのだ。

グレイはクローゼットに入り、紺色のスーツとボタンダウンシャツを取ってベッドに放った。ズボンをはいてファスナーを上げていると、外で何かがさっと動くのが目に入った。手を止め、窓のほうに身を乗り出す。

あのストロベリーブロンドの髪が、どこにいても目につくことはわかっていた。ジョイ・ムーアハウスは長い巻き毛をなびかせ、グレイの家の私道を自転車でこちらに向かっていた。家の脇で止まると、あたりを見回し、勝手口を通り過ぎたことに気づいたようだった。自転車を降りて家の裏手にまわり、グレイの視界から消えた。

グレイの体はいっきに過熱し、まるでジョイを追いかけようとしているかのように、血流が速まり、筋肉がひくついた。

グレイは悪態をつき、腰に両手を当てた。

こんなの嘘だ。こんな感覚は嘘だ。

そのとき、性衝動が手当たりしだいに銃撃を始めたかのように、ジョイがビキニだけでいるところを見た日のことが、走馬燈《そうまとう》のごとくよみがえってきた。あれは数週間も前のことだというのに、今朝起こったことのようにはっきりと思い出せる。

かつては記憶力のよさを、天賦の才能だと思っていたなんて。

これまでも夏の間にジョイを町で見かけることは幾度もあった。かわいいとは思ってもそれ以上の感情は抱かなかったが、今年の夏は何かが違った。パーティの件で〈ホワイト・キャップス〉をたずね、ジョイにばったり会ったのだ。ジョイは小さなビキニに身を包み、ちょうど泳ぎに行こうとしているところだった。

以前はかわいらしいだけだったジョイは、いつの間にか途方もない存在になっていた。繊細な曲線、すべすべした肌、グレイをとらえるとひどく驚き、大きく見開かれた目……。

正直に言って、グレイはそんな自分に愕然《がくぜん》としていた。ジョイはとても若い。いや、そこまで若くはないのかもしれないが、どこかとても純粋に見えた。とてもあどけない。とても無邪気だ。ジョイの清純さには、触れる前に手を洗わなければならない気にさせるものがあった。

あの純粋さのせいで、ジョイを見ていると、自分が汚く、年をとった気分になるのだ。汚いと感じるのは、これまでしてきたことのせいだ。年をとったと感じるのは、皮肉と強固な野心以外に、人に差し出せるものがないからだ。

グレイは再び悪態をつき、シャツを引っ張った。指の下でボタンは行儀よくふるまうことを拒み、全部を留めるにはいつもの二倍の時間がかかった。カフスボタンにいたっては、話にならなかった。片方は床に落としてしまった。

シャツの裾をズボンのウエストに押しこみながらも、自分が突然着替えを急ぎ、早く一階に下りようとしているという事実は頭から消えなかった。

そのせいで、気分はますます落ちこんだ。

2

ジョイはグレイの屋敷に自転車を立てかけ、あたりを見回した。ジョイも大きな家で育ったが、グレイの邸宅は巨大だった。三階建ての建物は大学の寮ほどの大きさがあり、外観は城のようだ。状態も申し分なく、夕日に照らされた広い石壁は白っぽく清潔で、窓の縁は真っ白に塗られ、鎧戸《よろいど》は黒光りしている。

「ジョイ、来たわね！」姉の声が、開いたスクリーンドアの中から聞こえてきた。「シュークリームを作るのを手伝ってくれない？」

ジョイは髪を上げてバレッタで留めながら、業務用クラスのキッチンに入っていった。

「なんでもやるわ。やり方を教えて――」

何かがぶつかってきて、ジョイは壁のほうによろけ、今にも転びそうになった。濡《ぬ》れたものがべちゃりと当たる感触があったあと、鍋が床に落ちて騒々しい音をたてた。とたんにキッチンは静まり返った。

トム・レイノルズの顔がオートミールのように白くなっていた。もとは真っ黒に日焼けしているとは思えないほどに。

「ああ、どうしよう。大丈夫？」トムは手を差し出した。「来てるのが見えなくて。本当にごめん。本当に、本当に……」

ジョイは自分の体を見下ろした。白いシャツと黒いズボンが、丸っこいパスタとペストソースにまみれている。ナイフで刺され、鮮やかな緑色の血を流しているかのようだ。B級映画から抜け出してきたみたい、と思うと、顔がほころんだ。

「大丈夫よ」心配なのはトムのほうだった。ひどく取り乱しているように見える。「本当に、たいしたことじゃないから」

かわいそうなトムはまた一から謝ろうとしたが、フランキーの婚約者に首根っこをつかまれた。

「おい、何をしている。落ち着けって言っただろう？」ネイトは大柄でハンサムな男性で、ジーンズと黒いTシャツに身を包んでいた。シェフというよりは典型的なハーレー乗りといった風貌だが、最高の走りはこんろの前でも披露してくれる。「大丈夫かい、エンジェル？」

ジョイはもうすぐ義兄になる男性に笑いかけた。「絶好調よ。吸血鬼はわたしに近づかないほうがいいわね。にんにくをつなげた輪といい勝負をするわ」

フランキーが頭を振りながらやってきた。「その服は着替えてもらわないと。奥の部屋にウエイトレスの制服があったと思うわ。ちょっと探してくるわね」

ネイトは四つん這《ば》いになり、こぼれたものを片づけ始めた。「ここは創造性を発揮しないと。この料理を作り直す時間はないから、手早く作れる別のものを用意しよう」

トムは床に座りこみ、しばらく膝の間に頭を入れていた。細胞までも混乱しているのか、金髪がくしゃくしゃに乱れている。

「この仕事を失うわけにはいかないんだ」弱々しい声でうめく。

ネイトはぴたりと動きを止めた。「誰が首にするなんて言った？　おいおい、ぼくがこれまで落としてきたものの半分でも教えてやったほうがよさそうだな」

ジョイはトムの肩に手を置いた。「ただの事故よ。わたしも前をちゃんと見ていなかったから」

トムは顔を赤くし、トルテッリーニを両手ですくい始めた。「ジョイ、優しい言葉をありがとう」

まもなく、フランキーが黒と白の制服を腕に抱え、お茶目な雰囲気の六十歳くらいの女性を隣に従えて戻ってきた。

「まあ、かわいそうに」女性は言い、清潔な布巾をつかんだ。「さあ、いらっしゃい、シャワールームに案内しますよ」

ジョイは温かな手にしっかりと手を握られ、引っ張って連れていかれた。

「お父様のほうのミスター・ベネットの家政婦で、リビーと申します」二人は裏階段をのぼった。「旦那様がいらっしゃったときは、執事と秘書も務めている気がしますけど。アーネストという息子もいるんです」

「アーネスト？」

「あの子、料理中はキッチンに入れてもらえないんです。でも、あのパスタの掃除なら手伝わせてもよさそうね」

階段をのぼりきると、右に曲がって廊下を進んだ。壁には床から天井まで、スポーツの催しを撮った白黒写真がかけられている。ジョイは歩調をゆるめた。かしこまった雰囲気の一九二〇年代の写真には、クリケット用の正装をした男性たちや、髪をボブにし、古風なアイススケートでくるくるまわっている女性が写っている。四〇年代のフットボールチームの写真では、選手全員が革のヘルメットをかぶり、胸に大きな〝H〟の文字をつけていた。七〇年代の陸上競技の写真もあり、初期のナイキのウェアを着た男性が、ポールの上を跳んでいる。水泳大会で撮られた写真では、若い女性が勢いよく水に飛びこんでいた。

「ああ、これは代々のベネット家の皆さんよ」リビーは愛《いと》おしそうに言った。「アスリート一家でしょう？　写真はわたしが飾ったんです。そのへんに放り出されて、箱の中で埃《ほこり》をかぶっていくのが我慢できなかったから。そうしたら、案の定！　お坊っちゃまもお父様も、初めてのお客様は必ずここに連れてきて、栄光の歴史を自慢するようになったんです」

ジョイは歩き出したが、再び止まることになった。簡素な黒のフレームの中で、四人の男性がクルーボートの前に立ち、腕を組んでいる写真があったのだ。端にグレイがいて、にっこりほほえんでいる。

「その写真もいいでしょう」リビーが言った。「お坊っちゃまがとても幸せそうで」

リビーは廊下を進み、一つのドアを開けた。ゴールデンレトリバーが飛び出してきて、白っぽい毛皮に包まれた三十五キロはありそうな体で盛大に跳ねた。リビーの両手をさっとなめたあと、まっすぐジョイのほうに向かってくる。

リビーは犬の愛情表現を抑えようと奮闘したが、ジョイは気にしなかった。体にのぼってこられるのも大歓迎だ。

「アーネストはあなたを気に入ったのね」首輪をつかもうとしながら、リビーは言った。

リビーの息子アーネストは、宙に突進するように跳び上がり、前足をジョイの肩ほどの高さまで上げた。ジョイは笑い、脇腹をしっかりさすってやった。

「わたし個人の手柄かどうかはわかりません」ジョイは言った。「イタリア料理の匂いがするんだから、なつかずにはいられないでしょう?」

シャツのしわについていたトルテッリーニをアーネストに発見されたあと、ジョイはその部屋に入った。花柄の壁紙とたっぷりのカーテンで美しく装飾された部屋だ。大部分を占めているのは四柱式のベッドで、足元に手作りのキルトが折り返されている。残りの空間には、アンティークの家具が並んでいた。

「すてきな部屋」ジョイは言い、〈ホワイト・キャップス〉の使用人の居住スペースを思い浮かべた。ここに比べたら、刑務所の独房のようだ。

「ベネット家にはとてもよくしていただいているんです。アーネストにも。お坊っちゃまは、あの子を息子同然にかわいがってくださって」

「グレイは犬好きなんですか？」

どうしよう。もしグレイ・ベネットが犬好きなら、彼が理想の男性であることが決定的になってしまう。

「犬全般についてはわからないけど、アーネストのことは大好きですよ。一緒に散歩に行って、ボートに乗って……」リビーは頭を振った。「おしゃべりがすぎましたね。シャワーはそっちですよ。ラックに新しいタオル、洗面台の下にドライヤーがあります。ほかの部屋のほうがよかったんでしょうけど、使用人スペースは冬に備えて閉めきってしまったし、客室は全部ふさがっていて。アーネストがいてもかまわないかしら？」

ジョイが目をやると、アーネストは問いかけるように見つめ返してきた。

「もちろん」ジョイはにっこりし、柔らかな犬の耳をさすった。

飼い主がいなくなると、アーネストは床に座りこみ、ジョイの脚に身をあずけてきた。

「つまり、あなたはグレイと友達なのね」ドアが閉まると、ジョイはアーネストに言った。

「ねえ、何かわたしに打ち明けたい秘密はない？」


　グレイは執事用のドアを開け、キッチンに入った。

「やあ、グレイ」ネイトがカウンターから声をかけた。「今夜は決まってるな」

　二人はがっちり握手した。〈ホワイト・キャップス〉の新しいシェフは、実はグレイがよく知る人物だった。大学で一緒だったが、その後音信不通になっていたのだ。ムーアハウス家のキッチンを天国に変えた人物の正体を知ったときは、いい意味でひどく驚いた。

　だが、人生とはそういうものなのだ。左か右に六人知り合いをたどれば、過去に見知った顔にでくわすことになる。

「そこらじゅうがいい匂いだ」グレイはキッチンを見回した。フランキーが丸めたパン生地を何十個もステンレスのトレーに並べているのが目に入り、手を振る。もう一人、こんろの上に身を乗り出している男性がいたが、その顔に見覚えはなかった。

　ジョイはどこだ？　それとも、いよいよ頭が変になって、ジョイを屋敷の芝生で見たという妄想に取りつかれたのか？

「何か必要なものは？」グレイは時間稼ぎのために言った。

「いや、大丈夫」ネイトは恐ろしく切れ味のよさそうなナイフで、パセリをみじん切りする作業に戻った。「すべて順調だよ」

沈黙が流れ、グレイは自分以外の誰もが手を動かしていることに気づいた。まずい。壁の花のようにここに立っているわけにはいかない。

そのとき、執事用ドアが背後で勢いよく開いた。

「ここにいたのね」カサンドラが言った。「あなたに電話よ。リビーが家の中を走りまわって、そこらじゅうを捜しているわ」

キッチンじゅうの顔がいっせいに向けられたので、カサンドラはにっこりした。

「じゃまをしてごめんなさい」

グレイはカサンドラがフランキーを見る表情を探った。相手が誰だかわかったようには見えない。フランキーのほうも同じだ。つまり、この女性二人はお互いを知らないのだ。

グレイは咳払《せきばら》いをした。「カサンドラ、こちらはフランキー・ムーアハウス。アレックスの妹さんだよ。フランキー、こちらはカサンドラ・カトラー。リースの……奥さんだ」

カサンドラは青ざめ、喉元に手をやった。フランキーの反応も似たようなもので、驚いたようにゆっくりと背筋を伸ばした。

くそっ、あらかじめ言っておくべきだった。グレイは自分の愚かさを責めた。アレックスとリースはヨットレースのパートナーだったから、女性二人も当然互いを知っているとばかり思っていた。

フランキーは手についた小麦粉を手拭きで拭きながら、前に進み出た。「リースのこと、お気の毒でした」

カサンドラは手を伸ばした。「お兄さんも。お加減はどうですか？　沿岸警備隊に発見されたとき、けがをしていたと聞いたのだけど」

フランキーはうなずいた。「今、治療をしています。でも、長くかかりそうで」

カサンドラの声はひび割れた。「アレックスの気持ちは、想像することしかできなくて。アレックスとリースは、単なるヨットのパートナー以上の関係だったわ。兄弟のようでした。今、どちらに？」

「ここです。自宅にいます」

「ぜひお会いしたいわ」

フランキーは深く息を吸った。「大歓迎だけど、覚悟はなさってください。アレックスは、その、あまり話をしたがらないの。でも、あなたになら話す気になるかもしれない。わたしたちでは、今のところ無理だから」

グレイはカサンドラの体が震えているのに気づき、ウエストに腕をまわした。カサンドラはグレイに寄りかかった。

「やってみるわ」カサンドラは言った。「あのヨットで何が起きたのか知りたいの」

ジョイはリビーの部屋を出ながら、脚でアーネストを押し戻し、なんとか部屋の中に閉じこめた。せがむような目にほだされずにいるのは難しく、看守にでもなった気分だった。ジョイを見上げるアーネストは、温情を求めるあまり、今にもしゃべり出しそうだった。とはいえ、お決まりの〝天よ、お助けください、この無力なわたくしめを〟の演技に取り合っていてはきりがない。それに、この夕方はすでに一つ災難に見舞われているのだから、レトリバーをトム・レイノルズとともにキッチンに解き放つ危険は冒したくなかった。アーネストとトムが一緒になれば、屋敷全体が倒れてしまうかもしれない。

階段を下りながら、いつグレイと顔を合わせることになるだろうと考えた。きっとパーティが始まってからだろうから、あと四十五分は心の準備をする時間がある。

角を曲がってキッチンに入ると、制服を直した。少なくとも体には合っている。スカートが短すぎるが、それ以外はまともに見えるはず……。

そこでジョイの足はつんのめりながら止まった。

グレイ・ベネットが、どんな男性にも許されていないほどの見目麗しさで、こんろ台のそばに立っていた。黒っぽい髪は、高慢な顔から後ろになでつけられている。広い肩に、美しく仕立てられた紺色のジャケットが張りついていた。淡いピンク色のボタンダウンシャツが、日焼けした肌と薄いブルーの目を際立たせている。

ただ一つ、その光景をぶち壊しにしているのは、彼が女性に腕をまわしているという事実だった。しかも、その女性の顔を、深く思いを寄せているような表情で見下ろしている。

ジョイの胃はずっしりと重たくなった。

ああ、なんなの、これ。

引き返して階段を駆けのぼろうかと思ったが、無理やりその場に留《とど》まった。そもそも、こんな反応自体がばかげているのだ。グレイのような男性が、禁欲的な生活を送っているはずがない。それに、彼がワシントンＤＣでどんな女性とつき合っているのかは、新聞でいくつも記事を読んで知っている。だから、グレイが女性を連れているのは、驚くことでもなんでもないのだ。

それでも、驚いた。グレイがここサラナック・レイクに来るときは、いつも一人だったからだ。誰かと一緒にいるところを直接見たことはなかった。

当然ながら、その女性は美人だった。豊かな赤毛、透きとおるような色白の肌、なぜか取り乱したように見える緑色の目。しかも、そのクリーム色のドレスときたら……。どこまでもシンプルなデザインと、きわめて上質な生地、体にぴったり合っているところを見ると、オートクチュールであるのは間違いない。二人はお似合いのカップルだった。

ジョイはグレイに視線を戻し、仰天した。彼は目を細めてほほえみ、その目はジョイに向けられていた。それだけなら困ることは何もないが、その目が不満そうだったのだ。顔に見え隠れする険悪な表情に、ジョイはうろたえた。これまでは、いつも親しみをこめて接してくれた。どうして突然、この家にいてほしくないような目で見るの？

「トム、ヒレ肉を切るのを手伝いましょうか？」ジョイはたずね、牛肉を切っているトムのもとに急いだ。

「助かるよ」トムは言い、作業を始めると、手が震えたが、カウンター前にジョイの場所を空けた。「この包丁で」

グレイの姿を見るのはつらかった。はたからは見えないようにした。あれほどすてきなグレイの姿を見るのはつらかった。どこかの赤毛美人の腰に手を置いていることに気づくのは、もっとつらかった。だが、彼の視線に負けて目をそらすのは、もはや耐えられないくらいだった。

しばらくして肩越しに振り返ると、グレイは問題の女性とともに姿を消していた。

しかし、本当に心を揺さぶったのは、そのとき目にした光景だった。

ネイトがフランキーの後ろに立ち、彼女の背中を自分の体に引き寄せていた。シュークリームの上に身を乗り出すフランキーの耳元で、何かささやいている。その顔は欲望に張りつめ、フランキーは耳に入る言葉に気分をよくしているのか、うっすらとほほえんでいた。ジョイは慌てて目をそらした。

「本当に幸せそうだ」トムが言った。

もちろん、そのとおりだ。あの二人の間にあるものは本物で、子供っぽい一方的な妄想とは違うのだから。

夜にベッドの中で、さまざまな形でグレイにばったり会う想像をしていたことが思い出される。パターンはいくつもあった。単純に町で、歩道を歩いているときに顔を合わせることもある。グレイは立ち止まり、暑いね、何か冷たいものでも飲みに行かないか、と言ってくる。あるいは、ジョイが湖の島にいるとき、グレイがボートで通りかかる。グレイはジョイに気づいて、桟橋に船を停《と》め、二人で寝そべって日光浴をする。展開はまさにジョイが演出する芝居のようで、最後はいつも二人がキスするところで終わった。

白昼夢だ、とジョイは思った。妄想にすぎない。グレイの服装から彼がジョイを見る目つきまで、そのすべてがジョイの頭の中にしか存在しないのだ。

ネイトがフランキーに向けていた視線を思うと、自分の子供じみたみじめな幻想に耐えられなくなった。

「ねえ、トム……わたしと食事に行かない？」ジョイは唐突に言った。

トムは口をぽかんと開け、包丁の手を止めて顔を上げた。誰かに、ただでメルセデスベンツをあげようか、と言われたかのような顔をしている。「あ、ああ」

「明日の晩は？　七時に迎えに来てくれる？」

「わかった。いや、その、喜んで」

ジョイはうなずき、作業に戻った。「よかった」

3

夜がふけ、客たちが自宅に向かうか、上階の寝室に戻るかしているころには、グレイはこの誕生日パーティは間違いなく成功だったと感じていた。父は何カ月かぶりに笑顔を見せていた。料理は絶品だった。誰もが楽しい時間を過ごしていた。

そう思うのと同じくらい、終わってよかったという気持ちもあった。最後の一時間は会場から逃げ出したかったが、それは客に圧倒されたからではない。客が五十人というのはそれなりに大きなパーティでも、グレイがワシントンDCでたびたび参加している四、五百人規模の耐久テストのような社交行事に比べれば、どうということはない。

問題はジョイだった。

グレイは人混みの中からジョイを見つけ出そうと躍起になっていた。白と黒が視界に入るたびにすばやくそちらを向いたが、そのほとんどが、グレイが捜している女性ではなかった。結局、パーティ中にジョイがオードブルを誰かに渡したり、空のグラスを集めたりしているところを見たのは、たったの二度。わざとかと思うくらい、ジョイはつねにグレイから遠く離れたところにいた。

あの制服がジョイに似合いすぎていることを思うと、それでよかったのかもしれない。

グレイは書斎に入るとさっさと上着を脱ぎ、ソファの背もたれに放った。カフスボタンを外してポケットに入れ、腕まくりをする。

バーボンの用意をしていると、上院の多数党院内総務が入ってきた。

グレイは肩越しにうなずいてみせた。「やあ、ジョン。一緒にやりますか？」

「氷をたっぷり入れてくれ」ジョン・ベッキンはおなじみの華やかな笑顔で言った。その表情は、男らしくも気品ある彼の雰囲気を際立たせていた。銀髪は目鼻立ちのはっきりした顔から後ろになでつけられ、まっすぐな鼻には角枠の眼鏡がのり、知的で思慮深い空気が醸し出されている。それは単なるイメージに留《とど》まらなかった。ジョンは七〇年代にロースクールを出てすぐ、グレイの父親の下で書記を務めるようになり、その当時からずば抜けて頭の切れる人物だった。二人は今も親しくしている。

グレイはずんぐりしたクリスタルのグラスに酒を五センチほど注《つ》ぎ、角氷を三つ入れた。

「ありがとう。実は、きみと二人きりで話がしたかったんだ」ジョンは言い、ドアを閉めた。「ウォルターの具合は実際のところどうなんだ？」

政治家、それも大出世した政治家であるジョンは、思いやりと理解を示す方法をよく知っている。だが、この場合は、その気持ちは心からのものだと思えた。

「日に日によくなっています」グレイは自分のグラスにブランデーだけを注いだ。「でも、父に直接会われたのは今回が初めてですよね？」

「実を言うと、ショックだったんだ。メールの文面はとても前向きだったが、見たところ歩きまわるのも難しそうだった。それに、しゃべり方も……」ジョンは頭を振った。「だが、グレイ、わたしは悲観的なことを言いたいんじゃない。今夜のウォルターは楽しそうだった。特に、きみに乾杯をしてもらったときは。息子であるきみのことが誇らしくてたまらないんだよ」

「ありがとうございます」

「ベリンダは来たか？」

グレイはバーボンを飲み、二口でグラスを空けた。

胃がアルコールに焼かれる。いや、胃を焼いたのは、母親への怒りかもしれなかった。

「いいえ、来ていません」

母は息子がいる場所に来ようとするほど愚かではなかった。

ジョンはポケットに片手を入れ、窓辺に行った。「妻のメアリーが亡くなってから、わたしは以前より思い出にふけるようになった。この二年間はきつかったから、きみがお父さんといるのを見ながら、きみがいなければウォルターはひどく孤独だっただろうなと思った。子供はありがたいものだ。メアリーとわたしに子供ができなかったのは残念だよ」

グレイは何も言わなかった。将来子供を作るつもりのない自分に、コメントする資格はないと思った。

沈黙が流れ、ジョンは自分が身を沈めた雰囲気から抜け出したがっている様子だった。振り返ったとき、ジョンの顔は真剣だった。

「それはそうと、きみの耳に入れておきたい話があるんだ」

グレイは片方の眉を上げた。「ご存じのとおり、あなたのニュース速報は大好物です」

「いや、これは楽しい知らせじゃない。新聞に上院の内部抗争の記事が載ったのは覚えているだろう？　毒舌で詮索好きのミズ・アンナ・ショウが書いた記事だ」

「読みました。あなた方の中にリークした人間がいそうでしたね」

「そうだ。犯人もわかっている」ジョンはブランデーを飲み干し、クリスタルの中で氷がからんからんと音楽のように鳴った。「上院議員の一人が、アンナ・ショウとできているようだ」

グレイはバーボンをもう一杯注いだ。「なぜわかったんです？」

「麗しのアンナが、その男のホテルの部屋から出ていくところを目撃されている。民主党全国大会の期間中に」

「それが、どうしてできていることになるんです？　インタビューを受けていただけかもしれない」

「午前四時半だったんだ。アンナ・ショウはレインコートを着ていて、その下は裸同然だった。しかも、密会はそのときが初めてではない」

「それは愚かですね、二人とも」グレイはグラスを口元に運んだ。

「アダムズ上院議員だ」

グレイは凍りつき、グラスの縁から目を上げた。「なんですって?」

「ロジャー・アダムズだ」

アリソンの夫の?「確かですか?」

「わたしがこんな作り話をすると思うか?」

「なんてことだ」グレイはバーボンを置いた。アリソンとロジャーのアダムズ夫妻は、夫婦間の問題とは縁遠い。無縁と言ってもよかった。

「キャピトル・ヒルで誰が誰と寝ていようと、わたしには関係ない」ジョンは本棚に並ぶ革張りの本を眺めながら、室内を歩きまわり始めた。「あの街では、不倫は日常茶飯事だ。しかし、フェミニストを自称しながら妻を裏切る男には腹が立つ。あろうことか、アダムズは新たな男女平等憲法修正条項案を提出しようとしているんだ。女性運動の支援を表明していてね」

冗談じゃない、とグレイは思った。ロジャー・アダムズだなんて。

まさか、その名前が出るとは思っていなかった。おそらく、妻のアリソンも同じだろう。

ジョンはグラスの氷を揺すった。「はっきり言って、あのばかが記者をベッドに連れこんでわれわれの秘密をもらしているという事実に、わたしは怒っている」

ジョンは言葉を切り、部屋の向こうに目をやった。その顔には計算がうかがえ、グレイは目を細めた。

「ただゴシップを教えてくださるだけのつもりではなさそうですね」グレイはゆっくり言った。「ジョン、遠回しに言うのはやめてください。ぼくにどうしろと？」

ジョンは顔を赤らめるだけの礼儀は持ち合わせていた。「上院議員たちは、きみの助言を求める。きみのところに来るのは、きみが頭が切れるからだけでなく、自分たちの最高権力者を当選させた実績があるからだ。だから、きみから議員たちに警告してもらいたい。これからはアダムズを信用するなと。わたしが自分で言ってもいいんだが、党の方針を考えると、わたしがあの男をつぶそうとしているだけのように思われる」

グレイは皮肉な笑みを浮かべた。「違うんですか？　前の会期中に選挙資金制度改革法案を緩和しようとしたのを、アダムズに阻まれたことはどうなんです？」

「いいか、わたしが言いたいのはそこだ。わたしはただ上院を守りたいだけなのに、誰もがそんなふうに考えるということだ」

上院を守りたい。国民ではなく。

グレイは頭に濡《ぬ》れた毛布をかぶせられたかのように、疲労の波が押し寄せてくるのを感じた。キャピトル・ヒルとその陰謀には、心底うんざりしていた。

「いいか、グレイ、情報提供者の名前を教える。自分で調べてみてくれ。その上で、この猥褻《わいせつ》な記事を断ち切る手助けをしてほしいんだ。あの記者はわれわれの政治プロセスを笑い物にし、あのおしゃべり民主党員はそれに加担している」

そのとき、書斎のドアが勢いよく開いた。

空のトレーを手にしたジョイが、唐突に足を止めた。「あっ、ごめんなさい。図書室を探していて」

ジョンは父親のようにほほえみ、声から険しい調子をすっかり消して言った。「気にすることはないよ。きみのような女性にじゃまされるのは、苦でもなんでもないからね」

ジョイはうろたえていた。「こちらの空のグラスは、あとでお下げしに――」

「その必要はない。わたしはもう帰るから」ジョンはグラスを置き、グレイに笑いかけた。「そのうちまた話をしよう。今夜は呼んでくれてありがとう。ウォルターにまた会えただけでも大収穫だった。わたしがこの道に入ったとき、とても世話になった人だから」

出ていくジョンの姿を、ジョイは誰だか思い出そうとするかのようにじっと見つめていた。やがて、頭を振った。「この部屋はあとで掃除に来ます」

ジョイはくるりと向きを変えた。だが、グレイは彼女を行かせるわけにはいかなかった。

「ジョイ、待って」

ジョイは背筋を壁のようにこわばらせたまま、ためらっていた。グレイがそばに行っても、こちらを見ようとしない。

ああ、なんということだ。すごくかわいい。

頭上の照明が、ジョイの繊細な顔を照らし出し、ストロベリーブロンドの髪を際立たせていた。長くほっそりした首が、制服の短い白のレースの襟から伸び、鎖骨がブラウスの縁からわずかにのぞいている。長い夜を経た今でも、ラベンダーの香りを漂わせていた。

グレイはかっと熱くなった。

「手伝わせてくれ」ぶっきらぼうに言う。

ジョイの顔にいらだちの色がよぎり、唇が引き結ばれた。

「結構です。本当に」

それならゴリラに手伝ってもらったほうがましだと言わんばかりだ。

「手伝いたいんだ」

グレイは自分が出したバーボンを手早く片づけ、近くにあったジョンのグラスに手を伸ばして、眉を上げてみせた。ジョイがトレーを構え、グレイはそこにクリスタルのグラスを置いた。

「手伝っていただかなくて結構です」

「ああ、それはさっき聞いた」グレイは言い、ジョイの手からトレーを奪った。

ジョイはうなり声を押し殺した。グレイのそばにはいたくなかった。今は。恋心をベッドに寝かしつけようとしている今は。

そこまで考えて、うろたえる。ベッドだなんて……言葉の選択を間違えた。

「行こう」低く響くあの声で、グレイが言った。

ジョイは顔を上げたが、グレイのシャツの一つ目のボタンより上を見ることはできなかった。広い肩幅に視界をさえぎられているため、室内がまったく見えず、グレイが見下ろすように立っているせいで、自分が小さくなった気がする。グレイの背の高さを感じずにすむことを期待し、視線を少し下げた。だが、彼が上着を脱いでいて、腕まくりをしているのが目に入っただけだった。グレイの腕は男らしく、浮き出た血管が指の長い、がっしりした手に続いていた。

「ほかに何かすることはないんですか？」ジョイは強い口調でたずねた。

世界を救いに行くか何かして、心穏やかに仕事を終えさせてくれない？

「ない」

ジョイは内心で歯軋《はぎし》りし、廊下を横切って客間に入った。美しくしつらえられた部屋の中を歩き、空のグラスを回収して、グレイが構えているトレーにのせる。二人で動きながら、ジョイはグレイが背後にそびえるように立っていて、その目が間違いなく自分の体に向けられているのを感じた。

やめなさい、と自分に言い聞かせる。それが妄想の産物にすぎないことはよくわかっていた。グレイはわたしを手伝ってくれているだけ。それが女性に対する礼儀と思っているだけよ。

その部屋が終わると、最初に探していた図書室に入った。大理石に響くグレイのローファーと自分のフラットシューズの音しか聞こえず、ジョイは沈黙が気になり始めた。

これ以上は耐えられない。

「さっきお話ししていたのはどなた？　見たことがあるような気がするけど」

「ただの政治家だよ」

なぜか、それだけではない気がした。「テレビで見たことがあると思うわ」

「そうかもな」

「というより、今夜ここにいらっしゃった人のほとんどを、ＣＮＮで見たことがあると思うの」

ジョイはアンティークのテーブルを通り過ぎ、グラスを一つ取り忘れたことに気づいた。

唐突に足を止め、グラスをつかもうと身を屈《かが》める。

すると、グレイがジョイの体にまともにぶつかってきた。

グレイの腰がジョイのお尻に当たり、親密な部分が触れ合った。驚くほどのおさまり具合だ。だが、何よりも気になったのは、そこに何か硬いものを感じたことだった。

グレイは歯の隙間から息を吐き、後ずさりした。「すまない、見ていなくて」

そのまま取り落としてしまいそうで、ジョイはグラスを両手でつかんだ。慎重にトレーに置き、顔を上げる。

グレイの目が二人の間の空気を撃ち抜くように、二本の薄青色の光線となってジョイの目に突き刺さった。ジョイは息をするのを忘れた。

長年、グレイソン・ベネットという夢の存在に想像をめぐらせ続けた末、グレイソン・ベネットという生身の男性に、激しい欲望のこもった目で実際に見つめられているのだ。

女性の声が、その瞬間を斧《おの》のように真っ二つに割った。「やっと見つけたわ」

ジョイはグレイの肩の向こうを見やった。

例の赤毛の女性が、まるでわが家にいるかのような落ち着きと気安さで図書室に入ってきた。「そろそろ寝ようと思って」女性は言い、図々《ずうずう》しくもジョイに笑いかけた。

ジョイはトレーをつかみ、ばかみたいな気分で一直線にドアに向かった。塗料ミキサーのように体を震わせ、キッチンに急ぎながら、心の中で悪態をつく。

重々しい足音が追いかけてくると、足を速めた。

「ジョイ」グレイの声は命令以外の何物でもなかった。「ジョイ!」

ジョイは足を止めた。その瞬間、心からグレイを憎んだ。

なんなの、謝るつもり？　それとも、恋人との情事が終わったあとで会おうと誘ってくるの？　グレイが手の届かない人であることはわかっていたけど、そう思ったのは彼がお金持ちでハンサムで権力者だからだ。その上、とんでもない遊び人だったなんて。

「ジョイ、カサンドラを紹介したいんだ」

ジョイは目を閉じ、落ち着きが戻ってくるよう祈った。

最高だ。わたしたちを引き合わせたいのね。ジョイは肩を怒らせて振り向いた。

赤毛の女性がグレイの傍らにいて、悲しそうに、それでいてどこか面白がるように、歓迎の笑みを浮かべた。

「リースの妻です」女性はそっと言った。

ジョイは顔から血の気が引くのを感じた。「まあ、わたし、知らなくて……」

「ええ、そうでしょうね」カサンドラは感じのいい口調で言った。「あなたがキッチンに下りてきたのは、わたしたちの紹介が終わったあとだったから」

ジョイがぎこちなくお悔やみの言葉を口にする間、グレイは赤毛の女性の肩に手を置いていた。そのしぐさに、二人の関係性がはっきりと見て取れ、ジョイはあいさつが終わるとすぐキッチンに逃げこんだ。カサンドラの喪失感を思うと胸が痛んだし、実際に彼女は悲しげな顔をしていた。だが、グレイの腕の中になぐさめを見いだすことで、悲しみがやわらぐことも想像にかたくなかった。

もうすぐ一回分が終わりそうな業務用食洗機のそばに、グラスを置く。キッチンは汚れ一つなかった。ネイトとフランキーとトムは一丸となってきぱき働き、記録的スピードで掃除を終わらせていた。

「もう出られるわ」フランキーがジョイに言った。「わたしの車もトムのトラックも、荷物は積み終わったから」

「わたしはこの最後のグラスを食洗機に入れてから、家に向かうわ」

「あとで迎えに戻ろうか？」ジーンズを覆う長い白のエプロンのひもをほどきながら、ネイトがたずねた。

「大丈夫。この季節のレイク・ロードには車があまりないし、自転車で帰るわ」それに、外気に当たって頭をすっきりさせたい。

フランキーがジョイに、トルテッリーニの猛襲に遭った服を返した。服はきれいにたたまれていた。「リビーが洗ってくれたの。じゃあ、気をつけて帰るのよ、いい？」

「ええ」

三人はキッチンを出ていき、トムは最後にドアを出ながら、ジョイに期待のこもった視線を投げかけてきた。

「じゃあ、明日」トムが言った。

ジョイは手を上げ、トムと同じくらい、自分もそのデートを楽しみにできたらいいのにと思った。

　髪からシュシュを外して椅子に座り、長いウェーブヘアを指で梳《す》いて、絡まっているところを直す。食洗機はがたんと愛想のいい音をたてたあと、今度はしゅうっという音を鳴らし、乾燥が始まったのがわかった。あと数分だ。

　あと数分で、ここを出ることができる。

　頬杖《ほおづえ》をついて、広いキッチンを見回す。さまざまな思いが湧いてきた。グレイは今何をしているの？　ひんやりしたシーツに潜りこんで、あの人の温かな体を引き寄せているの？

「疲れているみたいだね」

　ジョイは跳び上がった。

　グレイの声には、どこか責めるような響きがあった。まるで、ジョイが自分の体を大事にしていないことに腹を立てているように聞こえる。

　ジョイの健康が自分に関係があるとでも思っているようだ。

「食洗機が止まるのを待って帰ろうと思っているだけです」

　グレイは窓辺に向かった。「自転車で来たんじゃないのか？」

「そうです」

　グレイは顔をしかめた。「この時間に一人で帰ってはいけない」

「大丈夫ですから」

「いや、だめだ」

「なんですって？」ジョイはグレイをにらみ、また髪を結んだ。

ジョイを見つめ返すグレイの顔は険しかった。黒っぽい髪と、細められた色の薄い目のせいで、恐ろしげにさえ見える。

「車で送っていこう」

「いいえ、結構です」ジョイは椅子から立ち上がり、食洗機の前に行った。まだそのサイクルが完全には終わっていないにもかかわらず、鍋が並ぶトレーを引き出し、手を火傷《やけど》しそうになりながらカウンターに鍋を出していく。

返事がないので、肩越しに振り返った。グレイの姿はなかった。

ジョイは息を吐き出した。

よかった、あきらめてくれたのだ。

汚れたグラスを手早く食洗機のトレーに並べ、中に押しこんでスイッチを押した。二分かけてバスルームで自分の服に着替え、カウンターにウエイトレスの制服を置く。キッチンを出る道すがら、天井から下がっている大きな照明のスイッチを探した。だが、あまり時間はかけたくなかったので、見つかったスイッチだけを切ると、勝手口のドアを開けた。

屋敷の外壁にグレイがもたれ、たくましい胸の前で腕を組んでいた。ジョイの自転車のすぐ隣だ。

「行こう」グレイは言い、一枚の皿のように軽々と自転車を持ち上げた。

「自転車を置いて！」

「止められるなら止めてごらん」

そんなことができるはずがない。グレイはジョイより三十センチも背が高く、その肩に自転車を担いでいるのだ。膝を強く蹴りつければ別だろうが、ジョイもそこまでやるわけにはいかないので、グレイは自転車をどうとでもすることができる。

「いじめっこは嫌いよ」ジョイは歯軋りしながら言った。

「きみがぼくを好きでも嫌いでも関係ない」

ひどい。なぜだか、その言葉はこたえた。

ジョイがじっと見ていると、グレイは歩き始め、やがて彼が屋敷の裏のガレージではなく湖を目指しているのがわかった。まさか……自転車を水に投げ入れるつもり？

ジョイは走ってグレイを追いかけた。「それはわたしの自転車よ！　放り捨てるなんて――」

グレイが肩越しに振り返った。「車の後ろに押しこむより、ボートにのせたほうが楽だ」

グレイが大股に歩いていくので、ジョイは追いつくために小走りになった。思い違いでなければ、グレイはジョイが彼に対するのと同じくらい、ジョイと離れたがっているように見えた。

グレイは射るようなジョイの視線を背中に感じた。ジョイはかんかんに怒っていて、グレイは少し驚いていた。ジョイが何かに対して喧嘩《けんか》腰になるとは思ってもいなかった。まさか、あのジョイが。かわいい、ストロベリーブロンドのジョイが。

悔しいことに、ジョイの思いがけない強さは魅力的だった。それによって考えを変えることはなくても、自分に刃向かおうとする人間には感嘆を覚える。

それに、たとえ反対側の肩にジョイを担ぐことになろうとも、この自転車で暗い中を一人きりで帰らせるつもりはなかった。この救いようのない自転車にはヘッドライトもなく、オフシーズンのため交通量が少ないことなど関係なかった。湖沿いの道路で危険なのは、車だけではない。秋には黒熊が岸辺に下りてきて、食料を探す。ピューマもいる。だから、鉤爪《かぎづめ》を振りまわすどこかの獰猛《どうもう》な動物に、ジョイを出前してやるわけにはいかないのだ。

グレイはボートハウスのドアを開け、灯《あか》りをつけた。ベリタス号はそのほっそりした船体を輝かせ、つややかなマホガニーときらめくクロムが、プリズムのように照明を反射していた。自転車を座席エリアの一つに入れ、船縁《ふなべり》に戻って、ジョイに手を差し出す。ジョイが手を取ろうとしなかったので、自分で乗りこむのに任せた。

ジョイの隣に座り、ボートのエンジンをかける。轟音《ごうおん》がボートハウスに響き、やがてエンジンの回転はリズミカルな、官能的とも言えるポンプ音に落ち着いた。

ああ、ぼくはそんなにもジョイに欲情しているのか？　長年ベリタス号を操縦してきたが、そこに官能的なものを感じたことは一度もなかったというのに。

ボートハウスを出るとすぐ、計器盤の下からブランケットを出してジョイに渡した。ジョイは自分が魚でそれが網であるかのように、ブランケットを見た。

「寒いよ」グレイはそっけなく言った。

ジョイはずっしりしたブランケットをグレイから受け取り、その格子縞《じま》の織物を体の上に広げた。「あなたは？」

グレイは肩をすくめ、神経を研ぎ澄ましてくれる寒さをありがたく思った。今夜飲んだのはさっきのバーボン二杯だけだが、愚かなことをしでかしそうな気がするのはアルコールが理由ではない。「大丈夫だ」

少しして、ジョイは座席の上で身じろぎした。「もうちょっとスピードを上げたら、すぐに着くんじゃないかしら。これじゃ、ほとんどアイドリングと変わらないわ」

「このほうが風を受けなくてすむんだ」嘘《うそ》だ。ジョイをボートに乗せておきたいだけだ。

ジョイはため息をついた。そして、するりとグレイのそばに寄って、ぎこちなくブランケットを引っ張ってグレイの膝にもかけた。そのとき、手が軽くグレイの腹部に触れた。

血管にジェット燃料を注入されたかのように、体がぶんぶんとうなり始め、グレイは目を閉じた。

図書室でグラスを回収中にジョイが突然立ち止まったとき、グレイはその急停止に備えきれていなかった。一分前まで、二人は部屋の中でてきぱきと作業を進めていた。なのに突然、すでに興奮しきっていた高ぶりがジョイに押しつけられてしまったのだ。

ジョイの感触を思い出すと、喉にうなり声がせり上がってきて、グレイはエンジンが音をたててくれていることに感謝した。

あのとき片づけをしながら、グレイはジョイが歩きまわる様子を、ヒップが揺れ、肩が動くさまを見ていた。脚は長くほっそりしていて、あちこちで身を屈めるたびに、スカートが腿を少しずり上がった。

二人が接触したとき、グレイが想像していたのは、トレーを脇に置いてジョイを革張りのソファのどれかに座らせ、両手でその脚を開くところだった。ひざまずき、太腿の内側を唇でなぞり上げたかった。ジョイが熱く潤ったところにグレイを引き寄せようと、髪に手を差し入れるのを感じたかった。想像はエロティックで大胆で、完全にどうかしていた。

そう、そんなとき、ジョイにぶつかったのだ。

ジョイは自分がグレイに与えた影響に気づいたに違いない。あれに気づかないはずがないだろう?

もし、そのときは曖昧だったとしても、振り向いたときに確信したはずだ。欲望が顔に出ているのはわかっていたが、体の接触からジョイがすばやく振り向くまで、すべてがあっという間に起きたので、グレイは無表情に近いものさえひねり出すことができなかった。

ジョイがグレイと二人きりになりたがらないのも無理はない。

だからこそ、グレイはジョイを家に送ることに躍起になっているのだろう。ぼくはきみを大事に扱えるのだと、自分にもジョイにも証明したかった。あの図書室では確かに高潔とは言えないようなことを夢想していて、ジョイに殺人犯が手を血まみれにしている現場を押さえられたようなものだった。

いや、この場合は、血が体内を駆けめぐっている現場、と言ったほうがいいかもしれない。

グレイは何かが顔をくすぐるのを感じた。うなじでゆるくまとめられたジョイの髪がほつれ、風にそよいでいる。さらさらした長い髪に手を伸ばそうとしたところ、ジョイが先につかんで耳の後ろにかけた。

「ごめんなさい」ジョイが言った。

謝ってもらう必要はなかった。髪を下ろさせ、それを全身に感じたかった。

グレイは手を伸ばし、鼻梁《びりょう》をもんだ。

「大丈夫?」グレイのことを心配するのがいやなのか、ジョイはぶっきらぼうにたずねた。

「すごく冷えてそうだけど」

いや、冷えてはいない。むしろ、氷の風呂に丸裸で飛びこんでも、数分で風呂を沸騰させることができそうなほどだ。

「グレイ？」

「大丈夫だ」性衝動に苛《さいな》まれている男にしては、実によくやっている。

グレイは操舵輪《そうだ》から手を離し、エンジンを全開にしてスピードを上げた。ジョイの言うとおり、さっさと目的地に着いたほうがよさそうだ。

「今夜、お父様は楽しんでいらっしゃったようね」

「ああ」

少し間があった。「前にあなたと〈ホワイト・キャップス〉に来られたときよりも、よくなっているように見えたわ」

「経過は順調だ。父はよく頑張っている」

「あなたも、だと思う。だって、あなた、今夜お父様のことをすごく気にかけているのがわかったもの」

ジョイの口ぶりは穏やかだった。グレイはジョイを見た。

ジョイは湖を見つめている。

「お兄さんの具合は？」ジョイはリハビリと治療に苦しむ人を見守るのがどれだけ大変な

ことなのかをよく知っているのだ。

「二週間前、また手術をしたの。脛骨《けいこつ》をチタンのロッドに入れ替えたんだけど、まだ手術を受けなきゃいけないかもしれない。今はわからないの。それに、術後感染症にもかかっていて」ジョイはブランケットの端を引き上げ、房べりを三つ編みにし始めた。「兄はすごく気丈にしているわ。ひどい痛みを感じているのは確かなのに、一度も弱音を吐いたことはない。何よりも手を焼くのは、兄が患者として気難しいことでしょうね。薬をのまないことがよくあるの。お酒を飲みすぎるし。それに、何があったのか話してくれないのよ」

グレイはジョイの手を握りたかった。

「本当に、お気の毒に」実際は、そう言っただけだった。

ジョイはグレイの顔を見た。「ありがとう」

「おばあさんの世話もしているんだろう?」

「ええ」

「背負うものが大きいね」

ジョイは肩をすくめた。「わたし以上にうまく相手ができる人がいないのよ。祖母を一人きりにするわけにはいかないし。認知症のせいで、筋の通った論理的な思考が難しくなって、妄想に取りつかれているの。今は新しい薬物療法を試しているところだから、それで落ち着いてくれるといいんだけど。祖母が苦しんでいる姿を見るのはつらいから」

「ジョイ、きみは本当に優しいね」グレイは唐突に言った。

ジョイは肩をすくめた。「兄も祖母も家族だもの。世話をするのは当たり前でしょう」

「それは〝当たり前〟にできることじゃないよ」

グレイの母親はほかの人間に息子の面倒を見させることに、なんの罪悪感もなかった。

グレイが小学一年生でウィルス性肺炎にかかり、小児科の集中治療室で二週間、呼吸困難に陥っていたとき、母が見舞いに来たのはただの一度だった。

「きみにそんなにも大事にしてもらえて、二人とも幸せだ」

ジョイは顔をそむけた。しばらく沈黙が流れたが、二人の間にあった緊張感は少しやわらいだ。

だが〈ホワイト・キャップス〉が視界に入り、グレイが沈黙を破ると、状況は変わった。

「今夜のことはすまなかった」

ジョイは短く笑った。「ボートの乗り心地は悪くなかったわ」

「いや、図書室でのことだ」

ジョイは身をこわばらせた。「ああ、そっち」

ああ、そっちだ。

「あのとき、カサンドラが入ってきてくれてよかった」そう言うと、頭の中であの場面がよみがえり、座席の上で身じろぎせずにはいられなかった。

「わたしもそう思うわ」ジョイの声にはとげがあった。

つまり、怒らせてしまったのだ。

グレイは咳払《せきばら》いをした。「誤解してほしくないんだけど、ぼくは絶対に……女性につけこむようなまねはしない」

「大丈夫、誤解なんてしてないわ」ジョイはそっけなく言った。

グレイはボートを桟橋につけながら、ジョイがまたも腹を立てていることを意識した。それでも、謝ったことは後悔していなかった。謝るのは正しい行為だ。

索止めに縄を引っかけ、ボートを固定すると、ジョイの自転車を運び出した。まだ何か言いたかったが、ジョイがそのチャンスを与えてくれなかった。

「自分で押していくわ」ジョイはすばやく言った。「送ってくれてありがとう」

そして二度とグレイを振り返ることなく、そそくさと行ってしまった。自転車のタイヤが桟橋の厚板の上を跳ねた。

グレイはジョイが家にたどり着き、角を曲がって視界から消えるまで、ずっと見ていた。ジョイを追いかけたいという、ばかげた衝動に襲われる。

だが、追いかけてどうする？

ジョイに腕をまわし、きつく抱き寄せて、呼吸の一つ一つを感じればいい。そして、二人とも足が立たなくなるまで、キスをするのだ。

ボートに乗れ、と自分に言い聞かせる。家に帰るんだ、グレイ・ベネット。

グレイがようやく桟橋を離れることができたのは、それから十分後のことだった。


ジョイは自転車のハンドルをきつく握り、芝生の上を歩いていた。

ひどすぎる、謝るなんて。

どれだけ恥をかかせたら気がすむの？　あれではまるで、グレイが感じていたものはジョイとはなんの関係もなかったと、確認する必要があったかのようだ。カサンドラと会えてよかったと思うのも当然だ。今から寝るところだと聞いたときは、もっとうれしかったはずだ。なぜなら、あの赤毛の女性のことを考えていたからこそ、あんなふうに……興奮していたのだろうから。

それに、女性につけこむようなことはしないというのも当然だ。グレイのような男性を拒否する女がいるはずがないのだから、つけこむ必要などない。認めたくないが、ジョイもそうだった。もしグレイが手を伸ばしてきたら、腕の中にまっすぐ飛びこみ、身を差し出すだろう。たとえ、彼の心の中に別の女性がいたとしても。

グレイにまつわる状況が、これ以上悪くなりようがあるだろうか。長年の妄想だけでも耐えがたかったのに、今は彼の体の感触を、実際に知ってしまったのだ。

確かに、一瞬のことではあったが、あの記憶と感触は消せない。

しかも、グレイが今から自宅に戻り、硬くて長いあの高ぶりを大いに利用するのだと思うと、ひどい悪夢を見ているようだった。

ジョイは固く目をつぶった。

明日の晩のトムとのデートは、思いがけない幸運だ。本当に。心からそう思う。今は実際に……関係を築ける相手が必要だ。

靴の爪先が木の根につまずき、ジョイは前につんのめった。自転車を倒し、両腕を振りまわしていると、なんとかバランスが戻ってきて、富貴草の花壇に顔から突っこまずにすんだ。だが、ばかげたことに、目に涙がこみ上げてきた。

悪態をつきたかった。

グレイの恋人と顔を合わせたことに、なぜこんなにも悩まされるのかわからない。グレイは自分には手の届かない男性だし、そのことはよくわかっていた。グレイは洗練された都会的な男性……一方、ジョイはあろうことか、いまだ処女なのだ。

ジョイは自分の経験のなさにたじろぎ、両手で顔を覆った。今までまったく恋人がいなかったわけではない。高校時代には男の子とつき合ったこともある。だが、大学に入ると、学費を稼ぐために働かなければならなかった。当時出会った男たちは皆、パーティ好きで遊びまわっていた。単位取得と二つのアルバイトで、ジョイはたいてい疲れきっていたし、行き当たりばったりの関係を楽しむようなタイプでもなかった。大学卒業後はすぐに、祖母の世話をするため家に戻った。サラナック・レイクは小さな町で、恋人候補になるような同年代の男性はあまりいない。それに祖母の世話は、年中無休の仕事も同然だった。

そんな状況で、本当につき合いたいと思える男性を、どうやって見つければいいの？

ああ、わたしは化石。二十七歳という年齢で、すっかり化石になってしまった。

ジョイは顔から手を下ろし、空を見上げた。頭上の星がぼやけて見える。

今夜が最悪の結末を迎えることに、もっと早く気づくべきだった。

グレイの屋敷に足を踏み入れた瞬間にトルテッリーニの空襲に遭うなど、いかにもその先に悪いことが待ち受けていそうだし、実際にそうなってしまった。

ジョイはしぶしぶ自転車を起こし、再び歩き出しながら、少なくとも一つの予想は現実になったと思った――今夜は眠れない。

つまり、姉のウエディングドレス作りに戻ったほうがいいということだ。

4

次の朝、ジョイは針山を放り投げた。姉が寝室から飛び出していったのだ。

ウエディングドレス姿で。

「姉さん！　待って、それは――」

「スチュが行ってしまう前に捕まえないと！　電話がつながらないの」

ジョイは跳び上がって姉を追いかけ、とにかくスカートを持ち上げて地面につかないようにしようと思った。追いついたら、の話だが。ようやく手が届くところまで来たときには、姉はキッチンのドアを飛び出していた。二人は連れ立って、スチュの農作物運搬トラックを追いかけた。

痩せてしなやかな体をしたスチュ老人は、農機具メーカーのロゴが入ったキャップを目深にかぶり、つなぎを麻袋のようにだらりと垂らして、運転台に乗りこむところだった。スチュは典型的なアディロンダックの森の住人だ。つまり、たとえフランキーがウエディングドレスで近づいてくるのを見て驚いていても、傍目《はため》にはわからないということだ。

「ネイトが、急いでルッコラを届けてほしいって」フランキーは息を切らして言った。

「ああ」

「火曜に間に合う?」

「ああ」

「スチュ、あなたって魔法使いだわ！　ありがとう」

少し間があった。「ああ」

スチュはキャップを持ち上げ、トラックに乗りこんだ。出発しようとしたとき、一台の車が私道に入ってきた。

大きなＢＭＷ。グレイの車だ。

ジョイはドレスを取り落としそうになったが、そのとき車から赤毛の美人が出てきた。さっきと打って変わり、ジョイは手の中の生地をぎゅっと握りしめていた。汗じみがつく前にと、スカートから手を離す。

フランキーは片手を上げてあいさつした。「おはようございます」

「おはようございます」カサンドラは居心地悪そうに、小さく引きつった笑みを浮かべた。だが、そのときドレスに気づいて目を細めた。「まあ、すてき」

姉はくるりとまわった。お披露目のときであることを生地が知っているかのように、白いサテンのスカートは大きくうねった。「でしょう?」

「どこのドレス？〈ナルシソ・ロドリゲス〉？　いいえ、〈マイケル・コース〉ね」

「この子のよ」フランキーはジョイを指さした。

カサンドラの目が見開かれた。「あなたが作ったの？」

ジョイはうなずいた。

カサンドラはフランキーのまわりを一周し、縫い目や折り目を観察した。「あなたがデザインして、自分で縫ったの？」

「趣味なんです」

「すごく上手だわ。ほかにもあるの？」

「ドレスはありません。でも、デザイン画ならいくらでも。自分のスケッチで家じゅうの壁が貼れるくらい」

「すばらしいわ」カサンドラはにっこりと笑ったが、フランキーのほうを見るとその表情は消えた。「電話してから来ればよかったわね。わたし、その、アレックスに会わせてもらえないかと思って」

フランキーはうなずいた。「入って。兄にあなたが来たことを伝えてくるわ」

三人で勝手口に向かう途中、カサンドラはジョイにほほえみかけた。「あとでいいから、あなたの作品をほかにも見せてもらえないかしら？」

ジョイは中に入りながら肩をすくめた。この人はただ礼儀で言ってくれているのだろうかと考えた。「今朝、朝食を食べながら、いくつかデザインの細かいところを直していたんです。だから、テーブルの上にあるわ」

カサンドラはまっすぐテーブルに向かったが、その目は真剣で、怖いくらいだった。

ジョイは椅子に座り、こんなに簡単に作品を見せなければよかったと後悔した。これまで家族以外の人にデザイン画を見せたことはない。なのに、今はエスカーダのジャケットとパンツに身を包んだ都会の女性が、素人のみじめな落書きに身を乗り出しているのだ。スケッチをひっつかみたい。隠したい。守りたい。

カサンドラは無造作に積まれた紙に目を通し、厚い紙束を一枚ずつずらして脇に重ねていった。ジョイは間違いや失敗点、改善できる部分を指摘したかった。だが、声が出なかった。それに、欠点ならカサンドラが自分で見つけるに違いない。

カサンドラは顔を上げた。

意地悪はやめて、とジョイは思った。けなすなら、やんわりとけなして。

「すばらしい出来映えだわ」カサンドラはスケッチの山から顔を上げて言った。「旧式のアプローチを、特に身頃に使っているけど、それが全体的に新鮮な効果を出してる。色の組み合わせはヴィヴィッドで、ラインの上品さは……達人級だわ」

思いがけない言葉に、ジョイは軽いめまいを覚えた。

カサンドラはにっこりし、テーブルの向こうから寛大な、親しみのこもった目を向けた。

「なかなかの腕前ね。なかなかどころじゃないかもしれない。学校はどこを出たの？」

「ヴァーモント大学です」

「デザイン課程があったとは知らなかったわ」

「専攻はビジネスです」

カサンドラは顔をしかめた。「じゃあ、どこでこれを学んだの？」

「それは……たぶん、祖母の五〇年代の舞踏会用ドレスとデイスーツからだと思います。祖母は〈マンブーシェ〉や〈サンローラン〉を着ていたの。もちろん〈シャネル〉も。そういったドレスをすべて分解したんです。全部ほどいて、パネルを一枚ずつ並べて、縫い目や折り目やひだがどうなってそのドレスの構造が作られているのか調べたわ。それから、もとどおりに縫い合わせたの。祖母はそれを今も着ています。祖母は……病気で、一張羅を着ていないと認知症がひどくなるんです。祖母が昔着ていたクオリティのドレスを新たに買う余裕はないから、ドレスにつぎを当てて状態を保つ方法を編み出したの。その過程で学んだんだと思います」

「なんて非凡なのかしら」カサンドラの声には尊敬と思いやりがこもっていた。

ああ、これはまずいわ、とジョイは思った。出会ったとき、この女性はグレイの腕の中にいた。そして今、いい人であることがわかってしまったのだ。

狭量な考え方ではあるが、彼女を嫌いになれたら少しは楽だったのに。

フランキーが階段を下りてきたが、言い合いでもしていたように顔を上気させていた。

「ごめんなさい、カサンドラ。兄は今眠っていて」

「わたしに会いたくないということね」カサンドラは小さな声で言った。

「本当にごめんなさい」

カサンドラは首を横に振った。「まだ自分の中で折り合いがつかないんでしょうね。声をかけてくださってありがとう」

「兄はただ……」フランキーは唇を引き結んだ。「ひどく意固地になっていて、誰の言うことにも耳を貸そうとしないの」

「怒らないであげて。それがアレックスのせいいっぱいなんでしょうから」

「ええ、でも、中に入れてくれないと、治るものも治らないわ」

「それはお兄さんが決めることだわ」カサンドラは深く息を吸った。「でも、あなた方のご兄弟のことで、わたしがどうこう言うのは筋違いね」

「あなたは家族以外でただ一人、意見を言う権利のある人よ」フランキーは静かに言った。「昨晩の繰り返しになるけど、改めてお悔やみを……あなたが失ったものすべてに」

「ありがとう」カサンドラはつかのま目を閉じた。そして、螺旋《らせん》から体を引き上げるように、テーブルに目をやった。「ジョイ、ここにあるスケッチは本当にすばらしいわ。とても優れた目を持っているのね」

別れのあいさつが終わると、ジョイとフランキーはキッチンの戸口に立ち、BMWが私道のカーブを曲がって走り去るのを見守った。

「好きだわ、あの人」ジョイはつぶやき、キッチンのテーブルのほうに戻った。紙束はきちんと重なっていた。目を通したあと、カサンドラがていねいにスケッチを集め、一枚ずつ積み重ねてくれたのだ。まるで、芸術作品であるかのように。

「すてきな人ね」フランキーも言った。「それに、あなたの作品を気に入ってくれたわ」

ジョイはデザイン画を一枚ずつめくり、それまでとは違う目で見ていった。

「トムは何時に迎えに来るの？」フランキーはたずねた。

「え？　ああ、七時よ。グランド・エムの世話を代わってくれてありがとう」

「おやすいご用よ。あなたがこの家から出るのは久しぶりだし、トムは——」

「すごくいい人なのよね。わかってる。姉さん、前にも言っていたもの」それはわかっているのだ、いやというほど。

「そんなふうに言い返さなくてもいいでしょう」フランキーは優しく言った。「ジョイ、どうしたの？　緊張してるの？」

「いいえ、そうじゃないの。ほら、そのドレスを脱いでもらってもいい？　スカートに草のしみがつくんじゃないかと思って、気が気じゃないんだから」

「ねえ、本当に大丈夫なの？　デートをするのは久しぶりでしょう」

「ご指摘ありがとう」ジョイは自分の辛辣な口調にたじろいだ。普段は姉に嚙《か》みつくようなことはしないのだが、トムと二人きりになることを思い出させられて、心もとない気分になったのだ。

おそらく、トムはジョイが食事をしたいと思っている男性ではなく、そのことを残念に思っているからだ。そして、自分が求めている男性のほうは手に入らないからだろう。

どちらも姉のせいではない。

「ごめんなさい、今のは取り消すわ」

「いいのよ。ただ、わたしは自分が見つけた幸せを、あなたにも手に入れてもらいたいんだと思う」

ジョイは姉の手を取った。「それは、姉さんがいつもわたしにとって何がいちばんいいのかを考えてくれているから、そして心から愛せるすばらしい男性がいるからだわ。でも、そういう類いのことは、わたしには起こらないかもしれないでしょう？　もしそうでも、しかたのないことよ。ほら、ドレスを脱いで」

だが、しかたがないとは思えなかった。本当は。どういうわけか、いい人と――好きになるべき人とデートをすると思うと、寂しさを感じる。だが、姉の言うとおりだった。たとえトムがいずれ結婚するような相手ではなくても、たまには外に出かけたほうがいい。

ところが、六時半になったころには、デートは断ることになりそうだった。グランド・

エムが『ジェーン・エア』の初版をどこかに置き忘れたと言って取り乱していたのだ。問題は、祖母はその本を一九六三年の外国旅行中になくしていたことだった。姉は、この状況はわたしがなんとかする、だからあなたは準備をしなさいと言い張り、やがてグランド・エムは新しく買った補助発電機の取扱説明書を読み始めて静かになった。

断る口実ができたと思ってほっとした自分を、トムに失礼だと感じたジョイは、もっと頑張らなければと思い始めた。髪をブローしながら、人のことを決めつけるのはよくない、表面からは見えないところに目を向けるの、刺激や危険よりも安定を重んじるのよ、と自分に言い聞かせる。ハッピーエンドのおとぎ話をいくつも思い浮かべさえした。ただ、そうすると、王子様のようなスーツに身を包み、ガラスの靴を手にしたグレイばかりが現れるのが問題だった。

トムのピックアップトラックが家に近づいてくると、ジョイは一階に下り、姉とネイトにいってきますと言って外に出た。

トムが出てきて、ドアを開けてくれた。シャワーを浴びたばかりのようで、ボタンダウンシャツにはしわ一つなく、痛々しいほどだ。カーキのズボンも同様に、アイロン台から下ろしたばかりに見えた。服に特別に気を遣いながらも、その服を着ていることに納得がいっていないように見えるが、自分が頑張りすぎたことを後悔しているのか、もっとほかの服を着ればよかったと思っているのかはわからなかった。

「これからどこに行くと思う？」トムは言い、運転席に乗りこんだ。「今夜、広場でコンサートがあるんだ。バーベキューの店も出る。音楽を聴きながら草の上で食事をしよう」

「すてきね」

トムはトラックのギアを入れ、隣の席のジョイを見た。「ジョイ、すごくきれいだ」

ジョイは目を閉じて深く息を吸った。窓拭き洗剤の匂いがして、トムがジョイのために洗車してくれたことがわかった。「ありがとう、トム」

グレイは酒屋の前のスペースからミニバンが出ていくのを待って、そこにＢＭＷを停《と》めた。今夜、町の広場はにぎわっていた。一万平方メートルほどある草地の約半分を、二つの白いテントが占めている。テントの下では、人々がピクニックテーブルを囲み、大きな平たいグリルで直火《じかび》焼きにされたバーベキューを食べていた。二つのテントの間には二十人編成のスウィングバンドがいて、ここサラナック・レイクの名物であるヴィクトリア調のあずまや《ガゼボ》でカウント・ベイシーの定番曲を轟《とどろ》かせていた。たいまつに照らされた寄せ木のフロアで、人々が踊っている。

「この町ではこういう催しをよくやるの？」街路を横切りながら、カサンドラがたずねた。

「夏には月に一度くらいやっているよ。これが最後だろう。あと二週間も経《た》てば寒くなるからね」

暗闇に光る緑のネオンカラーのネックレスをつけた十代の少女三人が、飛び跳ねるように通り過ぎていった。興奮し、おしゃべりしながら、急ぎ足でせわしなく地面を動くさまは、木から落ちた色とりどりの葉が冷たい風に舞う様子にそっくりだ。グレイは少女たちの笑い声に顔をほころばせながら、カサンドラとともにぶらぶらとテントに向かった。糖蜜と唐辛子の匂いが鼻孔を刺激する。胃が賛同のうなり声とともに、出動態勢に入った。

「ワシントンにはいつ戻るの？」カサンドラはたずねた。

「すぐにでも。来週ニューヨークに行かなきゃいけないから、父はそのあと迎えに来る」

「今期もまたコロンビア大学で、あの政治学の講義をするの？」

「ああ。またやってくれと言われている」

「そのうち食事でもしましょう。アリソンとロジャーも呼んで」

「いいね」グレイは答えたが、アダムズ夫妻のことを思い出すとぎくりとした。ロジャーの不倫の話は今も信じられず、ジョンに聞いた事実を調べれば、すべてでたらめだと判明することを願っていた。

　バンドの前で立ち止まり、カサンドラに目をやった。カサンドラは踊るカップルたちをじっと見ていた。

「何か食べる？　それとも、ぼくとスウィングを踊る危険を冒してみる？」

「いいわね」

「まずは食事だ」グレイは優しく言った。アレックス・ムーアハウスの見舞いに行って以来、カサンドラは心ここにあらずだった。見舞いがうまくいかなかったのだろうが、カサンドラはその話をしたくないようだったので、グレイも無理にたずねることはしなかった。

二人で列に並びながら、グレイはバンドの前にいる人々に目をやった。中には本格的に踊っているカップルもいて、男性が女性を肩の上で揺すり、恋人や妻をくるくるまわしている。中でも、特にうまいカップルが一組いた。その男性は女性を、まるで自分の体の一部であるかのように動かし、女性も相手と同じときに同じ動きを思いつくかのように、それに応えていた。

グレイは動きを止めた。あれは、ジョイではないか。

曲が終わりに向けて盛り上がる中、〈ホワイト・キャップス〉のコックはジョイをくるりとまわして、自分の背中でひっくり返したあと、腕にしっかり抱いて低い位置に下ろした。ジョイは男の肩につかまり、頭をのけぞらせて、息を切らして笑っている。髪がふわりと落ちて、床につきそうになりながら、ジョイはパートナーを見上げた。

若くて、自由だ。ジョイが美しすぎて、グレイの目は痛んだ。

男はゆっくりと、両手をしつこく腰に添えたまま、ジョイの体を垂直に戻した。

グレイは歯軋《はぎし》りした。ばかげた、抗《あらが》いがたいほどの衝動が襲ってきて、ダンスフロアを横切り、男をジョイから引きはがしたくなる。乱暴に。実際、体重が左足にかかり、右の膝が上がるのを感じた。まるで、体が自分の意思とは別に動いているかのようだ。

グレイは無理やり視線をそらした。

恋人ならジョイの体に触るのは当然だ。それに、華々しいフィナーレの間、ジョイがあんなふうに男にしがみついていたということは、彼女も触れてもらいたがっているのだ。

くそっ。

「グレイ？　どうしたの？」

どうやら声が出ていたようだ。「なんでもない」

「もうすぐよ。何が欲しい？」

今、その質問をされると意味深に聞こえた。

列の先頭まで来ると、二人は食べ物を注文してピクニックテーブルに持っていき、夫婦と子供二人のそばにつめて座った。

グレイは湯気を上げるスペアリブにかぶりついた。グリルから下ろしたばかりのスパイシーで熱々の肉が唇と舌を焦がし、少しは気が晴れたが、まだじゅうぶんではなかった。やはり、ジョイのことは忘れろと言って、誰かにぼこぼこに殴ってもらったほうがいい。

「ところで、ききたいことがあるんだけど」カサンドラはチキンを一切れ手にした。

「なんだ？」

「いつから彼女のことが気になってるの？」

グレイは凍りついた。

なんと。豚肉が古い靴のような味に感じられる。

「いったいなんの話をしている?」

「わたしの前でとぼけたって無駄よ。たった今、あんな顔して彼女を見てるんだもの。昨日の晩もだったわ」

グレイはプラスチックのフォークをコールスローに突き刺した。その話題を打ち切ろうかと考える。だが、やめておいた。

「ジョイと一緒にいる男が見えるか? あの若い男だ」

カサンドラはうなずいた。

「あいつといて、ジョイが幸せなのがわかるだろう?」

「ダンスを楽しんでいるのはわかるわ。それがどこまで彼のおかげなのかはわからない」

グレイはピクニックテーブルの向かいにいるカサンドラと目の高さを合わせた。「重箱の隅をつつくようなことはやめてくれ。ジョイは輝かんばかりじゃないか。きみは本当に、ぼくがジョイをあんなふうにできると思うのか?」

「ええ、思うわ」

「違う。ああいう女性は、セックス以上のものを求めるようになるんだ。いや、求めて当然だよ。それに、あの身軽な二枚目は、間違いなく愛のこもった言葉を口にできるし、ポケットには指輪を忍ばせている。ぼくにできるのは、せいぜい二晩ほど一緒に過ごすことだけ。それすらできないかもしれない」

「自分をごまかさないで」

「きみはこれまでのぼくを知っているし、人間は変わらないものだ」

「それは違うわ」

グレイはあきれたように目を動かし、肉にフォークを刺した。「まあ、いい。とにかく、ぼくは変わらない。ジョイはぼくのタイプじゃないし、好きだからこそ大事に――」

「こんにちは、グレイ、カサンドラ」

グレイはすばやく顔を上げた。ジョイとあのコックがテーブルのそばに来ていた。

ジョイがおずおずと片手を上げてあいさつする間、グレイの目は彼女の黒いニットとはき古したブルージーンズをくまなく探っていた。運動をしたせいで、ジョイの髪は顔のまわりでカールし、頬は上気している。

ああ、かわいい人だ。そう思うと指に力が入り、プラスチックのフォークが真っ二つに折れそうになった。グレイは慌ててフォークから手を離し、口を拭った。

「やあ、ジョイ」グレイは言い、隣の金髪の男に向かって、感じよく問いかけているように見えることを願いながら表情を作った。「トム、だね？」

トムは慎重に接しなければならないことを察したのか、ゆっくりとうなずいた。「はい、ミスター・ベネット」

「グレイだ。グレイと呼んでくれ。ジョイの友達はみんな、ぼくの友達だからね」

トムはその言葉をまったく信じていないかのように、目を細めた。

鋭い男だ。

カサンドラもグレイに潜む攻撃性に気づいたのか、勢いよく口をはさんできた。「ちょうど、ダンスフロアにいるあなたたちを見ていたのよ」

「トムはわたしよりずっと上手なんです」ジョイは言い、男にほほえみかけた。「でも、今教わっているところ」

「ジョイは覚えが早い」

グレイは目が糸のように細くなるのを感じ、自分には嫉妬する権利はないのだと言い聞かせなければならなかった。腹を立てる権利も。

それでも、二人の間に割って入りたいという衝動は、執念深くよみがえってくる。黙ってジョイを肩に担ぎ、この男から引き離して、行けるところまで行けたらいいのに。

カナダだろうか。いや、アラスカかもしれない。

ジョイと恋人が去ると、グレイはスペアリブを手にして、肉をがつがつとたいらげた。

「グレイ、ジョイがタイプじゃないなら、どうしてそんな目で見るの？」

「それは、ぼくがばかだからだ。バーベキューの追加は？　すぐに持ってくるよ」

5

「で、どこでそんなダンスを習ったの？」皿を持ってトムと席に着くと、ジョイはたずねた。バンドは休憩中なので、話がしやすい。

「オールバニに住んでいるときに教室に通っていたんだ。昔の彼女に行けって言われたんだけど、そのあと本当にダンスが好きになってね」

「すてきだったわ」

「ありがとう」

バーベキューをお腹《なか》いっぱい食べると、ジョイはグレイとカサンドラが座っているテーブルのほうに目をやった。グレイは顔をしかめて頭を振りながら、空の皿を持って立ち上がった。彼は大半の人より背が高いため、人混みの中から見つけるのはたやすい。

ジョイがあいさつをしに行ったとき、グレイはひどく機嫌が悪そうに見えた。もともと気楽そうな雰囲気の人ではないが、今夜はいつも以上にきつい印象を受けた。

「誘ってくれてうれしかったよ」トムが言った。

ジョイはテーブルの向かい側を見た。トムはジョイを見ていなかった。唇を引き結び、皿の上でコールスローをつつきまわしている。

ジョイは深く息を吸った。「トム、わたし――」

「ジョイ、言わなくていいよ。わかってる。ただの友達なんだろう」トムは食べ物に向かってほほえんだ。ジョイと目を合わさずにいれば、この〝たいしたことじゃないよ〟という表情が本物らしく見えると思っているかのようだった。「いいんだ。申し訳なく思う必要はない。今夜は楽しかったから」

「わたし、本当に……」

「ぼくもだ」ようやくトムはジョイを見た。「心配しないで。きみに対して妙な態度をとるようなことはしない。キッチン付近できみと会ったら、前と同じようにふるまうよ」

ジョイは頭を振った。「トム、あなたって地球上でいちばんいい人なんじゃないかしら」

「その言葉は心にしまっておいてほしいな。女性はタフな男のほうが好きみたいだから」

「それはなんとも言えないわ」ジョイはつぶやき、グレイが山盛りの皿を持ってテーブルに戻るさまを眺めた。なんとかして、あの広い肩と長い腕から目をそらさなければ。

トムは紙ナプキンをぼろぼろにしながら手を拭いた。「それが自然の摂理だと思う。女性は強い者に惹《ひ》かれる。だから、きみはそんなふうにあの人を求めるんだ」

ジョイは目を剥《む》いた。

「おいおい、ジョイ。見ればわかることだし、きみの片思いでもない。あのベネットという人は、ぼくたちがテーブルに近づいたとき、今にもぼくの喉につかみかかろうとしていたよ。気をつけたほうがいい。育ちがよくて裕福でも、あの人には怖いくらい頑《かたく》ななところがある」

ジョイはグレイたちに視線を戻した。見知らぬ人が二人、彼らに近づいていったところだった。カサンドラがうなずいて皿を持ち上げ、グレイもむっつりと同じことをした。

それから二人は、ジョイとトムのほうにまっすぐ歩いてきた。

ジョイはゆっくりとフォークを置いた。

ああ、お願いだから、ごみ箱のほうに行ってちょうだい。

「どうも」カサンドラが言った。「ご一緒していい？　あっちのテーブルは座っていた家族の残りの人たちが来て、一緒に座りたいというから。わたしとグレイも知り合いを探したほうがいいと思って」

「どうぞ」ジョイは言った。

グレイはトムの隣に座った。二人の男は互いに会釈をしたあと、食べることに集中した。二人とも、楽しそうには見えない。

カサンドラはにっこりした。「ねえ、ジョイ、今日見せてもらったあなたのデザイン、本当によかったわ。午後はずっとそのことを考えていたの」

「なんのデザインだ？」グレイがたずねた。

ジョイはグレイに自分の趣味のことを教えるのはまっぴらだったので、黙っていた。だが、カサンドラが沈黙を破った。

「ドレスよ。ジョイはドレスを作るの。正確には、イブニングドレスね。しかも、すばらしいのよ」

「知らなかった」

「ただの趣味よ」ジョイはグレイとは目を合わさずに言った。

「考えていたんだけど」カサンドラが切り出した。「注文は受けてもらえるのかしら？」

「注文？」

「もしわたしにドレスを一着作ってほしいとお願いしたら、引き受けてもらえる？」

ジョイはカサンドラを見つめた。「どうしてわたしに頼むの？」

「あなたの才能がすばらしいからよ」

ジョイはカサンドラの〈シャネル〉のジャケットに目をやった。「あなたが買っているデザイナーの服のほうがずっとすばらしいわ」

カサンドラは肩をすくめ、名刺を取り出した。「無理だというなら、ちっともかまわないの。ただ、もしその気になったら電話して」

バンドがぞろぞろとガゼボのステージに戻り、チューニングを始めた。

「トム」カサンドラはトムに向き直った。「スウィングダンスのやり方を教えていただける？　もちろん、ジョイのお許しが出ればの話だけど」

トムはジョイを見た。「いいよね？」

「ええ、もちろん」

トムは文句を言われるかもしれないと思ったのか、おずおずとグレイを見た。グレイが黙って次のスペアリブを手にすると、立ち上がり、カサンドラと人混みの中に消えた。

そのあと訪れた長い沈黙の中、ジョイは何か注意を向ける先を探そうとした。あいにく、バンドが奏でる陽気な音楽にも、ほかのテーブルの笑い声にも、人混みの中をジグザグに進む子供たちの叫び声にも、グレイの沈んだ雰囲気の半分も興味を引かれなかった。

「断るなんてどうかしてる」グレイがつぶやいた。

「なんのこと？」

「カサンドラの服のデザインだよ」グレイは次のスペアリブの骨から肉をかじり取り、唇をなめた。

突然、ジョイはニットを脱ぎたくなった。気温は十度台前半だというのに。

グレイはナプキンを取り、手を拭き始めた。「カサンドラはニューヨークの流行の最先端にいる人だ。もし名前を売りたいなら、これ以上の方法はない」

「名前を売りたいかどうか、わからないの」ジョイはぼそぼそと言った。

グレイはまるでその言葉に満足したかのように、ゆっくりと笑顔になった。理由はさっぱりわからない。グレイのような男性は、闘争本能しか認めないのだと思っていた。

「ダンスをしようか？」グレイはたずね、ジョイと目を合わせた。

ああ……もうニットを脱がずにはいられない。

「あの――」

「あらかじめ言っておくけど、ぼくはトムほどうまくない。いや、足元にも及ばない。でも、きみの足を踏まない程度には踊れる」

グレイは遠くを見ながら立ち上がった。ジョイに向かって手を伸ばし、そして、待った。

これ以上グレイと接触するなど、最も避けたいことなのに。

ジョイは自制のなさを心の中で呪いながら、立ち上がった。グレイの手のひらに自然と手のひらが重なった瞬間、バンドはフランク・シナトラの古いバラード《愛の泉》を演奏し始めた。

「テンポの速い曲になるまで待ったほうがよさそうね」ジョイは言った。グレイの手は大きかった。温かかった。がっしりしていた。

「ああ」グレイは低い声で言い、ジョイをバンドのほうに連れていった。「そうかもしれない」

ジョイは視界の片隅で、トムとカサンドラがダンスフロアから歩き去り、セルフサービスのサンデービュッフェに向かうのを見ていた。ほかのカップルたちが身を寄せ合い、ジョイの頭は真っ白なまま、スローダンスが始まった。ジョイは腕を下ろして突っ立ち、バンドを見つめていた。そうしていれば、バンドがポルカを演奏してくれるとでも思っているかのように。

グレイがするりと板に上がり、動きをリードしたので、ジョイはどぎまぎした。ジョイの両手を自分の肩にのせ、自分の手をジョイのウエストに置く。グレイの体が動き始めた。ジョイも本能的に従った。そして、グレイの隅々まで意識することになった。手の下に広がる筋肉は硬く、スポーツジャケットの下で動いていた。

グレイの目を見ることはできなかったので、日焼けした首元に意識を集中させた。黒っぽい髪がシャツの襟の上をかすめるさまに。ジョイの体をしっかりと、自信たっぷりに支える手の力強さに。

グレイは女性の扱い方を心得ているのだ。なで方も。キスの仕方も。女性をあえがせる術《すべ》も。

彼の匂いは、なんてすてきなんだろう。

そのとき、グレイの片手がジョイの腰に動き、自分のほうに軽く引き寄せた。

ジョイは顔を上げた。薄い青色の目はまぶたに隠れ、テントの薄明かりでは表情を読むことができない。

「あの人がきみにぶつかりそうになったから」グレイは説明し、ジョイの頭越しに顎をしゃくった。

ああ、なるほど。そうでしょうね。

グレイが二人の間に再び距離を空ける。ジョイは目をそらそうと、本気で努力した。だが困ったことに、目はグレイの唇から離れなくなってしまった。

グレイの唇は、ジョイの唇のすぐ近くにあった。たった数センチ先。キスをするには、爪先立ちになって、身を乗り出すだけでいい。そうすれば、彼の味を知ることができる。

「ジョイ」グレイの声は険しかった。「ジョイ、ぼくを見てくれ」

「え?」ジョイは視線を上げた。

「こんにちは」グレイは皮肉めかして言った。

ジョイは顔をしかめた。「どうしたの?」

「きみが誰とダンスをしているのか、覚えておいてもらいたいんだ」

忘れられるはずがないのに。「大丈夫よ、あなたとトムをごっちゃにしたりしないわ」

「じゃあ、物欲しそうに唇を見つめるのはやめてくれ。そういう顔は恋人に見せるものだ」

とたんにジョイの顔は真っ赤になった。「何を言っているのかわからないわ」

嘘《うそ》つき、嘘つき、大嘘つき、と心の中で思う。

グレイは悪態をついた。「ああ、だろうな。あと、首から手を離してくれ」

ジョイは慌てて手を引っこめ、社会的に許される位置である肩から、いつの間に首に移動したのだろうと思った。

「まったく、トムはたいした男だよ」

「どういうこと？」

ジョイのウエストの上で、グレイの手に力が入った。グレイはうつむいた。低く、少しかすれた声が、ジョイの耳を震わせる。

「きみのその目つきが、男をどんな気分にさせるかわかってるのか？」

ジョイは息が止まった。動きも止まるところだった。音楽も、人々も、テントも、全世界が消えていった。そこにあるのはただ、グレイの大きな体から放たれる生々しい男の熱だけ。顔を上げると、グレイの目にぶつかった。その目は、素肌と素肌の触れ合いを予感させた。危険な、感情などおかまいなしの、心を粉々に砕いてしまうセックスを。

「くそっ、ジョイ。きみのせいで死にそうだ」

ジョイはグレイの目に絡め取られ、何も言えなかった。

「いちおう言っておく」グレイは歯軋《はぎし》りしながら続けた。「このままでは、きみの目つきでぼくがどうなったかを見せつけてしまう。まともな神経があるなら、きみも昨夜《ゆうべ》それを感じたはずだ」

「あれは、あなたがほかの人のことを考えていたからだわ」

「なんだって?」グレイは喉の奥で低い音をたて、ジョイを近くに引き寄せた。太腿が触れ合う。手のひらがジョイの肋骨《ろっこつ》をなで上げ、骨の強さを試すかのように指が曲がった。その手でジョイをつぶそうとするかのように。

だが、すぐさまジョイは無造作に押し戻された。まるで、グレイがそれまで使っていた、塩胡椒《こしょう》のシェーカーや電話といった無機物であるかのように。

ジョイはがっかりしたが、次の瞬間、グレイと目が合った。その目は燃えていた。

「トムは自分がどれだけ幸せ者かわかっているのか」グレイはぶつぶつ言った。

「そういうのじゃないの」

「彼は何歳だ?」グレイにはジョイの声が聞こえなかったようだった。

「二十九よ」

グレイの目にうんざりした色が浮かんだ。「年齢的にもお似合いだな」

ジョイは再び、トムと自分はつき合っているのではないと指摘しようとした。だが、それではグレイを誘っているようだし、ジョイにもプライドがある。それに、曲は終わり、グレイはすでにその場を立ち去ろうとしていた。

二人は、トムとカサンドラがサンデーの残りをつついておしゃべりしているテーブルに戻った。カサンドラが立ち上がった。

「今夜はとても楽しかったわ」カサンドラは言った。「でも、明日はニューヨークに戻らなきゃいけないの。トム、会えてよかったわ」

別れのあいさつが始まると、ジョイはグレイに目をやった。グレイはカサンドラが言った言葉にほほえみ、トムと握手をしていた。

九月の半ばだ、とジョイは思った。グレイはじきに日常の暮らしに戻り、次にサラナック・レイクにやってくるのは何カ月も先のことになる。丸一年が経《た》ち、冷えこむ秋と、寒さの厳しい冬と、じめじめした肌寒い春を経てようやく、ここに戻ってくるのだ。

ジョイは注意深くグレイの顔を観察し、笑うと目尻にできるしわを記憶に刻んだ。夕方になると目立つ顎のひげ剃《そ》り跡を。ジャケットを押し上げるたくましい胸を。平らな腹部が腰に、そして長い、長い脚に続くさまを。

これで、来年の夏までこの人には会えないのだ。

そして絶対に、もう二度と一緒にダンスを踊ることはないだろう。

グレイは振り返り、ジョイを見た。顔からゆっくりと笑みが消えていく。

「さようなら、ジョイ」

ジョイはすばやくまばたきし、顎を上げて、大人に見えるよう努めた。「さようなら、グレイ。よい冬を」

「ありがとう。きみも」

そう言うとグレイは人混みの中を案内するように、カサンドラの腰に手を添えて歩き去った。

「ジョイ?」トムの声は穏やかだった。

「え?　ごめんなさい、何?」ジョイは地面に視線を落とし、目に光るものがたいまつの灯《あか》りに照らされないようにした。

「そろそろ帰ろうか?」トムが優しく言った。

「ええ、お願い」ジョイは皿を手にし、テーブルの上のカサンドラの名刺に目を留めた。名刺はごみと一緒に捨てた。


グレイは家に帰ると、服を脱いで裸でベッドに入った。胸が痛み、胸骨をさすった。いまいましいスペアリブめ。好物だが、とばっちりも食らう。

ベッドの上掛けに手を下ろした。

まったく、なんなんだ。ぼくは誰に言い訳をしているんだ。

今夜はジョイのおかげで、ひどい目に遭わされた。

ジョイの顔に浮かんだあの表情——計算のない、あの官能への好奇心に、車にはねられたほどの衝撃を受けた。誘惑の手引きに載っているような女性の手管を知り尽くした男にとって、直接的な、率直なアプローチは怖いくらいセクシーだった。だが、グレイを虜《とりこ》にしたのは、目新しさだけではない。この熱い反応は、ジョイのすべてに対してだった。ラベンダーの香り。ウェーブのかかったロングヘア。白いすべすべの肌。

あのダンスを思い出すだけで、体にエンジンがかかった。グレイは枕を殴りつけ、横向きに転がって目を閉じた。

両手をジョイのウエストに留《とど》めておくには、真剣に自分をたしなめなければならなかった。二人の体の間に五センチの距離を保とうとすると、体が震えた。

ジョイの恋人の話題を出すことが、その空気を打ち破る唯一の方法に思えた。そうでもしないと、ジョイをダンスフロアから引っ張り出し、テントの前を通り過ぎて、ビロードの闇に連れこんでしまいそうだったのだ。喜び勇んでジョイの欲求にふけり、組み敷いたジョイが必死にしがみついてきて……。

情けないうなり声がもれ、グレイはジョイと一緒にいた好青年のことに思いを馳《は》せた。来年になって会うころには、ジョイは婚約しているかもしれない。結婚も。

あの青年は、なんと、なんと幸せ者なのだろう。

一週間後、ジョイは兄の部屋のドアをノックした。「兄さん？」

ベッドが軋む音がした。そのあと、しゃがれた声が聞こえた。「なんだ？」

「入ってもいい？」

「ちょっと待って」

待っている間に、ジョイは深呼吸をした。

「いいよ」アレックスが声をかけた。

ドアを開けると、アレックスはツインベッドの片方に寝ていて、大柄な体がマットレスからはみ出しそうになっていた。脚のギプスは枕の上に上げられ、片方の腕は脇に置かれている。シャツを着たばかりらしく、髪がぺたりと額に張りつき、手はズボンに裾を押しこもうとしていた。

この一カ月で体重がずいぶん減り、それは顔に表れていた。以前から彫りが深いが、今はこけている。日焼けの大部分は残っているが、濃くつやめく肌も顔色の悪さは隠せていない。明るい筋の入った黒っぽい髪は、清潔だがくしは入っておらず、乱れていた。

「具合はどう？」ジョイは静かにたずねた。

アレックスは顔をしかめ、その質問を無視した。「まだ食事の時間じゃない」

「ええ、そうね」ジョイは家具のまばらな室内に座る場所を探した。結局見つからなかったので、ベッドのそばの床に腰を下ろした。

半分空になったスコッチの瓶が目の前にある。

ジョイが酒に目をやると、アレックスはマットレスの上をこつこつと指でたたいた。フランキーに酒をやめなさいと言われてうんざりしているのだろう。食事は残さず食べなさい、薬をのみなさい、と。

「ちょっと頼みがあるの」ジョイは言った。「ううん、ちょっとどころじゃないかも」

アレックスの指の動きが止まった。「言ってくれ」

その引き伸ばすような口調から、兄が怪しんでいるのは明らかだった。

「実は、その……」ジョイは言葉を切り、もっとほかの方法で目的が果たせればいいのにと思った。「ここを閉めるシーズンが近づいてきたから、家の中は落ち着いてきたわ。グランド・エムは例の新しい薬物療法を受けていて、それがずいぶん効いているみたいだし。姉さんの結婚式も順調よ。ドレスも完成したの」

アレックスはいいほうの腕で胸を抱くようにした。医者にさまざまな処置を施され、五キロ、いや七キロほど体重が落ち、寝たきりになっても、兄は堂々としていた。「それで、頼みってなんだ？」

「カサンドラ・カトラーの電話番号を教えてほしいの」

長い沈黙が流れた。ようやくアレックスが口を開くと、出てきた声は彼の顎と同じくこわばっていた。「理由をきいてもいいか？」

「カサンドラがわたしのデザイン画を見て、ドレスを作ってほしいと言ってきたの。そのときは断ったんだけど……今はどうしようか迷ってる。時間は取れるようになったし、楽しそうだなって。ただ、名刺は捨ててしまって、職場も電話番号もわからないの。兄さんなら、あの人と連絡を取る方法を知っているかもしれないと思って。機嫌を損ねたくなかったから、きくのはやめようかとも思った。今も、兄さんがいやだと言うなら、カサンドラには連絡しないつもりよ。全部あきらめるわ」

アレックスは髪をかき上げた。目を閉じる。

「やっぱり」ジョイはつぶやいた。「まずかったわね。ごめんなさい――」

アレックスは首を横に振った。「いや、たいしたことじゃない。おまえがしていることに誰かが興味を持ってくれるのはうれしいし、カサンドラはファッション通として有名だから」

アレックスはすらすらと番号を言い、ジョイは慌ててメモできる紙を探した。

「もう一度言って」ジョイは言い、雑誌の裏表紙にその番号を走り書きした。

「それがカサンドラのニューヨークの自宅の番号だ」

「ありがとう、助かったわ」

ジョイは兄のくぼんだ腹に張りつくシャツを見て、ためらいがちに言った。

「何か食べるものを持ってきていい？」

「やめてくれ」

ジョイはスコッチに目をやった。

「それから、酒のことも聞きたくない」

ジョイはうなずいた。「わかった。あとで夕食を持ってくる」

「急がなくていい」

「兄さん――」

「ドアはきっちり閉めてくれ。いいな？」

ジョイは部屋を出ていき、兄のために何かできることはないだろうかと考えた。だが、やはり何も思いつかなかった。

一階にある姉のオフィスに入り、どこか愚かしい気分で、兄にもらった番号を押した。電話に出た相手は外国訛《なま》りがあり、〝カトラーでございます〟という言葉を、一段落ほどの長さに伸ばして言った。ジョイは自分の名前を告げたあと、丁重に断られるのではないかと思いながら、カサンドラに取り次いでもらえるよう頼んだ。実際には、少し待たされたあと、カサンドラが電話に出てきた。

「ジョイ！　電話をもらえるなんてうれしいわ」

「わたし、その、あなたのドレスを作らせてもらえるというお話について考えていたの。もしまだ興味があるようなら、やらせてもらえないかと思って」

「もちろんよ。しかも、タイミングもばっちりだわ。もうすぐホール財団の毎年恒例の祝祭があるの。ニューヨークにはいつ来られる？」

ニューヨークに？

驚いた。最後にサラナックより大きな街に行ったのは、大学時代のことだ。しかも、ヴァーモント州バーリントン市は、高層ビルがそびえ立つ大商業都市とは言えない。それどころか、六階建てのビルがあれば、摩天楼と見なされるようなところだ。

「いつでも行けると思うわ」

「よかった！　じゃあ、明日グレイの車で一緒に来てくれない？　彼、先週コロンビア大学の講義のためにこっちに来るはずだったんだけど、お父様に何かあったみたいで」

どうしよう、四時間半、グレイと車に乗るなんて。しかも、それは片道の時間なのだ。それに、大都会にも気後れを感じた。そんなにも長い間、どうやって気を張っていればいいの？

「あの……わたし、列車で行ったほうがいいかも」

「何言ってるの。グレイもあなたが一緒のほうが楽しいでしょうし、わたしの自宅も知ってるんだから」

「ええ、でも――」

「わたしからグレイに電話しておきましょうか？」

それでは失礼を重ねてしまうことになる。「いいえ、わたしがするわ」

「ニューヨークではうちに泊まってちょうだい。客室が三つあって、ほとんど使っていないの。泊まってもらって全然かまわないから」

「ご親切にありがとう」

「どういたしまして。じゃあ、明日」

ジョイは受話器を置き、それをじっと見つめた。

次はグレイに電話しなければならない。

グレイは革張りの椅子から身を乗り出し、デスクに肘をついた。

「いや、きみの顧客にはこう言うんだ。もし手を引かなければ、つぶしてやると。わかったか？　その下院議員がうちの顧客に対する中傷キャンペーンをやめなければ、こっちはメディアに垂れこんで、あいつが例の建設契約で何を企《たくら》んでいるのかアメリカじゅうにばらしてやる。覚えてるだろう、自分の姻戚の幽霊会社と結んだ契約だ」

電話の向こうの弁護士は、取り乱したように前言を撤回し始めた。脅しのために送りこまれた大物だが、無残な敗北を喫していた。グレイはこの種の騒動はお手の物で、弁護士にうるさく騒ぎ立てられたくらいではびくともしない。

あいにく、十一月が近づくにつれ、こうした舞台裏の争いは激しさを増していく。威嚇の応酬が続くと思うとうんざりだった。議員が今すぐ中傷広告をやめなかった場合に取ると言った手段も、実行するのは気が進まなかった。

それでも、実際には即刻電話を入れるのだが。

グレイはバーボンに手を伸ばした。「じゃあ、失礼する。きみと話すのはうんざりだ」

気取り屋の大都会の弁護士は相変わらずしゃべり続けていたが、グレイは電話を切った。

それから頭を振った。素人め、言論の自由を引き合いに出すなど、ばかげている。修正第一項が存在するのは確かだし、それは実にありがたいことだ。けれど、憲法は嘘つきを守るための盾として使うものではない。少なくとも、グレイの世界ではそうだった。

電話が鳴った。

どうせまたあの弁護士だろう。電話を切ったことを業務妨害で訴えると脅すつもりだ。

グレイは受話器を取り、ぴしゃりと言った。「〝うんざり〟という言葉のどの部分が理解できなかったんだ?」

長い沈黙が流れた。

「グレイ?」

グレイは息をのみ、バーボンを置いた。「やあ――」

「ジョイ・ムーアハウスよ」

「ああ、わかってる」

「わたし、その、さっきカサンドラと電話をしていたの。明日、あなたがニューヨークに行くと聞いて、一緒に乗せていってもらえないかと思って」

グレイは深く息を吸った。最近、神頼みをした覚えはなかった。だが、神様はどうやら万事心得ているようだ。

「もちろんだ。迎えに行くよ。ただ、出るのは早い。七時だ」

「かまわないわ」

「カサンドラのドレスを作るのか？」

「ええ」

「いい選択だ。カサンドラにとっても」

「じゃあ、明日の朝に」

「ああ。じゃあ、また」

グレイは電話を切った。弁護士と話している間、背筋を這《は》い上がって肩にしみこんでいた緊張感が、ゆっくりとにじみ出していく。

ただ、その代わり、半分高ぶってしまった。それでも、たとえ勘違いでも、みじめなほどしつこくても、期待というものは、弁護士に引き起こされたいらだちよりずっといい。

顔に笑みが浮かんでくる。

愚かな笑みを消し去ろうと、グレイはバーボンをあおり、仕事に戻った。

だが、笑みは消えてはくれなかった。

6

朝の冷たい空気の中に立ち、小さなスーツケースと書類かばんを足元に置いて、ジョイは途方に暮れていた。まさか、ニューヨークに行くことになるなんて。しかも、グレイの車で。彼の美しすぎる恋人のドレスをデザインするために。

夢うつつの感覚は、ＢＭＷが角を曲がってくると、ますます強くなった。グレイが車から出てきて、笑顔であいさつをしてくる。

「準備はいい？」

ジョイはすばやくグレイの姿を眺めた。黒っぽいスーツ。鮮やかなネクタイ。ぱりっとした白いシャツ。髪は後ろになでつけられ、まだ少し濡《ぬ》れていた。ヒマラヤ杉の石鹸《せっけん》と、あの洗練された、サンダルウッドのアフターシェーブローションの香りを漂わせている。

ジョイは荷物に手を伸ばしたが、グレイが先に持ち手に手をかけ、スーツケースとデザイン画をトランクに入れてくれた。革張りのシートに乗りこみ、車内を見回すと、ステンレスのコーヒーマグが二つ、目に入った。

「きみの分も買ってきたよ」グレイは運転席に乗りこみながら言った。「好みがわからなかったから、砂糖とクリームは足元の袋に入ってる」

四時間後、アインシュタインは正しかったことがわかった。時間とは相対的なものだ。大都会が目の前に広がり、車がリバーサイド・ドライブに入っても、ジョイは車に乗ってからまだ十分しか経《た》っていないような気がしていた。二人はしゃべりどおしだった。グレイはジョイのデザインに心から興味を示してくれた。ジョイの愛読書にも。ジョイが聴く音楽にも。大きなことから小さなことまで、さまざまな事柄に対するジョイの考えにも。グレイにますます夢中にならずにいるのは難しかった。どういうわけか、グレイが自分に興味を示してくれるという事実は、彼の外見的魅力よりずっと心惹《ひ》かれるものだった。

その上、グレイは長身で黒髪の端整な容姿を、惜しげもなく披露しているのだ。

「カサンドラの家は、パークの七〇丁目台にあるんだ」グレイはそう言えばジョイに何かが伝わると思っているようだった。

「わたし、ニューヨークに来るのは初めてなの」

「本当に？　じゃあ、カサンドラにそのへんを案内してもらうといい。ニューヨークは世界でも指折りのすばらしい都市だ。ぼくも大好きな街だよ」

ジョイは窓の外を眺めた。「なんだか……気後れしちゃう」

空は明るく晴れわたり、真っ青な秋の空にビルがそびえ立っている。何もかも、特に超高層ビル群の険しい角が投げかける影は、鋭すぎるように見えた。あざけるように胃がむかつき、胆汁のようなものがせり上がってきそうで、ジョイは視線をまっすぐ前に戻した。だが、なんのなぐさめも得られなかった。歩行者もタクシーもトラックもメッセンジャーも、ぼやけて見えるほど急いでいて、妊娠中の女性では乗れない遊園地の乗り物のようだ。

ここにいるすべての人に、その人が必要とされている場所があるようだった。今すぐにでも。動く速さのせいで、誰もが重要人物のように見えた。

自分の内側のテンポをそれに合わせようとしながらも、ジョイは今〈ホワイト・キャップス〉の自宅にいるのならよかったのにと思った。今は十一時半をまわったところだ。いつもならグランド・エムの昼食を用意している。慣れ親しんだ、居心地のいいキッチンで。毎日のように食べ物をのせている皿を使って。

わたしはニューヨークでいったい何をしているの?

深く息を吸い、視覚的な刺激を避けようと、膝に視線を落とした。目にした光景のせいで、自分がちっぽけに思えた。黒いパンツは洗濯を繰り返したせいで、縫い目が濃い灰色になっている。荷物にも同じような服が入っているだけだ。特にしゃれた服を持っていないため、場違いな田舎者に少しでも見えないようにと、黒っぽい服ばかりつめてきたのだ。ニューヨークは、パステルカラーの服で来るべき場所ではない気がする。市の条例でピンクが禁じられているかもしれない。花柄などもってのほかだ。

だが、急ぎ足の人々を見ていると、誰も自分のカムフラージュにはだまされてくれない気がした。手のひらで腿をさすると、手が汗ばんでいるせいで綿生地が引っかかった。

「こっちにはよく来るの？」ジョイは気を紛らわせるためにたずねた。

グレイがうなずく。「ときどきコロンビア大学で講義をしているし、クライアントも二人いるから。なんだかんだで月に一、二回来ている。幸いＤＣからは飛行機ですぐだし」

「こっちに住むところはあるの？」

「ウォルドルフ・アストリア・ホテルに泊まっている」

マンハッタンの最高級ホテルだ。ジョイはシートの上でもぞもぞと動いた。黒いシャツの襟を引っ張る。

「大丈夫？」グレイはジョイのほうをちらりと見てたずねた。

「ええ」ジョイは咳払《せきばら》いし、もう一度言い直した。「ええ、大丈夫よ」

グレイはシートのこちら側に手を伸ばした。一瞬、ジョイの手を包みこみ、そしてハンドルに戻した。「うまくいくよ」

ジョイはグレイのほうを見た。グレイはタクシーと車とトラックでごった返す道路に集中していたが、肩の力は抜けている。くっきりした横顔に、目に見えるほどの自信、仕立てのよい服。グレイは完全に主導権を握っていた。それどころか、本当は手を一振りするだけで道路を空けることさえできるのに、神が人間社会で暮らすときの流儀として、あえて渋滞の不便に耐えているようにも見えた。

この人が何かを怖がることはあるの？　途方に暮れることは？　悲しむことは？

統計的に考えれば、答えはイエスだろう。そこまで魔法に守られた生活を送っている人はいない。だが、グレイがなんらかの弱みを見せているところは想像できなかった。

「あなたはすごく幸せな人ね」ジョイは静かに言った。

黒っぽい眉がぴくりと上がった。「なぜ？」

「とても強いから」

グレイは顔をしかめた。「まじめな話、ぼくもまったく強くなれないときがあるよ」

数分後、グレイは濃い緑色の日よけのついた、白っぽい高層ビルの前に車を停《と》めた。制服を着たドアマンが進み出て、ジョイの側のドアを開けた。

「ごきげんよう、マダム。ミスター・ベネット、お会いできて光栄です」ドアマンは帽子のつばを上げた。

「ロドニー、元気かい？」グレイはトランクを開けてジョイのスーツケースを取り出し、ジョイの傍らにやってきた。ジョイがスーツケースを受け取ろうとすると、反対側の手に持ち替えた。「こちらはジョイ・ムーアハウス。今夜はミセス・カトラーのところに泊まる。ぼくは階上《うえ》まで送っていくだけだ」

ジョイは建物の中に入った。ロビーの床は総大理石で、生け花のブーケが一面に飾られている。エレベーターは真鍮《しんちゅう》とガラスでできた古めかしい外観をしていたが、動きは最新型のようだった。二人を乗せて上がっていく最中、一階ごとに陽気なチャイムが鳴った。

エレベーターが止まると、グレイは扉を押さえてジョイを先に出したあと、廊下を進んで凝った装飾のドアの前まで連れていった。呼び鈴を鳴らすと、メイドが出てきた。

カサンドラもすぐに出てきた。「まあ、よかった！　ちょうど昼食に間に合ったわ。グレイ、あなたも食べていく？」

グレイは首を横に振った。「一時間後には講義室にいなきゃいけない。でも、二人とも今夜の食事を一緒にどうかな？」

カサンドラはかぶりを振った。「わたしはアリソンと会う約束をしているの。でも、ジョイは街に出たいでしょう？」

ジョイはグレイを見た。「わたしの相手をしてくれなくても大丈夫よ」

「七時に迎えに来る」

そう言うと、グレイは出ていった。

ジョイはマホガニーのテーブルを鉛筆でこつこつたたき、頭を振った。カサンドラとはすでに何時間も話をしていた。

「いいえ、カサンドラ、それは違うと思う。あなたが着るべきなのは赤よ、理由を説明するわ。このハイカラーのドレスにしたら、顔映りがぐんとよくなって、それをドレス全体の効果の一部として利用できるチャンスなの。赤色が胴を上がって、喉と顎を縁取る……このラインが見える？　色とデザインが相まって、顔が花の中にあるように見えるのよ。でも、もしそれが落ち着かないなら、髪をアップにすれば、コントラストは軽減されるわ。でも、わたしが色合いを間違えなければ、その必要はないし、そこは信頼してもらって大丈夫よ」

　ジョイは自分がスケッチしたデザインを見つめて待った。こんなにもずけずけとものを言っている自分が信じられなかったが、頭の中に浮かんでいるものには絶対の自信があった。ドレスの外観も、色も、サテンの落ち方も、はっきりと目に見えていた。

けれど、初めてのたった一人の顧客に、強引だとは思われたくなかった。

「あの……押しつけがましくてごめんなさい」

「いいのよ」カサンドラはにっこりして顔を上げた。「驚いたわ、あなたって本当に優秀なのね。それに、あなたの言うとおりよ。それでいきましょう」

　ジョイはにんまりと笑いたくなるのをこらえた。「後悔はさせないわ。約束する」

　柱時計が部屋の隅で打ち始めた。

「六時だわ」カサンドラが言った。「グレイはそのうち来るでしょうし、あなたも支度をしないとね。そうそう、あなたの部屋の浴槽はゆったり浸《つ》かれるみたいよ。移動で疲れきったお客さんによく言われるの」

デザイン画を集め始めると、達成感は消えていった。グレイと食事に出かけることを思い出して、場違いな感覚が戻ってきたのだ。

格式高いダイニングに視線をさまよわせると、場違いな感覚はさらに強くなった。重みのあるアイボリーのカーテンから、オービュッソン織りの絨毯《じゅうたん》、暗いトーンの油絵にいたるまで、何もかもが申し分のないセンスと潤沢な予算のもとに選ばれていた。

自分とカサンドラの住む世界が違うことは、デザインの話をしているときはいとも簡単に忘れられた。だが今、現実が戻ってきた。

「ジョイ?」

「なあに?」

「グレイとわたしの間には何もないのよ」

ジョイの手は凍りついた。「わたしには関係ないわ」

「関係ないかもしれないけど、言っておきたくて。グレイとは長年の友達なの。わたしが建築家として仕事を始めたばかりのころに、顧客になってくれて」カサンドラはテーブルに散らばっていた色鉛筆を拾い上げた。「少し立ち入ったことをきいてもいい?」

ジョイは肩をすくめ、せかせかと動いて持ち物を集めた。消しゴムが手から飛び出し、床にスワンダイブを決めたときは、ほっとした気分でテーブルの下に手を伸ばした。

「いつからグレイのことが気になってるの？」

ジョイは忙しいふりをぴたりとやめ、気を失うことの利点を考えてみた。それは実にたくさんあり、第一に、グレイ・ベネットの話題を打ち切ることができる。それだけでも、美しい絨毯の上に倒れ、頭を打つリスクを冒す価値はありそうだった。しかも、その衝撃で少しは分別が戻ってくるかもしれない。

「ごめんなさい、ジョイ。わたし、ときどきすごくぶしつけなことを言ってしまうの」

「それはかまわないわ」ジョイは注意深く顔を上げた。「でも、正直に言うと、あの人のことを話すのは気が進まないの」

「よくわかったわ」少し間があったあと、カサンドラはにっこりした。「じゃあ、今夜何を着るかだけでも教えてもらえない？」

「あ……どうしよう。本当に、しゃれたものは何も持っていないの。出かけるとは思わなかったし」

「わたしの服を貸しましょうか？」カサンドラは問いかけた。

ジョイが見たとき、カサンドラの目は間違いなくきらりと光っていた。

グレイはエレベーターから出て、カサンドラの部屋がある廊下を見わたした。

セミナーは問題なく終わったが、全体的にはひどい一日だった。ロジャー・アダムズの不倫の噂《うわさ》をたどるのは、楽しい作業とは言いがたかった。グレイはジョンが紹介してくれた情報提供者が曖昧なことを言うのを願っていた。だが、そうはならなかった。アンナ・ショウはロジャーの部屋から出てきて、その目撃者と鉢合わせすると、顔を赤くして反対方向に走っていったらしい。かかとを蹴り上げたとき、レインコートの後ろのスリットがぺらりとめくれ、〈ヴィクトリアズ・シークレット〉の虎柄の下着が見えたという。素肌の大部分も。

とはいえ、一つの証言だけで、ロジャー・アダムズが情報漏洩《ろうえい》をしているとか、妻のアリソンを裏切っているとか決めつけることはできない。ただ、暗雲は立ちこめてきた。また、この状況全体に何か引っかかるものがあった。それがなんなのかはまだはっきりわからないが、自分の直感に火がつき始めたら、答えがわかるまで調べたほうがいいということは、とうの昔に学んでいる。

思いをめぐらせながら、グレイはカサンドラの部屋の呼び鈴を鳴らした。

ドアが開いた。

そこには、今まで見たことのないジョイ・ムーアハウスが立っていた。グレイは目が飛び出しそうになりながら、平静を保とうとあがいた。

無理だった。目の輝きを抑えることができず、舌が口から飛び出してネクタイにまで垂れ下がらないよう祈ることしかできなかった。

ジョイは襟ぐりの深い黒のドレスを着ていて、クリーム色の胸のふくらみはあらわになっている面積のほうが大きいくらいだ。ブラジャーはつけておらず、とても上質そうな絹が肌にふわりとのっていて、指先一本で襟ぐりをずらすことができそうだ。自分がジョイに鼻をすり寄せながら、ドレスのどこかにあるファスナーを下ろしている情景が目に浮かんだ。

グレイは視線を上げた。ジョイは髪をまっすぐに梳《す》いて、背中に下ろしていた。あの髪に触れて、顔をうずめたい。

全身にジョイを感じたい。

グレイは咳払いをし、ダブルのジャケットのボタンをすばやくはめた。自分の体に起きている異変を隠すのが礼儀だと思ったのだが、それは自己防衛のためでもあった。かといって、ジョイがグレイの動揺に気づいていないわけではなかった。頬骨が赤く染まっているのは、グレイにじろじろ見られて戸惑っているせいだろう。

ああ、これでも昔は女慣れしていたのに。本当だ。

「準備はできてる？」グレイはたずね、答えがイエスであることを祈った。

なぜなら、グレイの中の野蛮人が、悲惨だが説得力のある理屈で指摘してきたからだ――ジョイが玄関に出てきたということは、カサンドラとメイドは不在のはずだと。もしグレイが中に入り、背後でドアを閉めれば、ジョイと二人きりになってしまう。プライバシーはじゅうぶん保たれる。しかも、ベッドは選べるほどたくさんあるのだ。

「ええ、そうね、準備はできているわ」ジョイは言い、顎を上げた。指はドレスのネックラインをいじっていて、できれば服を脱ぎたがっているように見える。

なるほど、二人とも意見は同じわけだ。

ジョイは廊下のテーブルから小さな黒いバッグを取り、グレイの脇を通り過ぎた。香水をつけているらしく、あまりのセクシーさにグレイは頭がおかしくなりそうだった。しかも、このハイヒールときたら。ヒールはひどく高く、足首がとても華奢《きゃしゃ》に見えて、ジョイを抱き上げて車まで運びたくなるほどだ。

いや、たとえそれが戦闘用ブーツでも、ジョイを抱き上げたくなることに変わりはない。

グレイはドアを閉め、ジョイに続いてエレベーターに向かった。扉が開くと、腰に手を添えてエスコートしようと手を伸ばしかけ、思いとどまった。

だめだ。触れてはいけない。ジョイが超ハイヒールのパンプスに打ち負かされそうになら ない限りは。そのときも、あくまでけがをするのを防ぐだけだ。

なぜなら、もしジョイに手を触れたら……。

「どこに行くの？」ジョイがたずねた。

ジョイの声は低くて静かで、なでられているような気分になった。グレイはロビー階のボタンを押し、ジョイのほうは見ようとせず、頭上で点滅する小さな数字に集中した。

「〈国会《コングレス》〉だ」

「なんですって？」

「昔からこの街にある会員制クラブだよ」

「まあ。わたしの格好、変じゃない？」

ああ、〝最高にセクシーだ〟と言う以外、どう答えればいいんだ。

「問題ない」

エレベーターが止まると、グレイはジョイのために扉を押さえた。ジョイがそばを通り過ぎるときは、彼女を中に引き戻して緊急停止ボタンを押し、ドレスの中に潜りこみたくなる衝動を抑えるのでせいいっぱいだった。

ロビーを通り抜ける間、今こそ叱咤《しった》激励のときだと思った。

いいか、よく聞くんだ、グレイソン・ベネット。ジョイは別の男のものだ。ドレスをこんなふうに着こなせるレディのほとんどには、そんなことは関係ないかもしれないが、このはっとするほどセクシーな女性の中身はジョイ・ムーアハウスなんだ。

だから、手を出すんじゃない。

このドレスがよくなかったのかしら、とジョイは思いながら、リムジンに乗りこんだ。

〝問題ない〟

承認の言葉以外の何物でもない。

実際、グレイは戸口でジョイの姿をひととおり眺めたあと、むっつりと黙りこんでしまった。ジョイが洗練された女性のふりをしていることを見抜いたのかもしれない。嘘《うそ》をついていることにいらだっているのだろう。

階上に戻って、自分の黒いパンツとニットに着替えたい、と心から思った。どんなに地味でも、あれを着れば少なくとも自分らしくいられる。

リムジンはパーク・アベニューを走り出し、ジョイは革張りのシートの向かい側に目をやった。グレイはドアに肘をつき、こぶしに顎をのせて、窓の外を見ていた。眉はきつくひそめられていて、まるで議論の真っ最中のようだ。

「ねえ、やっぱりやめたほうがよかったんじゃないかしら」ジョイはだしぬけに言った。

グレイの顔がこちらを向いた。「疲れてるのか？」

いいえ、違う。スターバックスを飲んでも、神経のざわめきにはなんの効果もなかった。

「あなたがうわの空だから。それに、食事に連れていってくれなくてもかまわないの。一人で行けるし、むしろ、着いたら別々に――」

「ジョイ、怒らないでほしいんだが、ちょっと黙ってくれ」

グレイは目に炎を燃やし、そっぽを向いた。

なるほど、読み違いをしていたようだ。グレイが黙っていたのは、ジョイにいらだっていたからではなく、かんかんに怒っていたからなのだ。

ジョイはグレイの横顔を観察した。その高価な黒いスーツの下で、華やかなシルクのネクタイと金のカフスボタンというしゃれた身なりの裏で、なんらかの暗い感情にこわばっている。ジョイに腹を立てているのだろう。あるいは、かちんとくる発言があったのだ。

「すまない」しばらくして、グレイはぼそりと言った。「ぼくはこういう気分のとき、ひどい態度をとってしまうんだ」

「どうしたの？　ミーティングがうまくいかなかったとか？」

グレイはかすれた声で大笑いした。「今では、一日何をしていたのかも思い出せないよ」

「一人になりたい？」

グレイの視線がジョイの顔に這《は》い上がってきた。その表情があまりに真剣で、ジョイは思わず目をぱちぱちさせた。そうでもしないと、網膜が焼けてしまいそうだった。

「いや、一人にはなりたくない」グレイは低くかすれた声で言った。一瞬、ちらりと視線を落としたあと、目をそらした。「だから困っているんだ」

ジョイはゆっくりと息を吐き出し、下を向いて自分の体を見た。車内の薄暗い灯《あか》りの下でも、胸の曲線ははっきりと見えた。官能的に。自分の目から見ても、胸はふくよかで、ジョイを誘うようだった。

リムジンは停まり、緑と金の制服を着た男性がドアを開けた。グレイが先に出て、ジョイに手を差し出す。

ジョイはカサンドラが言っていた、グレイとは恋人同士ではないという言葉を思い出した。カサンドラが嘘をつくとは思えなかった。もし、グレイとカサンドラの間に何もないのなら、あの晩、グレイの家の図書室で起こった出来事は、カサンドラとは無関係ということになる。つまり、関係があるのはわたしなのだ。

それに、グレイはダンスを踊ったときも、たぶんわたしを求めていた。

どこまでも無鉄砲な考えが頭に浮かんだ。十年も夢を見続けた末に、今は実際に大都会でグレイと出かけているのだ。デートの一種だと言ってもかまわないだろう。しかも、グレイは自分に興味を示してくれている。

まるで、夢物語が現実になろうとしているみたいだ。

グレイは身を屈《かが》め、リムジンの中をのぞきこんだ。「来るんだろう?」

一度だけ。それで、夢が現実になる。

ジョイは手を伸ばして、グレイと手のひらを重ね、肌をこすり合わせた。グレイもジョイと同じ熱を感じたのか、指をぴくりと震わせたあと、手を握ってジョイを引き上げた。

ジョイは外に出ると、上半身を突き出し、グレイに対して横向きになるよう体をひねった。目を合わせる勇気はなかったが、歩き出すとき、確かに腰がグレイの体に触れた。

グレイが鋭く息を吸いこんだので、いくらか自信がついた。

凝った装飾のドアを通り抜けながら、ジョイはこれまで観《み》てきた恋愛映画を頭の中で反芻《はんすう》していた。男性に色目を遣ったことは一度もなく、もっと経験を積んでおけばよかったと思う。

猿でもわかる誘惑術——ベストセラー間違いなしのそんな本を、なぜ誰も書いていないの？

「ベネット！　元気か？」四十代の男性が近づいてきて、ジョイに感嘆のまなざしを向けた。「こちらはどなたかな？」

「ジョイ・ムーアハウスだ。こちらはウィリアム・ピアソン四世」グレイはそっけなく言い、ジョイをその男性とは別方向に連れていった。

玄関から格式高いダイニングルームの窓辺のテーブルに着くまでに、グレイは三十人もの人々と言葉を交わしていた。クラブにいる全員と知り合いらしく、席に着くまで時間がかかったが、おかげでジョイも気を引き締める余裕ができた。

大丈夫。きっと大丈夫。イブが林檎《りんご》一つと蛇の指導だけで誘惑を実行できたのなら、〈ステラ・マッカートニー〉のドレスと〈ジミー・チュウ〉の靴をまとったわたしにもできるはず。

けれど、グレイのエスコートで椅子に座り、彼も向かい側に腰を下ろすと、ためらいが生まれた。グレイは堕落を志願しているようには見えなかった。自分にバーボン、ジョイにシャルドネをグラスで注文する間、重苦しい雰囲気を漂わせていた。むしろ、リムジンにいたときよりもひどくなっているように見える。

グレイの意図を読み間違えた？　そこで、ジョイは少し試してみることにした。髪を後ろに払い、手をドレスの前にふわりと下ろす。その手を途中で止め、襟ぐりを引っ張った。とたんに、グレイの目はジョイの動作に釘《くぎ》づけになった。あの鬱々とした雰囲気が少し晴れ、脈打つような欲望があらわになって、ジョイは椅子から吹き飛ばされるかと思った。よくわかった。その点ははっきりしているようだ。

ワインだ。今はワインを飲めばいい、とジョイは思い、一口すすった。

「それで、今日は何をしていたの？」ジョイはたずねた。

グレイはジョイのドレスの前から顔を上げた。こちらに向かって身を乗り出す。

「ジョイ、一つアドバイスをしよう」グレイは言った。「ぼくの注意を引こうとするなら、事前によく考えたほうがいい。ぼくはからかわれても気にしないような、いい人間じゃない」

ジョイはグラスを落としそうになり、グレイはバーボンのグラスを手にぐいとあおった。

ジョイは深く息を吸ってからたずねた。

「からかっているわけじゃなかったら？」

グレイは窒息しそうになった。ジョイは引き下がると思っていたのだ。

ところが、グレイが何か言う前に、タキシード姿のウエイターがテーブルにやってきた。

「ご注文はお決まりですか？」

ああ、そうだな。全身のどろどろ煮をメインに、サイドは〝ぼくはいったい何を考えていたんだ〟で。こちらの女性は、セックスの女神のポットパイが食べたいようだ。

「少し待ってくれ。とりあえず、バーボンのお代わりを」

ウエイターはうやうやしくうなずき、姿を消した。

グレイはテーブルの向かいに目をやり、今こそ紳士になるチャンスだと思った。自分にもまともな神経が残っていることを証明するのだ。

「ジョイ、本気で言ってるわけじゃないよな。きみは自宅から、現実の生活から遠く離れている。見境のないことが簡単にできてしまう」

「つまり、あなたはわたしに……」ジョイは最後まで言わなかった。

「惹かれていない？」

ジョイがうなずく。

「今この瞬間は、きみが欲しくて手が震えるほどだ」ジョイが目を丸くしたので、グレイはショックを与えれば引き下がるかもしれないと考え、さらにたたみかけた。「そのドレスを歯で破って、両手で全身を隅々までなでまわし、そのあと唇でも同じことをしたい。

惹かれるってそういうことだろう？　いや、それどころじゃない。今夜、何人も男に会ったただろう？　あいつらがきみを見るたびに、殴りかかりたくなった」

ウエイターがバーボンを持ってきた。グレイはそれをいっきに飲み干したかったが、なんとか自分を落ち着かせた。気をしっかり持たなければならない。

そう、気をしっかり持つんだ。

「でも、それはよくないことだ」

「どうして？」

「きみを傷つけたくないいし、正直に言って、ぼくはきみにはふさわしくない」

「そんな――」

「いや、そうなんだ。きみにとってのセックスが、ぼくにとってのそれよりも大きな意味があるのは間違いない」グレイはバーボンを飲んだ。「ぼくは翌朝、女性を置き去りにして、それっきりにしたことも多い。自慢できることじゃないが、自分がしてきたことは無視できないし、きみにそんな仕打ちをしたくないんだ。ジョイ、ぼくはきみが好きだ。本当に。だから、ベッドに置き去りにするようなまねをしたくない」

ようやくジョイも黙った。

またドレスのネックラインに手をやったが、今回その手は端をかき合わせた。

「ぼくがこんな男じゃなければよかったと思うよ」グレイはそっと言った。「だって、ぼくはきみとそうなりたくてたまらないから」

食事の間じゅう、ジョイは試合前の選手のような顔をしていた。二人はジョイの姉の結婚式やカサンドラのドレスのこと、ニューヨークの歴史について話したが、たえず料理をつつき、椅子の上でもぞもぞしていた。帰るころには、ジョイは疲れきってぴりぴりしていた。

くそっ、ぴりぴりしているのはぼくも同じだ。

リムジンがカサンドラのアパートメントの前で停まると、グレイが先に降りた。

「階上まで送るよ」グレイは言った。

「いいえ、大丈夫」ジョイは車から降り、肩越しに振り返ってほほえんだが、その表情はグレイより左のどこかに向けられていた。「夕食をごちそうさま」

グレイはジョイと一緒にロビーに入った。

「いいの、グレイ、自分で帰れるから」

「お願いだ。紳士の務めを果たさせてくれ」グレイは言い、エレベーターのボタンを押した。「ぼくは父と同居している。今も説教されるんだ」

二人は黙ったままエレベーターで階上に上がり、グレイはジョイが鍵を取り出してドアを開けるのを待った。ペントハウスの中は暗かった。

「ありがとう」ジョイは言い、中に入って、手探りで灯りをつけようとした。

「ほら、スイッチを探すのを手伝うよ」グレイは住居に足を踏み入れた。

背後でドアが閉まった。

壁を手のひらでたたきながら、右に体を倒したとき、ちょうどジョイが左に動いた。二人の体は暗闇で触れ合った。

グレイは凍りついた。ジョイも凍りついた。

街の灯りが窓から室内に差しこんでいて、目が慣れてくると、ジョイの顔の輪郭が見えてきた。体の曲線も。

なんてことだ、ジョイはすぐ近くにいて、香りもわかるほどだ。

部屋から出るんだ。今すぐに。

「グレイ?」ジョイがささやいた。

「なんだ?」言葉を発することができた自分に、グレイは驚いた。顎ががちがちにこわばっていて、バールでこじ開けなければ二度とものを食べられそうにない。

「自宅から離れているせいで衝動的になっているというのは、あなたの言うとおりよ」

グレイは息を吐いた。ありがたい、ジョイは理性を取り戻している。

「だから、もしサラナック・レイクの近くにいたら、絶対にこんなお願いはしないんだけど」ジョイはグレイを見上げた。「キスしてもらえない?　一度でいいから。どんな感じかなって……少し前から考えていたの。純粋なお願いよ。下心は何もないの。ただのキ

ス」、

グレイの体はいっきに暴走を始めた。

「それはまずい」ぶっきらぼうに言う。

ジョイはうつむいた。「そうよね。ごめんなさい、今のは忘れて——」

「ぼくが途中で止められるかわからないから」

ジョイが顔を上げる。

「ああ、まったく」グレイはそれが自分の声だとは思えなかった。血液と同じく、ねばついていた。「きみは美しすぎる」

「ドレスを気に入ってくれてうれしいわ」

「ドレスなんてどうでもいい。着ているものとはなんの関係もないよ」

ジョイは手を伸ばし、グレイの襟に触れた。「キスして。一度だけ。お願い」

それで決まりだった。突き放すことはできなかった。そこまで意志は強くなかった。

グレイは近づき、ジョイの髪を後ろに払って、両手で顔をはさんだ。顔を後ろに傾けると、ジョイは唇をわずかに開き、目を閉じた。体がぴたりと動きを止めたのがわかる。息もしていないように見えた。これから起こることに、全エネルギーを注ぎこんでいるようだ。

実を言うと、グレイも謙虚な気持ちになっていた。

親指でジョイの繊細な頬をなで、顔を見つめたまま体を倒していく。唇を優しく重ねた。それで終わるつもりだった。本当に。

ところが、ジョイの体に走ったかすかな震えがあまりにエロティックだったので、グレイはもう一度軽くキスした。ほとんど力は入れず、ただ唇と唇を触れ合わせるだけのキスだ。ジョイの手がグレイの胸を這い上がり、首に巻きついた。

グレイは再び唇を重ねたが、今回はあまり優しくはなかった。それに応えるように、ジョイはグレイに身を寄せ、体を触れ合わせた。ジョイの体のフィット感に、聞いたことのある使い古しのたとえが次々と頭に浮かぶ。まさに鍵と錠、手と手袋だ……。

ジョイを抱くのはどんな感じかと思い、自分が彼女の中に入っているところを想像する。深々とうずもれているところ。動いているところ。

ああ、たまらない。動くなんて。

うめき声が聞こえ、それが自分の口から出たものであることに気づいた。思いとどまる暇もなく、両手をジョイの髪に差し入れ、舌を口に潜りこませた。ジョイの味が甘すぎて、床に倒れてしまいそうになる。彼女がデザートに飲んでいたスペアミントティーと、いかにもジョイらしい何かが混じり合っていた。

ジョイはグレイの肩にしがみつき、グレイはジョイに腕をまわして、自分の体に強く押しつけた。太腿と太腿、胸と胸を合わせ、ジョイの柔らかな感覚を味わいながら、彼女の背中を壁に押しつける。

「行かないと」グレイはジョイの唇の上で言ったあと、またもキスをした。

両手をウエストから腰へと這わせる。ドレスは二人の体を隔てるには薄っぺらすぎた。ジョイの肌の感触を隅々まで感じながら、両手で肋骨《ろっこつ》付近をなでまわし、胸の下で手を止める。

「くそっ」ジョイの唇の上でうめく。「やめないと」

そう言いながらも、切迫感に襲われて、さらに激しくキスをした。ジョイは体を引くどころか、片脚をグレイのふくらはぎに巻きつけ、こすりつけた。

グレイの自制は砕け散った。

ジョイは昔から、グレイと抱き合うのはこんな感じだろうと夢想していた。

立ったまま壁に押しつけられ、硬い体が覆いかぶさってきて、唇と舌が口にすばらしい刺激を与え、手つきはエロティックで少し荒々しい。胸を探り当てられると、ジョイはグレイの名前を呼んだ。

「やめろと言ってくれ」グレイはしゃがれた声で言った。「お願いだ」

「絶対にいや」

グレイはいらだちのうなり声をあげ、ジョイが脚に巻きつけている片脚をつかんで、曲げて腰まで上げ、下半身をこすり合わせた。グレイのそそり立った高ぶりの感触が熱く伝わってきて、ジョイは自身の下腹部をさらに押しつけた。グレイの手はドレスのスカートの中に潜りこみ、太腿をなで上げ、借り物のガーターベルトに触れた。

その手がむき出しの素肌にたどり着くと、グレイはジョイの唇の上で言葉にならない声を発した。そして、再び唇の上で動き始めた。

ジョイは経験がなさすぎる上、圧倒されていて、自分の上でグレイの体が解き放たれていく間、彼にしがみつくことしかできなかった。だが、グレイもそれ以上のことは求めていないようだった。そう、どうすればいいのかはグレイがはっきりと知っていた。

「どの寝室を使ってるんだ?」グレイはたずねた。

「廊下の先……二つ目のドアよ、左の」

グレイはジョイを抱き上げ、歩き始めた。

大股に歩くグレイの顔は、見慣れたものであると同時に、初めて見る気もした。骨格も同じ、顔を縁取る黒っぽい髪も同じだが、高ぶっているせいで顔つきが変わっている。目は見開かれ、ほとんど何も見えていないようだ。眉はきつくひそめられている。肌は上気し、口は鋭く息を吐いていた。

ジョイはグレイを見ながら、自分が処女であることを告げようとしたが、二人の情熱に蓋をする口実は絶対に与えたくなかった。これはわたしの体。彼を受け入れるのは、わたしの選択だ。これほど自分が興奮していれば、そこまで痛い思いはしないことがわかる程度には、セックスの知識もある。処女であることに、グレイは気づかないかもしれない。

グレイは寝室のドアを足で蹴り開け、クイーンサイズのベッドにジョイを運んでいった。ジョイを下ろすと、ドアを閉め、鍵をかけた。

こちらに向かってくるグレイを見ながら、後戻りはできない、とジョイは思った。グレイはここにいて、わたしと愛を交わすのだ、と。そしてもちろん、終われば部屋を出ていって、それっきりなのだろう。そしてもちろん、ジョイは打ちひしがれる。

だが今、グレイはここにいるのだ。

グレイはジョイを見下ろすように立ち、ジャケットを脱いで椅子に放った。首からネクタイをむしり取る。

グレイがベッドに入ってくると、ジョイの体はせり上がった。

「ジョイ、本当にいいのか？」グレイはたずねた。「本気で望んでいるのか？」

ジョイはうなずき、両手をグレイの豊かな髪に差し入れた。「ええ、もちろん。本気よ」

グレイは一瞬目を閉じた。

そして、ジョイにキスをした。

ドレスはグレイの手の下で溶けていった。グレイはファスナーとボタンの外し方をきっちり心得ていた。どれだけ多くの女性の服を脱がせてきたら、これほど手早くできるようになるのかは考えないようにしよう、とジョイは思った。

そんな思いは、グレイにあらわな体を見られたとたん吹き飛んだ。グレイはひどくうやうやしく、ゆっくりした動きでジョイに優しく触れ、首から鎖骨、その下へとなで下ろしていった。

グレイは再び唇を重ね、舌をジョイの口に潜りこませながら、胸のふくらみを手のひらで包み、ジョイはその衝撃にベッドの上で身をのけぞらせた。グレイの舌がとがった胸の頂を探り当てると、頭が真っ白になり、言葉を忘れ、グレイの中でわれを失った。

だから、グレイの手が脚の間で動いていることにも、ぼんやりとしか気づかなかった。少なくとも、熱く潤ったところに触れられるまでは。

「グレイ」

グレイは顔を上げ、とろんとした目に葛藤の色を浮かべた。「ペースが速すぎた？」

「愛してる」ジョイはささやいた。

「なんだって？」グレイがぎょっとしたように目を見開いた。

ジョイはたじろいだ。何、これ。わたしがそんなことを口にするなんて。

だが、グレイを見上げると、おののいているのは自分だけでないことがわかった。これ以上グレイがぞっとした顔になれば、その表情からハロウィンのマスクが作れそうだった。

「なんでもないわ。なんでもないの」ジョイは慌てて言った。そして、両手で顔を覆った。

当然、処女であることを慌てて告白するつもりはない。今はとにかく、それ以外で男性に冷や水を浴びせることのできる唯一の発言を取り消したくてたまらなかった。

〝愛してる〟

グレイはベッドから飛び下り、ジョイは羽根布団を引き上げて体を隠した。グレイがジャケットとネクタイめがけて一直線に飛んでいくなら、ジョイもそうするほかなかった。

「本当に、もう帰らなくちゃいけないんだ」グレイはジョイに背中を向けて言った。

ええ、そうでしょうね。

本気じゃないの、と言いたかったが、今は何を言おうとも、あの言葉の効果を覆すことはできそうにない。何を言っても、さっきまでの二人に戻ることはできそうになかった。

それに、この口から飛び出した言葉をわざわざ強調するのは、得策ではない。今さらそんなことを言うのは、遠くのほうに立ちのぼる煙を見つけ、〝ねえ、爆発か何かあったんじゃない？　ここから逃げたほうがいいわ〟と言うのと同じことだ。

それに、グレイが今すぐ帰ったほうがいいのは事実だった。ジョイにも差し迫った用事があった。バスルームに飛びこむとか、涙に暮れるとか、そういう類いのことだ。

グレイはドアの前で立ち止まった。ジョイを振り返る。「きみは……」

言って、とジョイは思った。言ってちょうだい。

わたしは大ばか者だ。自分にもグレイにも恥をかかせた。ああ、どうしてあんな言葉を口にしてしまったの？

「ごめんなさい」ジョイは言った。

グレイは首を横に振った。「謝らなきゃいけないのはきみじゃない。ぼくだ。こんなことまでしたのが間違いだった」

「ここであったこと……全部忘れましょ」

「ああ……そうしよう」

グレイの背後でドアが静かに閉まると、ジョイはベッドから飛び出し、シャワーに向かった。火傷《やけど》しそうに熱いしぶきを浴びて、顔からメイクをこすり取り、肌を洗い流すことで、今夜の始めに戻れるような気がした。

石鹸を腕に当てた手が止まる。

いいえ、戻るのは、グレイがのしかかってきたとき、荒々しい目つきをして息を切らし、大きな体をわたしの体に食いこませてきたときまででいい。

ジョイは目を閉じた。グレイの感触はとてもよかった。

エクスタシーの味がした。

なのに、どうして何もかも台なしにしてしまったんだろう？　ああ、ストーカーの傾向があると思われたかもしれない。あるいは、グレイの財産を狙っていると。

そして、自分がどうしようもなく田舎くさいことを証明してしまった。

一度だけのチャンス。それをこっぱみじんにしてしまったのだ。

グレイはウォルドルフ・アストリア・ホテルのスイートルームに入った。

ジョイは本気ではなかったのだ。まさか、本気だったはずがない。

だがそのとき、ジョイが自分の発した言葉に気づく前に、こちらを見上げたまなざしが思い出された。その目は輝いていた。自分の口から出たその言葉を信じていた。

かわいい人。きれいで、かわいいジョイ。

それが、このありさまだ。

今まであれほど欲情したことはないような気がした。唇と手に感じられるジョイは温かい蜂蜜のようで、肌はこれまで触れた何よりも柔らかく、匂いは香水よりも甘美だった。染色体にいたるまで、自分が雄であることを感じた。官能的で、激しくて、力強かった。ジョイが鋭く息を吐くたび、その体が自分の下でうねるたび、彼女のすべてが欲しくなった。ジョイが差し出してくれるすべてを受け取り、それ以上のものを要求したかった。ジョイを焼き尽くし、内側から燃え上がらせて、その炎に自分も焼かれたかった。

だから、あのとき言葉を発してくれてよかったのだ。もしジョイがすばらしいセックスと感情を混同するほどうぶなのであれば、グレイにはまったくふさわしくない女性なのだ。

もちろん、最初からわかっていたことだが。

とはいえ、ジョイを置き去りにしたのはやりすぎだ。グレイがドアにすっ飛んでいったとき、ジョイの顔に浮かんだ羞恥と困惑の表情はこたえた。ジョイに、何も恥じることはないんだと言いたかった。きみは美しい、ぼくが逃げ出すのは、そうしなければならないから、それが正しいことだからだと。きみは大事に扱われるべき人だからなのだと。

なのに、ドアの前で足を止めたとき、言葉は出てこなかった。あと一秒でもあの部屋にいれば、ジョイのもとに戻っていたに違いない。

とにかく、明日はサラナック・レイクまで車で一緒に戻る。昼間なら、今夜は言えなかったことを何もかも言えるだろう。二人の間できちんと話をつけることができる。

服を脱ぐと、ジョイの香水がシャツからふわりと香った。その香りにグレイは再び硬くなり、一連の光景が頭によみがえって、一晩じゅう眠れなくなりそうになった。

いや、一カ月、二カ月……半年間は眠れないかもしれない。

ベッドに入り、灯りを消して、暗闇に目を凝らした。

それから五時間、ベッドの上でのたうちまわっている間に夜が明け、グレイは昇る朝日を見つめながら、ジョイが隣にいてくれたらと思った。ルームサービスに頼んだ朝食が運ばれてきたら、ジョイは同じ皿から食べてくれただろうかとぼんやり考えた。卵はスクランブルエッグにするのが好きだろうか？　目玉焼き？　クロワッサンを食べさせるのは楽しいだろうし、いちごジャムが好きだとなおいい。昼から甘いジャムをなめ取ることができる。ジョイもぼくの指からなめ取ってくれるかもしれない。

グレイは皮膚が縮み、体がふくれ上がったかのような全身のうずきを感じながら、ミーティングをこなした。カサンドラのアパートメントの前に車を停めると、もし昨夜泊まっていたらどうなっていただろうと考えずにはいられなかった。一晩の間に、ジョイとは二回も三回も愛を交わしたはずだ。グレイの名を呼びすぎて声がしゃがれるまでジョイを満足させたら、腕の中で眠る彼女を見守る楽しみが待っている。

グレイが自分のこともジョイのことも裏切ったのだとしか思えなかった。

それでも、あのとき部屋を出ていってよかったのだ。そう、あの撤退は間違いなく道徳的で、自制の利いた高潔な行動であり、仕事のために支持しているあらゆるナンセンスに対して、バランスを保つために用いるのと同じ態度だった。

「ミスター・ベネット？」くぐもった声が聞こえ、ドアマンのロドニーが車の窓からのぞきこんでいるのがわかった。「どなたかをお待ちですか？」

いや、その動詞は間違ってる。〝どなたかを必死にお求めですか？〟のほうが正しい。

グレイは車から降りた。「ミセス・カトラーのお客さんを迎えに来たんだ。すぐに戻る」

ドアマンは帽子を上げてあいさつし、グレイはロビーに入った。ちょうどカサンドラがエレベーターから出てきた。

どこか戸惑ったような顔で、グレイを見る。「何か忘れ物？」

「えっ？」

「ジョイよ。彼女、何か忘れていったの？」

グレイは顔をしかめた。「今、迎えに来たんだ」

「ジョイならもう出ていったわ。今朝早く、列車で帰ると言って。聞いてないの？」

グレイは妙な胸騒ぎを覚えた。「いや、聞いてない」

カサンドラの目が細くなった。「それは変ね」

グレイは髪をかきむしって悪態をついた。車を飛ばせば四時間で〈ホワイト・キャップス〉に着くはずだ。

「ジョイは、その、元気そうだったか？」

「少し疲れていたみたい。早く家に帰りたいとは言っていたけど、それ以外はとても幸せそうだったわ」

とても幸せそう、か。

そのとき、頭にひらめくものがあった。トムだ。

トム。ジョイの恋人。

「グレイ、大丈夫？」

グレイはほほえんだが、頬が真っ二つに割れそうな気がした。「絶好調だ」

「でしょうね。ひどい顔をしているわ。どうしたの?」

「あとで話すよ」

グレイは車に戻った。ニューヨーク・ステイト・スルーウェイに乗って北を目指すころには、アディロンダック山地に着いて真っ先に〈ホワイト・キャップス〉に向かうのはやめたほうがいいと思い始めていた。

どこにも向かわないのがいちばんいい。

二人の間に流れたあの時間は決して忘れられそうにないが、ジョイは結局のところ、恋人の待つ地元に向かっているのだ。それに、昼間になってみれば、ジョイもあれ以上何も起こらなかったことにほっとしているだろう。

命拾いをした、とグレイは思った。二人とも、命拾いをしたんだ。

なぜなら、足りない脳の奥で小さな声が告げているとおり、一度ジョイをものにしてしまえば、再び求めてしまうからだ。

7

三週間だ。あれから三週間経《た》ったのに、まだあの女性を頭から追い出すことができない。

飛んでくるスカッシュのボールが、グレイにはナイフを持った生き物のように見えた。その物体に猛烈な力でラケットのフェイスをたたきつけ、壁に打ちつける。ボールはラインを派手に飛び越え、リバウンドがもう少しでパートナーの胸に当たりそうになった。

ウォール街の大物で金融界の寵児《ちょうじ》、母の日にさえマザコンになりそうにないタフガイのショーン・オバニオンが、戦車のごとくグレイに迫ってきた。

「いい加減にしろ！　身を屈《かが》めて球をよけたのは、これで四回目だぞ！」

ショーンはグレイと胸が触れ合うすれすれのところまでつめ寄り、サウス・ボストンの荒くれ者だったかつての姿を容易に彷彿《ほうふつ》とさせた。今やっている礼儀正しい試合ではなく、喧嘩《けんか》がしたいとグレイが言えば、ショーンはその話に乗るだろう。この場で。エリートが集う〈コングレス・クラブ〉のスカッシュコートの上で。

ショーンが〝SOB〟と呼ばれているのも不思議はなかった。それは彼のイニシャルだけでなく〝くそ野郎《サン・オブ・ア・ビッチ》〟も意味していた。

「グレイ、いったいどうしたんだ？」

ああ、どこから話せばいいだろう。グレイは悪態をついた。「すまない。ストレス発散のつもりで。効果はなかったようだが」

せかせか動いてスカッシュの試合をしたところでどうにもならないことは、考えればわかる。小さなボールを追いまわしても、不眠に苦しんだ三週間、エロティックな夢に苛《さいな》まれた三週間、恋しがってはいけない女性を恋しがった三週間の欲求不満が晴れるはずがない。

必要なのは、ジョイなのだ。体の上に、腕の中に、必要なのは。

今、ニューヨークに戻ってからはどうだ？　当然、毎分毎秒ジョイのことを考えていた。

その思いから解放してくれるのは、投票結果だけだ。

ショーンは後ろに下がった。ボールをラケットの上で弾ませる。「何か悩みでも？」

グレイは頭を振った。「ぴりぴりしているだけだ。先に言っておけばよかったな」

「あるいは、二人でリングに上がればよかった」ショーンはひっそりと笑った。「なあ、シャワーを浴びて、バーに行かないか？　心臓外科医が必要になる事態はまっぴらだ」

「悪い。一時間後に、ロジャー・アダムズの家に行くことになっている。ケン・ライトを励ますパーティがあるんだ」

コートの出口に向かいながらショーンは眉を上げた。「ライトは市長選に出るんだな？」

グレイはドアを開け、友人のために押さえた。「ああ、でも選挙運動はどんづまりでね。ぼくはアヴェ・マリア、土壇場の救世主としてライトに雇われたから、これから十一月までいくらでも誘ってくれ。選挙が終わるまでは、ほとんどここ、マンハッタンにいる」

「試合ならいつでも歓迎だ」ショーンは冷ややかに笑った。「喧嘩もな」

「よくそれで、ぼくが精神的にやられていると言えるな？」

「少なくとも、ぼくは今日おかしな方向にボールを打っていない」

グレイはにやりとし、大理石の廊下を歩きながら、自分たちと同じく白の上下を着た会員たちに会釈をした。男性用ロッカールームは左側にあり、つやつやした二つの黒いドアが目印だ。室内は湯気と、各種アフターシェーブローションの匂いが混じり合ってむっとしていた。真鍮《しんちゅう》の名札のついたマホガニーのロッカーは天井まで高さがあり、磨き上げられたベンチがその前にずらりと並んでいる。

二人はウェアを脱ぎ、古めかしい共同シャワー室に入った。六メートル四方のシャワー室は全面白のタイル張りで、床に排水溝が四本設けられ、壁に取りつけられたシャワーヘッドは一ダースはあった。二人は奥のシャワーを選んだ。

「それで、女の名前は？」並んでクロムのハンドルをひねりながら、ショーンはたずねた。降り注いできた湯に、グレイの悪態はかき消された。

「もう一度きこうか?」ショーンがそっけなくうながした。

「女なんていない」

「ああ、そうか」ショーンは石鹸《せっけん》を両手で泡立て、顔を泡だらけにした。「いいじゃないか、グレイ。話してみろよ」

グレイは時間稼ぎをするために、シャンプーを手に絞り出して髪にこすりつけた。「頭がどうかしてしまったんだ。本当に」

シャワーの水音越しに、ショーンのどっちつかずの声が聞こえた。「なんのことだ?」

「名前は喜《ジョイ》びだ」

よく響く男っぽい笑い声に、グレイはだんまりを決めこむべきだったと後悔した。

「いい名前だな。寝ている相手か、それとも仕事相手か?」

「寝てはいない」顔が赤らむのがわかり、グレイは頭をシャワーの下に突き出した。「ただ、寝たくてたまらないだけだ」

「じゃあ、ベッドに連れていけばいい。何が問題なんだ?」

「いろいろあるんだ」

これまでの二人の間のいきさつを繰り返し思い返してきたせいで、ジョイが以前の印象どおりかわいらしくて純真な女性なのか、グレイのような男すらもセックスゲームに駆り立てる計算高い女なのか、わからなくなっていた。ジョイと過ごした時間がどれほどすばらしかったか、二人がどれだけ高ぶったかを思い出すたびに、彼女が自分といた間も、地元ではあの若き恋人が待っていたのだと胸に言い聞かせた。

「で、問題は?」ショーンはシャンプーを手のひらに絞り出しながら、答えを急《せ》かした。

「もし、彼女が前から思っていたとおりの女性なら、大事にしたいから手を出せない。もし、実際はそういう女性じゃないのだとしたら、耐えられない」

「ああ、なるほど」

「そういうことだ。彼女にいちばん惹《ひ》かれる部分は、その……いわゆる純粋さだと思う。昔から、十代のころから知っている子なんだ。よくわかってるんだ、彼女は絶対に――」

「ほかの女とは違う?」ショーンはシャワーの下で頭をのけぞらせ、髪をすいだ。

「ああ。こんなふうに彼女を求めることにひどい罪悪感を覚えるし、その上恋人と一緒にいるところを見てしまったんだ。そのあと、彼女がニューヨークに来たとき、ぼくたちはそういうことになって、とんでもなく興奮して……」グレイは胸に石鹸をつけた。「でも、恋人がいるのに、ぼくに体じゅうを触らせたんだ。きちんとした女に、どうしてそんなことができる?」

それは母が好んだゲームで、その結果がこのありさまだ。

「で、どういうふうに終わったんだ?」ショーンがたずねた。

真っ最中にだよ、とグレイは内心で答えた。あれ以来、性的な欲求不満でおかしくなっている。

「愛してると言われて、やめた」

ショーンは脚にこすりつけていた石鹸を取り落とした。「なんだって?」

「違うんだよ。向こうも本気で言ったわけじゃない。そんなはずはないんだ。だが、そのショックでぼくは正気に戻って、部屋を出てしまった」

「ああ、その五文字の言葉には、確かに男を現実に引き戻す力がある」

「彼女がどういう人間なのかわからなくなったんだ。前から思っていたとおりの女性なら、ひどい目に遭わせることになってしまうから、手を出すわけにはいかない」

「でも、もし違ったら?」

「そうだな、そうなると話は別だ。ただ、真実を知りたいのかどうか、自分でもわからない」失望することになれば、おかしいくらい打ちのめされるだろう。

ショーンは体の泡を流し終えると、シャワーを止めた。「彼女はこっちにいるのか?」

グレイもシャワーを止めた。「いや、北部だ」

湯はタイルにぽたぽたと、のんきな音をたてて滴った。隅にきれいに積まれたぶあつい白のタオルを一枚取ると、二人はロッカーに戻った。

「問題は、彼女のことが頭から離れないってことだ」グレイは自分のロッカーを開け、ボタンダウンシャツを取り出してはおった。「夢にも出てくる。まったく、十四歳に戻ったような気分だ。毎朝起きると……ほら、わかるだろう」

「ああ、ぼくの記憶が確かなら」ショーンは消臭スプレーをわきの下に噴きつけながら、小さく笑った。グレイも使えるよう、スプレー缶を放ってよこす。「のぼせ上がってるな。しかも、ひどいのぼせ上がりだ」

グレイはボクサーパンツをはいたあと、ピンストライプのズボンに足を入れ、手を荒々しく突っこんでシャツの裾を入れた。「ほかの女と忙しくしたほうがいいかもしれない」

だが、そう口にしたとたん、その案にまったく魅力を感じなくなった。

「ほかの女を身代わりにしたところで、問題が解決するとは思えないけどな」ショーンは語尾を引きずるように言い、黒いカシミアのセーターを頭からかぶった。「きみはセックスに飢えてるんじゃないだろう。その女に飢えてるんだ」

グレイは友人をにらみつけたが、それが図星であることはわかっていた。「きみに話してもちっとも心が晴れない」

「嘘《うそ》つきのおべっか野郎と話したいなら、ほかを当たってくれ」ショーンはずっしりした金時計を腕に巻いた。「アドバイスをしてやろう。彼女から自由になれ。こっちに来るよう誘い、スイートルームに閉じこめて、謎が解けるまで出さなければいい。きみが陥っているのは強迫観念の典型例だ。疑似体験療法を受ければ、すぐに日常生活に戻れるよ。もちろん、例外は……」ショーンは言葉を止め、黒髪を堂々とした額から後ろになでつけた。

「なんだ？」グレイはネクタイを結ぶ手を止めた。「なんなんだ？」

「例外は、彼女への思いが本物だった場合だ。そうなると面倒なことになる」グレイが悪態をつき始めると、ショーンは笑った。「まあ、その可能性はゼロに近い。ぼくやきみのような男には、その種の性質が備わっていないからな」

グレイはしばらく考えた。「そうかもしれない。どっちにしても彼女には恋人がいる」

「それは、彼女とその男の問題だ。きみとは関係ない」

「まったく、きみはタフだな」

「今ごろ気づいたのか？」

ロッカールームを出ると、ショーンはバーに向かい、グレイはロビーに出た。アリソンとロジャーのパーティには、さほど急いでいるわけではなかった。今朝やっと、ジョンに教えてもらった、ロジャーと例の記者の情事に関する最後の情報提供者を捕まえることができた。今回も証言は確認された。

こうなると、腰を据えてロジャーと話をし、何があったのか聞き出すしかなかった。ベッドに横たわってするさまざまな行為以外に、何か筋の通った説明が得られればと思うが、それが例えばどんなことなのかさっぱりわからなかった。しかも、これが見かけどおりの事態で、ロジャーが妻に隠しているのだとしたら、グレイは窮地に立たされる。当然アリソンには知る権利があるが、それは夫の口から聞かされるのが筋だからだ。ああ、知り合いの夫婦の中で、あの二人がどこよりもうまくいっていると思っていたのに。

〈コングレス・クラブ〉のロビーの濃い大理石を横切っていると、うなじの毛が逆立つのを感じた。あたりを見回す。人は何人もいるが、直感を刺激するような人間は誰も……。

「グレイ」

母の落ち着いた声に、グレイは一瞬目を閉じてから振り返った。

母のベリンダは今も美しかった。グレイと同じ黒っぽい髪は下ろされ、肩の上できらめいていた。目ははしばみ色で、目尻が垂れている。巧みにメイクが施され、美容整形で維持されている顔だ。当然、大金がなければ買えないような服で着飾っている。そして予想どおり、隣には男がいた。母が昔から好きだったタイプがそのまま年をとったような男だ。ハンサムで身なりがよく、うつろな目をしていて、礼儀正しい。

「やあ、母さん。そちらの男性は？」

「スチュアートよ。スチュアート、息子のグレイよ」

グレイは会釈をし、男が差し出した手はそよ風に吹かれるままにした。「はじめまして、スチュアート。仲睦《むつ》まじいお二人さえよければ、ぼくは先を急ぐので」

「グレイ、ちょっと待って」ベリンダは目をきらりと光らせ、前に進み出た。クラブの外まで追いかけてきそうに見える。

「忙しいんだろう？」グレイは語尾を伸ばして言い、スチュアートをちらりと見た。

ベリンダは上体をそらし、まるで自分の持ち物をなでるかのように、男の頬をなで下ろした。「スチュアート、悪いんだけど、二人にしてもらえるかしら?」

スチュアートはベリンダにほほえみかけ、唇にキスをしてから立ち去った。

スリッパや新聞も上手に取ってくるんだろう、とグレイが思っていると、ベリンダは小さく咳払《せきばら》いをした。「お父さんのことだけど」母は静かに言った。「具合はどう?」

「いったいどうしてそんなことを気にするんだ?」

「病気なんだもの。様子を知りたいと思うのは当然でしょう」

「近況ならほかの人にきいてくれ」グレイは母から逃れたくて、歩き去ろうとした。たまに顔を合わせると、母はグレイを聴罪司祭とでも思っているのか、昔のことを話したがる。

だが、子供時代のおさらいなどまっぴらだった。

背後の大理石からハイヒールの小さな音が聞こえ、グレイはこの場から手っ取り早く逃れることはできないと悟った。

「グレイソン!」ベリンダが鋭くささやいた。

グレイは足を止め、振り返って母をにらみつけてからアルコーブに入った。「なんだ?」

一瞬間があって、ベリンダは態勢を立て直した。「ねえ、グレイ、お父さんとわたしがその……相性が悪かったからって、あなたまでわたしを嫌う必要はないのよ」

グレイは両手をポケットに突っこんだ。お決まりのこの話題には死ぬほどうんざりしていたが、それでも餌がぶら下げられると食いついてしまう。それに、もし母がグレイに許しを乞いたいのなら、その特権と引き替えに息子から怒りをぶつけられるのは当然だろう。

「何もかも相性のせいにするとは面白いね」

「わたしとお父さんはまったく合わなかったのよ」

「ああ、母さんと父さんには埋めようのない溝がいくつもあった。まずは、母さんは売春婦なのに、父さんは妻を求めてたってところだ」

母は堂々としたまま、身をこわばらせた。「そんな乱暴な呼び方は感心しないわ」

「じゃあ、ぼくにつきまとうのはやめろ」グレイはネクタイの結び目に手をやった。絹地の下で、喉が締めつけられていた。

「あなたもお父さんと同じね。とても扱いづらいわ。二人とも、聞く耳を持たないのよ」

「母さんこそ体を縦にしていられないだろう?」

ベリンダの顔が青ざめた。「グレイソン!　わたしはあなたの母親よ!」

「わかってるよ」グレイは胃をむかつかせながら、のろのろ言った。「よくわかってる」

ロビーを見回す。あたりに人はさほどおらず、潜めた声が遠くまで聞こえないこともわかっていたが、人目のある場所で母ととことん話し合うつもりは毛頭なかった。

「とにかく、悪いけどおしゃべりしてる時間はないんだ」グレイは嘘をついた。「約束に遅れそうだから」

母はその言葉さえ耳に入っていないようだった。「人の恋愛を批判する権利はないわ」

「ぼくはあなたたちの子供だ。母さんが父さんにした仕打ちの影響下で生きるしかなかった。だから、批判する権利は十二分にある」

「あの人はわたしを愛してくれなかった」

「母さんが間違っているのはそこだ」

「あの人が愛していたのは、本と法律と仕事よ。わたしは十九で結婚して、二十歳であなたを産んだ。お父さんはわたしより十二歳も上で、仕事にどっぷり浸《つ》かっていた。自分がワシントンにいるときは、わたしたちを二人きりで何カ月もサラナック・レイクに放置したわ」

「母さんのそばにはいつも誰かいたじゃないか」

サラナック・レイクの屋敷の外壁を背に、男にドレスに手を入れられ、目を閉じて頭をのけぞらせていた母の姿が、強烈に脳裏によみがえった。その見世物を目撃したのは、十三歳のときだった。母の笑い声は甲高く、鋭く、切迫していた。グレイはその後何カ月も、悪夢となったその声で飛び起きることになった。

そして、グレイにも相棒がいた。十代のころは〝羞恥〟という相棒がいつも一緒だった。母が何をしているのか知っていたこと。母の秘密を守ったこと。父が電話をしてきたとき、母が外でどこかの男と抱き合っていても嘘をついたこと。

ベリンダは口を開けたが、グレイは手を上げて母を黙らせた。「いいか？　これまで十回も母さんにどこかの隅に追いつめられたときと同じで、今もこの話には興味がないんだ。失礼するよ、親愛なる母上」

「グレイソン、あなたのことが心配なの」母は力強く言い、グレイの腕をつかんだ。

その手を、グレイは振り払った。「ぼくも母さんのことが心配だよ。昔からずっと」

装飾の施されたドアから飛び出し、歩道の通行人の群れを突っきる。やってきたリムジンに乗りこんだとき、自分が両手を握りしめていることに気づいた。

リムジンがパーク・アベニューを走る間、グレイは窓の外を見つめ、平静を取り戻そうとした。だが、できなかった。アリソンとロジャーの家の前で車が停《と》まっても、ドアを開ける気になれない。グレイが嫌悪する理由によって、母は大人であるはずのグレイを今も迷子の少年の気分にさせる力を持っている。そんな自分の無防備さにうんざりし、感情が揺れて落ち着かない今、頭上のペントハウスで行われている社交行事のにぎわいに溶けこめないことはわかっていた。

「行き先を変えられますか？」グレイがなかなか降りないので、運転手が問いかけた。

「いや。ありがとう」

グレイは車を降り、冷たい風をスーツの生地の隙間から感じながら、目的の建物のあるブロックを何周かまわった。覚悟が決まるとロビーに入り、エレベーターに乗って、ぼくは自分をコントロールできる、パーティで待ち構えていることにも対応できる、と自身に言い聞かせた。

ところが、アダムズ家に足を踏み入れた瞬間、それが嘘だったことを悟った。完璧にしつらえられたペントハウスでは、百人ほどの人が動きまわっていた。その全員と知り合いだというのに、突然、誰もが見知らぬ他人に見えてきたのだ。あるいはそう願っただけかもしれない。人々の話し声や笑い声、オードブルの匂い、互いに優位に立とうとする人々の中に煮えたぎる礼儀正しさを装った攻撃性が、いっせいにグレイに襲いかかってきた。

グレイはきびすを返し、ドアから出ようとした。

「グレイ！」カサンドラがやってきて、グレイの頬にキスをした。「電話したのに。ジョイが来てるの――」

グレイは息が止まりそうになった。「こっちに？」

「ええ。というか、このパーティにも来てるの。ジョイは――」

「どこにいる？」

グレイは人混みを見わたし、ストロベリーブロンドの髪を捜した。心臓が口から飛び出しそうで、自分の必死さを哀れに思いながらも、ジョイに会いたかった。特に、今夜は。

「図書室じゃないかしら」グレイと一緒にあたりを見回しながら、カサンドラが言った。

「本を見たいと言っていた気がするわ」

　ここの間取りはよく知っているため、グレイは無礼にならない範囲でできるだけ早足になり、客の間を縫って進んだ。廊下を歩き始めたとき、ロジャー・アダムズが目の前に現れた。

「来ないのかと思って心配してたんだぞ！」ロジャーは満面の笑みだった。「ライトとは会えたか？　あそこのバーのそばにいるよ」

　グレイはよく知っているつもりだった男を見下ろした。怒りは母親との会話によって加速し、おしゃべりを断ち切るような鋭い声が出た。「話があります」

　ロジャーの目が険しくなった。「どうした？」

　そのとき、一メートルほど先で誰かと笑い合っていたアリソンが、グレイと目を合わせて投げキスをしてきた。

　ロジャーはグレイの手を取った。「グレイ、ひどい顔をしているな。書斎に行こう」

「いや」グレイはロジャーの手を振り払った。「今夜はだめです。場所もよくない」

「そうか」ロジャーはゆっくり言った。「ぼくは明日からワシントンだ。何かあったのか？」

「では、向こうであなたのオフィスに行きますよ」

「グレイ、いったい何があった？」

「アンナ・ショウ。話はそのことです。ただし、情報漏洩《ろうえい》の件ではありません」

「あっ……それは」ロジャーの顔はまずは青ざめ、次に赤くなった。上唇の上に汗が噴き出す。「待ってくれ、ぼくは――」

「今はやめてください。この件は二人きりで話しましょう。一メートル先に奥さんがいる場所ではまずい」

グレイは辟易《へきえき》しながらきびすを返し、歩き去った。アリソンに話を聞かれることがあってはならない。それに、今夜は不倫を話題にすることはできそうになかった。

ペントハウスの反対端に向かう間、何人かが通り道に飛び出してきたが、グレイは荒々しく肩をひねって避けていった。礼儀を守る気持ちなど、少しも残っていなかった。アダムズ夫妻の不倫問題のことを考えると、自分の過去が迫ってきて窒息しそうになる。母の顔を見ただけでも不運だったというのに。

ここを出ていったほうがいいことには、ぼんやりと気づいていたが、ジョイには会いたい。ただ、会って……。

ああ、もっと感情の処理がうまければ、ジョイと会ってどうしたいのかも自覚できたのかもしれない。だが実際は、ジョイと同じ部屋にいたいという、否定しがたい衝動があるだけだった。ジョイの目を見つめたい。同じ空気を吸いたい。

角を曲がり、半開きの図書室のドアが見えてくると、グレイは気を引き締めた。もし、ジョイがぼくに会いたがらなかったらどうする？　もし……。

グレイは室内をのぞきこんだ。

そこに、ジョイはいた。本棚に向かい、顔を上げて、本の革の背をなでている。黒のニットドレスが体にぴたりと張りついていた。髪は背中に広がっている。足にはまた、足首にキスをしたくなるようなストラップつきの靴を履いていた。

グレイはドア口の前をうろつき、男が一緒ではないかと思いながら、室内を見回した。だが、ジョイは一人だった。その様子は騒がしい他人の群れから避難所を求めてきたかのようで、実際、宙を漂うクラシック音楽のおかげで、パーティの気配はほとんど消えていた。

ああ、この部屋に二人で閉じこもりたい。ジョイを抱きしめたい。心の平穏が欲しい。ジョイにもそれを与えたい。

足を踏み出したとき、誰かが脇をかすめて通り過ぎるのを感じた。

「ベネット、元気か?」ニューヨークのやり手税理士、チャールズ・ウィルシャーが静かに言い、二つのワイングラスを掲げた。「握手したいところだが、待たせているレディがいるんでね」

グレイは目を細め、ジョイのもとに歩いていくウィルシャーを見つめた。ジョイは振り返ったが、やはりドアに背を向けたまま、ウィルシャーが差し出したグラスを受け取った。二人の手が触れ合った。

8

「それで、カサンドラとはいつから知り合いなんだっけ？」

ジョイはワインを口にした。目の前に立っている男性は、紺色のスーツを実にスマートに着こなしていて、パーティ客にきれいに溶けこんでいた。どの客も大金持ちらしい明るさとさわやかさをまとい、その服から、宝石から、目から、自由に使える現金の輝きが放たれていた。客全体がきらきらしていた。

「知り合ったのは最近です」ジョイは答えた。「ドレスをデザインさせてもらったんです」

男性の目が輝いた。「なるほど。ブランドはどこ？」

「一人でやっています」

男性はジョイの左手を見た。「ここにもカサンドラと一緒に？　旦那さんではなく」

ジョイはうなずいた。「ニューヨークにいる間はカサンドラのお宅に泊まっていて」

男性の視線がジョイの顔をなぞる。

ジョイがパーティ会場に足を踏み入れたとき、この男性はジョイを一目見るなり、人混みをかき分けてやってきたのだ。名前はたしかチャールズといった。

借り物の服の自分を場違いだと感じていたため、ジョイは驚いたが、チャールズがジョイのごまかしに気づいた様子はなかった。頭の悪い人には見えないため、ジョイは自分の演技が思ったよりうまいことを認めざるをえなかった。

「こっちにはいつからいるんだ？」チャールズがたずねた。彼の笑顔はまっすぐだった。視線もまっすぐだ。いやらしい感じはまったくない。

「二日前からです。デザインの直しをしていて」

チャールズの視線が下に向かった。ドレスはハイネックのため、肌の露出度は高くないが、黒のニット素材は体に張りついている。この男性の視線のように。

ジョイは整然とした本の列をちらりと見て、自分の思考もこのように一覧化され、管理されていればいいのにと思った。男性にそんなふうに見つめられると、グレイのことを思い出してしまう。グレイにこんな目つきで見られたときは、体の中がばらばらになった。チャールズに見られても、そうはならないようだ。

グレイ。

おなじみのちくりとした痛みが胸を刺した。羞恥と後悔と無益な切望がぶざまに混じり合ったその感情は、どうやら〈トゥインキー〉並みに消費期限が長いらしい。いまいましいその感情は、ほぼ全裸でベッドに取り残された瞬間と同じくらい、今も生々しかった。

ジョイはワインをもう一口飲んだ。

「明日の晩、時間があれば食事でもどう?」

ジョイはもどかしい気分で目の前の男性を見た。彼はスマートで、いかにもニューヨークに住む人間らしい魅力を漂わせている。茶化す気は少しもなさそうだ。けれど、ジョイはどうしてもこの男性には惹《ひ》かれないのだった。

「わたし、その――」

「あっ、赤くなってる」彼は不思議そうに言った。自分が知っている女性は誰もそんなふうにはならないとでもいうように。

チャールズは手を伸ばし、肩に垂れたジョイの髪を払った。その指は髪に留《とど》まり、ジョイは突然自分たちがいる部屋にはほかに人がいないことを思い出した。

そろそろここを出なければ。

ところが、部屋を出る口実を見つける前に、クラシック音楽を切り裂くように低い声が聞こえた。「やあ、ジョイ」

ジョイはくるりと振り向いた。グレイが背後に立っていて、その姿はサラナックの山のように大きく、夏の嵐のようにどす黒かった。冷ややかに落ち着いた顔から、激怒していることがわかる。

ジョイはワイングラスを取り落としそうになった。

三週間も頭を占めていた男性を生で見るというのは、スタンガンに近づいていくようなものだった。反射的に、ピンストライプのスーツと真っ赤なネクタイ、真っ白なシャツを、頭の片隅で確認する。濃い髪が肌に触れたときのさらさらした感触が思い出された。手で触れられたときの感触が。唇の感触が。

まるで体は体でグレイを認識したかのように、体内の血液が奔流となった。

「今なら握手ができそうだな」グレイはゆっくりと言い、チャールズに手を差し出した。

「今夜は奥さんも来ているのか？　それとも、単独飛行か？」

チャールズは顔を赤らめた。「いや、その、妻はパームビーチの別荘を開けるために、使用人とそっちに行ってる」

グレイは手の中でずんぐりしたグラスをまわした。氷がからんと音をたてる。「いいね。お子さんはどこに？　今は三歳と六歳じゃなかったかな？」

「ああ、そうだ。覚えていてくれたのか」

張りつめた沈黙が流れた。

チャールズはパーティのほうに目をやった。戻りたくてしかたがないように見える。

「そろそろ失礼させていただこう」ジョイに向かってぼそぼそ言う。「会えてよかった」

「さっさと行ったらどうだ？」グレイが辛辣に言った。「ほら、いい子だ」

ジョイはチャールズが出ていくのを見ながら、落ち着きを取り戻そうとした。顔を上げると、グレイはジョイを見つめ、顎をこわばらせていた。眉も。肩も。

　ジョイはただ、グレイに電話しなくてよかった、という思いでいっぱいだった。

　そうしたい気持ちはあった。場違いな告白を撤回したくてたまらず、電話をかけようかと何度も考えた。何を言うつもりなのかはわからなかったが、抹消したい、消し去りたい、やり直したい、という衝動は強かった。だが今は、黙って立ち去ったきり、恥の上塗りをしなかった自分を褒めてやりたい気分だった。

「ジョイ、きみは顔が広いんだな」グレイは言い、グラスを空けた。「それに、チャールズが行ってしまって残念そうだ。それとも、結婚していることを知って驚いているのか？いや、待った。きみはそんなことは気にしないんだろうね」

「ここで何をしてるの？」ほかに言葉が思いつかず、ジョイはそうたずねた。グレイが怒っている意味がわからない。彼が言っている意味もわからなかった。

「きみこそ、ここで何をしているんだ？」

　ジョイは背筋をこわばらせた。「カサンドラが一緒に来るよう誘ってくれたの」

「カサンドラはサービス精神が旺盛だからな」

　ウエイターが新たにずんぐりしたグラスを持ってきた。グレイは自分が空けたグラスとそれを交換した。「もう一杯くれ。あとではなく、今すぐ」

　ウエイターはそそくさと姿を消した。

　グレイは注《つ》ぎたてのバーボンだかスコッチだかを二口で飲み、ジョイは自分もウエイターに続いて部屋を出ていったほうがいいのではないかと思った。分別が一かけらでもある者は、トレーラートラックの通り道に立ったりしない。今夜のグレイは、何かとてつもなく重い荷物を積んでいるようだった。

「わたし、そろそろ——」

　グレイの手が飛んできて、ジョイの腕をつかんだ。「いや、だめだ」

　ぐいと一度引っ張って、グレイはジョイを自分のそばに引き寄せた。煮え立つような感情と荒々しいセックスの予感が混じり合った熱が、グレイからこぼれ出る。

「ジョイ、ドレスが似合ってるね。でも、チャールズも同じことを言ったんだろうな」声は穏やかになっていたが、それは見せかけにすぎない。グレイの指は万力のようだった。

「チャールズがあれほどすぐに出ていったのは驚いた。まあ、あいつはもともと怖がりだからな」

「ええ、そうね、今のあなたなら、武装した凶悪犯の大群も震え上がらせることができるわ」ジョイはやり返した。

　ジョイはグレイとにらみ合いながら、もっと恐怖を感じてもおかしくないのに、と思った。トムがグレイについて言っていた、洗練された外見とは裏腹に〝怖いくらい頑《かたく》なところがある〟という言葉がよみがえる。トムの言うとおりだとしても、グレイがジョイを傷つけるとは思えなかった。何かで気が滅入《めい》っていても、ジョイに身体的な危害を加えることはないはずだ。

思ったとおり、グレイは手の力をゆるめ、親指を動かしてジョイの手首の内側をさすった。グレイの目がとろんとしてくると、ジョイの呼吸は速まった。

「ジョイ、ききたいことがある。どうしてぼくはこんなにも長い間、きみのことを誤解していたんだろう？」

「そうなの？」

「ああ、そうだ。間違いない」グレイは笑顔を作ったが、その表情だと歯が鋭くとがって見えた。「で、トムは元気か？」

「えっ？」

「ジョイ、トムは今何をしているんだ？　きみがそんなドレスを着て、家庭のある男をその気にさせているというのに？　ひたすらきみの電話を待っているのか？　それとも、かなり忙しくなるから、朝にならないと電話ができないと言ってあるのか？」

「トムが何をしているのかは知らないわ」ジョイはゆっくり、はっきりと言った。「だって、わたしはあの人とつき合ってるわけじゃないもの」

「確かに、今夜は違うようだな」

「いつもよ」

「まったく、そのぱちくりした目がポイントなんだな。それで男に、地獄を天国だと思いこませることができるんだろう?」

　ウエイターがまたお代わりを持って戻ってきたので、グレイはジョイの手を放してグラスを交換した。ウエイターはトレーを持ったまま、急いでその場を離れた。

　グレイが飲み始めると、ジョイはグレイの腕に手をかけた。「なんの話かさっぱりわからないわ。何をそんなに怒っているの？　何が問題なの?」

　グレイの目が細くなった。「きみだ。きみが問題なんだ」

まあ。

「そう、それなら簡単に解決できるわ。さようなら、グレイ」ジョイはきびすを返した。

「きみが欲しい」グレイはあからさまに言った。「それがつらいんだ」

　聞き間違いかと思い、ジョイは肩越しに振り返った。「なんですって?」

「聞こえただろう」

　グレイはグラスを脇に置き、ジョイの背後にやってきて、胸が背中に触れそうな位置に立った。唇を耳元につける。

「今はきみを求めすぎて、きみ以上に欲しいものが一つしかなくなった」グレイの指先がジョイのうなじに触れた。指はゆっくりと背筋を這《は》い下りていく。ドレスの薄いニット地越しに、グレイの指先の感触が伝わってきた。「きみをぼくの中から追い出すことだ。ぼくの頭の中から。体の中から」

ジョイは息を吐き出し、グレイは続けた。かすれた、低い声で。

「きみの感触が忘れられないし、二人で始めたことを終わらせたい。ぼくがあそこで出ていかなければよかったんだが、あのときは思い違いをしていた。そうでなければ、やめたりしなかった」グレイの指先は消え、代わりに指のつけねが感じられた。指のつけねが、ジョイの腰をなぞる。「絶対にやめなかった」

グレイはすばやい動きでジョイを自分のほうに向け、下半身を押しつけてきた。その体は、ジョイを求めて荒ぶっていた。硬いこわばりの形が事細かに感じられる。

「正直に言ってくれ」グレイは刺すようにジョイを見つめながら、問いただした。「あの晩から、ぼくのことを考えたことはあるか?」

もちろんジョイも考えていたが、グレイの自分への欲望は消えたと思いこんでいた。だから、グレイの本音を聞いても、彼が今も変わらず自分に惹かれていることを知っても、その事実をのみこむのは至難の業だった。

ジョイが黙っていると、グレイは首をなでてきた。「教えてくれ、ジョイ。夜、ベッドに横たわっているとき、ぼくの唇を求めて体がうずくか? この肌にぼくの肌が重なっていたらと願うか? ぼくが自分の中に入ったらどんな感じだろうと想像するか? 答えてくれ」

賢い女性なら、ここで嘘《うそ》をつくのだろう。あるいは、口を閉ざしておくのだ。

「ええ」ジョイの唇から出たのは、素直な言葉だった。

グレイは暗い満足感を漂わせて笑った。「よかった。ぼくは目を閉じるたびに、あのベッドにいるきみしか見えないんだ。きみの味を覚えてる。マットレスの上で、ぼくに向かって体をのけぞらせたことも。ぼくがきみの胸に唇をつけたとき、太腿の間に手を入れたときの、ひび割れたきみの息づかいも耳に残っているんだ」

ジョイの体はグレイのほうに傾《かし》いだ。わたしも同じことを覚えてる。あなたと同じことを求めてうずいていたわ。

自分を愚かだと叱りつけ、グレイは今後いっさいかかわりを持ってくれないと思いこんだ三週間だった。そのあとでこんなふうに、彼も自分と同じくらい苛《さいな》まれ飢えていたのだと知ると、怖いくらいの安堵《あんど》感に襲われた。

「あなたを怖がらせてしまったんだと思っていたわ」

「ぼくは、きみを深追いしたら迷惑をかけると思いこんでいた。部屋を出ていった瞬間からきみに電話をしたかったし、きみに会いたかったし、きみを抱きたかった。でも、今思えば深追いしておけばよかったと思うよ」

「わたしもそうしてほしかった」ジョイは率直に言った。

「ぼくもだ……さあ、行こう。ぼくの部屋に」グレイはジョイのヒップに手を這い下ろした。そこを荒々しくつかんだあと、骨の丸みを愛撫《あいぶ》する。「ジョイ、最高に気持ちよくさせてあげるよ。今までも、これからも、こんな思いはしたことがないというくらい」

あろうことか、一瞬それを信じこみそうになった。

でも、そのあとはどうなるの?

ジョイが黙っていると、グレイはジョイの顔を両手で包んだ。「約束する、今回は途中でやめたりしない。きみが何を言おうと、何をしようと」顔を傾け、ジョイの首筋にキスをした。肌にそっと吸いつく。「一緒に行こう。始めたことを終わらせるんだ」

ジョイがスイートルームのドアを入るとき、グレイはそのためらい方に驚いた。緊張しているのか視線はグレイを避け、動きは初めてのでこぼこの地面を歩くようにゆっくりだ。ドアを閉めて鍵をかけながら、ジョイがいろいろな男を手玉に取れることを思い出した。いいようにされている哀れな地元の恋人トム。いけ好かない女好きのチャールズ。

そして、グレイ自身もジョイを求める気持ちが強すぎて、彼女がふしだらであることさえ気にならなくなってしまった。自分が思っていたような女性でなかったことも。

ジョイはメインルームを歩きまわり、磨き上げられた木材やサテンのカーテンをなでた。

くそっ、あのドレスを見ていると、頭が変になりそうだ。

「あの……」ジョイは言いよどんだ。バッグを絹張りのソファに置く。「わたし、初めてなの」

そして、例によって顔を赤らめた。この顔を見るたびに、グレイはたまらなくなる。トムもチャールズも、この顔に魔法をかけられたのだろう。

「初めてって、何が?」グレイはそっけなくたずねた。

「だから……男の人とホテルに行くこと」

あからさまなその嘘に、グレイの心はこわばった。だが、体にはなんの影響もなかった。おしゃべりはもういい。グレイはジョイを求めていて、その時が来たのだ。グレイはジョイのもとに歩いていくと、上着を脱ぎ捨て、立て続けにネクタイを引っ張ってゆるめた。

ジョイが手を上げた。「待って」

「どうして?」グレイはジョイから三十センチ手前で止まり、黒のウィングチップを蹴り散らした。ネクタイを脇に放る。

ジョイが唇をなめると、グレイの膝から力が抜けた。「最初に、謝ってほしいの」

「謝る」今夜ジョイといられるならなんでもいい。どんな犠牲も払う。

「チャールズのこと」ジョイは言い、後ずさりした。

ああ、そうか、今ほかの男の話をするなんて最高だ。「あいつがどうした?」

「わたしがどこかの男性の隣に立っていたからって、その人と……寝ているというわけじゃないわ。あなたがそういう結論に飛びついたことを、謝ってほしいの」

「わかった。すまなかった」

「もっと心をこめて言ってほしいんだけど」

「本当にすまなかった」

ジョイは頭を振った。腕組みをし、体を抱くようにする。「これは間違いかもしれないわ」

「まさか。これは必然なんだ」

グレイはズボンからシャツを引き抜き、ボタンを外し始めた。ジョイの視線はあらわになっていく喉元に飛び、裸の胸を這い下りた。シャツの前が開くと、視線は腹部に落ちた。ジョイに素肌を見られたことにより、ズボンのファスナーの内側で、高ぶったものが出口を探すかのように、どくんどくんと脈打ち始めた。だが、ジョイはどこかぎょっとしたように、今にもグレイが飛びかかってくるのではないかという顔でそこに立っている。

グレイはぼんやりと、胸の痛みに気づいた。

深呼吸をする。片手で髪をかき上げた。

「なあ、ジョイ、出ていってもかまわないが、それなら今すぐドアに向かってくれ。ぼくは今からキスするつもりだし、いったん始めると、後戻りはできない。わかったか？　朝、ぼくの隣で起きる覚悟がないなら、今すぐここから出ていってほしいんだ」

グレイはジョイの決断を待った。沈黙の中、意思に反して体は激しく脈打ち、解き放って彼女を奪わせろと要求してくる。視線はジョイの唇に釘《くぎ》づけになった。彼女に長く深いキスをしているときの唇の感触が、唇によみがえる。

「ゆっくりするよ」グレイはささやいた。「初回の教訓を踏まえて。でも、決めるのは今すぐにしてくれ。きみのせいで死にそうだ。出ていくか、ぼくを中に迎えるかだ」

ジョイの腕が動き、バッグを手にするかのように見えた。

ところが、その手は脇腹にまわった。ファスナーの音が聞こえる。

そして、ドレスが床に落ちた。


ジョイはハイヒールの爪先で黒い布地をそっと蹴り飛ばすと、両手で体を覆いたい衝動と闘った。揃《そろ》いの黒のブラジャーとパンティの露出度はビキニ程度なのだから、恥じらうのは少々ばかげている。それでも、水着姿でいるときは、あと一分半かそこらで裸になることを強く意識したりはしない。裸になり、男性と肌を重ねることを。それも、グレイと。

ジョイは絨毯《じゅうたん》に視線を落とし、グレイが触れてくるのを待った。彼が動かないとわかると、悪態をつきそうになった。わたし、何かおかしなことをしてる？

手を上げ、体を隠そうとした。

「いや、頼む、やめてくれ」グレイの声はひび割れていた。「隠さないでくれ。しばらくきみを見ていたいんだ」

ジョイの視線はグレイの目に飛んだ。彼は敬虔《けいけん》とも言える表情を浮かべていた。体は微動だにしない。

「これを……この姿を覚えておきたいんだ」

ジョイが手を下ろすと、グレイは手を伸ばして、顔にかかるジョイの髪を肩に払った。体からは強烈に高ぶっている様子が見て取れるが、唇が重ねられたとき、その感触は軽かった。柔らかかった。何度もキスをされるうちに、ジョイはすっかり肩の力を抜いて、グレイにしなだれかかった。胸と腹に重なるグレイのむき出しの上半身は、うっとりするような感触だった。

「触ってくれるか？」グレイはうめき、ジョイの両手を取って自分の胸に置いた。「お願いだ、触ってくれ」

ジョイは胸筋の上で手のひらを開いた。黒っぽい毛に覆われた肌は熱く、硬い輪郭がなめらかなサテンの層に覆われているようだ。心臓は走っているときのように鼓動が速い。

グレイの舌がそっと唇に侵入し、ジョイは硬く張りつめた男の筋肉を両手でなでまわした。グレイの体が震え、引きつるのを感じながら、手を下に這わせて腹部のうねに触れる。グレイがぴくりと動いたその反応こそ、ジョイが求めていた、二人を対等にする要素だった。グレイのほうが経験は豊富かもしれないが、必死になっているおかげで、ジョイも主導権を握れる。ジョイは両腕をグレイにまわし、シャツの下にある背中をなで上げた。

「ベッドに」グレイはうなり、ジョイのヒップをつかんで自分のほうに引き寄せ、高ぶりを腹部にぐいっと押しつけた。「ベッドに行かないと。すぐに」

グレイは家具をいくつもよけて進み、ジョイの唇を激しく貪りながら、よろめくように暗い部屋に入った。ジョイがふくらはぎの裏に何かを感じたあと、グレイは手を伸ばして、上掛けのようなものをさっと引きはがした。グレイの体重の位置が変わり、ジョイはマットレスに放り出されたかと思うと、グレイもベッドに横たわり、片膝でジョイの太腿を開いた。グレイは腰をジョイの腰に重ね、硬くて長いものをまさにその部分に当てた。

ジョイはグレイに爪を食いこませて、ベッドの上で弓なりになり、グレイは体が浮き上がったのをいいことに、ホックを外してブラジャーをもぎ取った。唇が胸を探り当て、先端を優しく吸われると、ジョイはそちらに気を取られたままパンティを下ろされた。グレイが体を起こしたとき、ジョイは二人の体の間に目をやった。リビングの照明による薄明かりの下、グレイはすばやくベルトを外した。やがて、ズボンもボクサーパンツも消え去り、ジョイはあらわになったその部分から目を離せなくなった。

グレイはまだシャツを着ていたが、ジョイの上に覆いかぶさった体の前面は肌があらわになっていた。グレイの肌が自分の肌に密着する感触に、どうかしてしまいそうになる。グレイは唇をジョイの喉元にうずめ、ジョイの体の上をうねるようなリズムでしなやかに動き、高ぶったものを太腿の間に焼き印のように押しつけた。ジョイはこれ以上待ちたくなかった。待てなかった。欲求不満の中で生きてきた期間が長くなりすぎた。

「グレイ、わたし……」

「ああ、わかってる」グレイはくぐもった声で言った。「ぼくもだ」

グレイが身を引いたので、ジョイは彼にしがみついて、自分の腰の上に引き戻そうとした。引き出しが開く音がぼんやりと聞こえたが、ほとんど注意は払わなかった。グレイに脚を巻きつけ、彼を逃がさないようにすることで忙しかったのだ。

「ジョイ、そう焦らないで」グレイの声はひどくしゃがれていて、ほとんど言葉が聞き取れないほどだった。「できるだけ急いで準備するから」

グレイはジョイから体を起こし、再びジョイの太腿の間におさまったときは、息を荒げていた。全身の筋肉を震わせ、引きつらせながら、ジョイの最も繊細で潤った皮膚に指先で触れる。ジョイは叫び声をあげ、グレイに向かって体を弓なりにした。

「ああ、ジョイ」グレイの頭がジョイの肩に落ちた。「きみはぼくと同じくらい、こうなるのを望んでいるんだね」

体重が移動した。指の感触が消える。

「つかまっていてくれ」グレイはジョイの耳元で言った。「速く激しく動くけど、気持ちよくさせるから」

そう言うと、勢いよくジョイの中に身をうずめた。ジョイはグレイに突き破られた痛みにたじろいだが、彼が深く、深く入りこんでくるうちに、その感覚は薄れた。体はたちまち太く長いグレイの存在感になじみ、快感の衝撃が腹の中を、一筋の陽光のように貫いた。

グレイが動き出すときを、今か今かと待ち構える。

ところが、グレイは動かなかった。ぴたりと止まっている。そのあと訪れた凍りつくような長い沈黙の間、グレイは息もしていないように見えた。

「グレイ?」ジョイは両手でグレイの背中をさすり上げた。背筋を汗が伝っている。

ようやくグレイの体が動いたが、それはゆっくりジョイから遠ざかっていった。一センチずつ。やがてジョイの中から完全に抜け出した。

グレイは上掛けをつかんで床から引き上げたが、手はひどく震えていて、その手でぎこちなくジョイに上掛けをかけようとした。ジョイの体がすっかり覆われると、グレイはジョイの隣に、体に触れないように横たわった。

「グレイ?」ジョイは暗闇の中で呼びかけた。グレイの呼吸音が聞こえる。今も彼の体を苛む震えが、マットレスを伝わってきた。「グレイ?」

グレイの手はジョイの髪をそっと顔からかき上げた。普段は落ち着き払っている人なのに、その指は風の中の葉のように揺れている。

「続けたく……ないの?」ジョイはたずねた。

グレイがうなずいたので、ジョイはわっと泣き出したくなった。

「じゃあ、帰るわ」ジョイは体を起こしながら言った。

グレイの腕がそっとジョイのウエストにまわされた。グレイの力の強さはよくわかっているが、今は軽く力を入れているだけだ。懇願のような触れ方。それも、とりわけ謙虚な。

ジョイは再び横たわった。囚《とら》われたと感じさせたくないのか、グレイの腕はゆっくりとジョイの体から離れていった。

「本当にごめん」グレイの声は妙だった。首を絞められているかのようだ。言葉にいつもの傲慢さや力強さがない。「きみを傷つけて、本当に悪かった」

「そんな――」

「どうして言ってくれなかったんだ?」グレイは低い声でたずねた。

「言ったら何か違ってた?」

「当たり前だろう。もし知っていたら、きみをベッドに連れてこなかった」

まるで、処女は伝染したくない病気だとでも思っているかのようだ。

「そう言ってもらえて光栄だわ」

グレイはつかの間ジョイの手を取った。「トムのために取っておくべきだった」

ジョイは唇を噛《か》んだ。「もしトムの名前をあと一度でも出したら、叫んでやるから」

「わかったよ。きみを愛してくれる人のために取っておくべきだった」

胸がどきりとした。

「ねえ、わたし本当に帰ったほうがいいと思うわ」

「いや、いてくれ。二度と手を触れないと誓うから。お願いだから、ぼくのために……もしきみが今出ていったら、二度ときみに会えないだろうし、そんなの耐えられないんだ」

「グレイ、聞いて」ジョイは毅然《きぜん》として言った。「わたしは傷ついてなんかいないわ」

「ぼくはきみをこのベッドに押し倒した。脚を開かせた。そして、きみの中に押し入ったんだ」グレイの声はか細くなった。「きみは処女なのに。処女だったのに」

「あなたと寝ると決めたのはわたしよ。あなたが欲しかったから。あなたは何も――」

「かばうのはやめてくれ」グレイはうなった。「こんなことはあってはならなかった」

ジョイはそれは違うと思いながら、仰向けになった。

確かに、グレイはジョイを愛していない。初めての愛の営みは、自分を愛してくれる人が現れるまで待つほうが賢明だ。だが今このときは、そもそもグレイと寝ようと決めたことよりも、中途半端に彼を知ってしまったことのほうが悔やまれた。

ジョイの体はこのあと起こるはずだったすべてと、拒絶されたすべてにうずいた。もちろん、グレイも同じはずだ。それとも、ジョイが一度も男に抱かれたことがないと知ったとたん、いっきに萎えてしまったのだろうか？

最悪だ。わたしは、グレイの欲望を断ち切るのがうますぎる。最初は〝愛してる〟の失敗。今度は、処女騒ぎ。あとは妊娠を告げるくらいしか、グレイにショックを与える方法は残っていない。

といっても、これ以上グレイを驚かせる方法を考え出す必要はないのだが。次にグレイのシーツと毛布の近くに寄れるのは、いったいいつになる？

「今夜は泊まっていってくれ」グレイが言った。

ジョイは横を向き、枕の向こう側に目をやった。もっと明るければ、グレイの表情がちゃんと読み取れるのに。

要するに、ジョイも帰りたくなかったのだ。心からそう思った。朝になれば、二人ともっとまともにものが考えられるかもしれない。やり直せるかもしれないから。

「わかったわ」ジョイは言った。グレイがほっと息を吐く音が聞こえ、ジョイがここで一晩過ごすことが、彼にとっても大きな意味を持つのだと知って驚いた。「でも、グレイ？」

「なんだ？」

「わたしたちのこと、これで終わりじゃないわ」

「わかってる。本当だ、それはわかってる」

グレイはジョイの息づかいが落ち着くのを待ってから、起き上がってバスルームに向かった。暗闇の中、コンドームを外してトイレに流すと、凶悪な殺し屋になった気がした。

顔にばしゃばしゃと水をかけ、両手を洗面台についてがくりとうなだれる。

ああ、なんてことだ。

これまでの人生で演じたどの醜態も、あの寝室でしでかしたことに比べればなんでもない。グレイが犯してきた悪事など、砂粒のようなもの。数は多いが、比較的些細《ささい》なことだ。ジョイの中に突入したとき、予想外の事態が起こった。しかも、強く突き立てすぎたせいで体の勢いを止められず、奥深くまでうずもれてしまった。ジョイはとてもきつく、とても心地よく、とてもすてきだった。恐ろしい事実に気づきながらも、これまで味わったことのない解放感に打ち負かされそうになった。無理やり体を静止させ、全身の筋肉を引き締めて、目をきつく閉じた。その快感に身を任せていいはずがなかった。こんなふうにジョイを傷つけておいて。

引き抜けるようになるには時間がかかり、ゆっくりと少しずつ出ていく動きにさえ、崖っぷちに追いつめられそうになった。ようやくジョイの中から出たときは、性的な拒絶の苦しみで体が震え、高ぶったものから広がる痛みに、髪の毛が一本残らず頭皮を刺すのを感じた。だが、そんなことも、ジョイに味わわせた思いに比べれば問題ではなかった。

グレイはタオルをつかみ、顔を拭いた。

ジョイのことを完全に誤解していた。いや、最初の印象が正しかったと言うべきかもしれない。グレイが誤解したせいで、ジョイは苦しんだのだ。

少なくとも、次に取るべき行動はわきまえていた。

9

次の朝、ジョイは広いベッドに一人、布団にきつくくるまったまま目覚めた。隣では布団が深くへこみ、枕がボール状に丸まっている。

ジョイは髪を後ろに払い、上掛けをめくってベッドから下りた。バスルームからローブをはおって戻ってくると、着替えを終えたグレイがベッドの脇に立っていた。シーツについた、小さな赤いしみをじっと見つめている。

グレイは肩越しに振り返り、目をみはった。

「大丈夫か？」乱暴にたずねる。

一瞬にして、自分にのしかかるグレイの感触が思い出された。重く、硬く、力強い。もう一度、グレイに抱かれたくてどうにかなりそうだ。

「ジョイ？」

「ええ、絶好調よ」

グレイの目がジョイの体をなぞったが、そこに熱はなかった。「朝食を運んでこようか？」

　それは家に迎えた客に対するような言い方で、昨夜肌を重ねた相手とは思えなかった。

　ジョイは首を横に振った。「お腹《なか》はすいてないけど、答えてほしいことがあるの。愛を交わしたというのに、どうしたらそんなに冷静な、無関心な目でわたしを見られるの？」

　グレイは目をつぶり、さらに心を閉ざした。あれ以上閉ざすことができたとは驚きだ。

「第一に、昨夜《ゆうべ》のセックスが理由だ。きみは優しくされ、大事にされ、そっと抱かれなければならない人だ。なのに、ただ乱暴に押し倒されただけだった。ぼくは絶対に自分を許さない。第二に、ぼくが何より優先したいのは、きみを気遣うことであって、いやらしいろくでなしとしてきみにばつの悪い思いをさせることじゃない」

　ジョイはいらだった勢いのままに、腰に手を当てた。

「ねえ、お願いだから、変な思い込みで自分を苦しめないで」ジョイの声は力強く、単刀直入だった。自分がグレイに対し、これほど断固とした物言いをしていることが信じられなかった。「わたしは今もあなたを求めてる。あなたが与えてくれたものは、二人が必要としているもののごく一部で――」

「ぼくは必要なものはすべて与えたし、少し上乗せもした。きみが出血するまでは」

「最後まで言わせてくれない？　あなたが体を離すのが早すぎて、わたしはあなたに慣れるチャンスさえもらえなかった。あなたを感じるチャンスも。本当はどんな感じなのか知りたい。あなたと一緒に」

「いつか、誰かがきみを愛して――」

「そういうおとぎ話はやめて」ジョイはぴしゃりと言った。「わたしが今まで男性を知らなかったからって、自分で自分のことを決められないことにはならない。わたしはあなたが欲しい。あなたを選んだの」

「ぼくはきみに捧《ささ》げてもらう資格はなかった！」グレイの声は部屋じゅうに轟《とどろ》き、自己嫌悪が波のようにあふれ出た。

「資格はあったと思うわ」ジョイは静かに言った。

グレイは上半身を乗り出し、低い、危険な声で言った。「それは、きみがぼくのことをよく知らないせいだ」

ジョイはグレイが自分の家から、暗い中ジョイを自転車で帰らせなかったときのことを思い出した。ジョイが家族に優しいと言って感心してくれたときのことを。昨夜、暗闇の中で隣に横たわり、大きな体をひどくこわばらせて、泊まってほしいと懇願したときのことも。そして今、グレイはシーツの赤いしみをじっと見つめ、泣きそうな顔をしている。

グレイは気難しい人だ。けれど、悪い人ではない。

「それは違うわ」ジョイはささやいた。「わたしはあなたのことをよく知ってる」

「いや、知らない」グレイは再びベッドに視線を落とした。

ジョイは歩いていき、グレイの腕に触れた。グレイはびくりとし、後ろに飛びのいた。

「やめろ」

ジョイは顔をしかめた。「どうして？」

「きみに哀れんでもらうなんて、今はまっぴらだからだ」

胸を痛みが貫き、みなぎっていた力が抜けていった。ジョイはローブの前をかき合わせ、小さな声で言った。「もしよければ、服を着たいんだけど」

グレイは毒づいた。「ジョイ、そんなつもりはなかったんだ。ただ……ぼくを気遣ってくれなくていいんだよ。傷ついたのはきみのほうなんだから」

違う、とジョイは思った。今朝は二人とも痛みを感じている。

「今日の三時は空いてる？」グレイがたずねた。

「何をするの？」

「会ってほしいんだ」

「どうして？」

「お願いだ」グレイはジョイの目をじっと見つめ、意志の力でジョイの同意を引き出そうとしているかのようだった。それはグレイにとって、懇願に近いものだという気がした。

「わかったわ。でも、条件が一つあるの」

「なんでもする。言ってくれ」

「キスして。今ここで」

グレイの目が燃え上がった。「ジョイ——」

ジョイはこの強力な、女の力がどこから湧いてくるのかわからなかった。それでも、この力に従おうと思った。

どうやらグレイもそのつもりのようだった。

グレイはゆっくり手を伸ばし、ジョイの顔をそっと両手で包んだ。唇がジョイの唇をかすめる。軽く。

ジョイはグレイの首に腕を巻きつけ、体を自分のほうに引き寄せた。「本気でして」

グレイは目をぎゅっとつぶった。喉の太い血管がどくどくと脈打って血液を送りこみ、まるで呼吸困難に陥ったかのように唇が開く。

それでも、やはり控えめに、親指がジョイの頰をなぞった。

グレイの目が開いたとき、そこに一瞬、うねるような性の炎が見えた。彼は顔を近づけ、唇を寄せてきたが、触れ合わせることはしなかった。ジョイはグレイの中で渦巻く力を、彼から放たれる熱を感じた。昨夜の出来事にどれほど葛藤があろうと、グレイの体はジョイを求めてこわばっている。ジョイに高ぶっているのだ。

「きみにキスするときは、いつも本気だ」グレイは声よりも砂利に近い音を出した。

そして、唇で一度だけジョイの唇をなぞると、大股に部屋を出ていった。

ジョイは壁に手をついて体を支えた。正直なところ、足取りを崩さずに歩いたグレイに感心すらしていた。

まったく、グレイは自制心が強すぎる。グレイが抑えつけている獣こそ、ジョイが求めていたものだったのに。

グレイはジョイのドレスを持って戻ると、それをたんすの上に置いた。

「車を呼ぼうか？」その声は角氷のようになめらかで、冷たい。二人の間で燃え上がったあの瞬間など、存在しなかったかのように。

つまり、これが世慣れた行動というものなのだ。ジョイはバスローブ姿で震えているのに、グレイはさっきまで新聞を読んでいたかのような顔で、軽やかに歩きまわっている。

うらやましいことだ。

「タクシーなら自分で拾うわ」

「ぼくの車を呼んだほうが――」

「でしょうね」

グレイはドア口に留《とど》まっていた。

わたしがローブを脱いだらどうするかしら？　ここを立ち去る？　きっとそうだ。ジョイはグレイを何よりも求めていたが、彼に拒絶されるのはいやだった。

グレイは最後に一度ベッドを見たあと、部屋から出ていき、ドアを閉めた。

そんな〝王子様〟みたいなふるまいは、全然すてきじゃない――そう叫びたかった。そんなことしなくていい、頭がおかしくなりそうよ、と。ジョイはローブを脱いで丸め、両開きのドアに投げつけた。

この十二時間で、実に手痛い教訓を学んだ。これまで〝現実は理想と大違いだ〟という話を聞いても、まあ、そうだろうなと思う程度だった。現実がここまでひどいありさまだとは思ってもいなかった。

ジョイはグレイと、長年憧れてきた男性と実際にベッドをともにしたが、事実上は今も処女のままなのだ。しかも、グレイは今もジョイを求めていて、そのせいで震えるほどなのに、触れようとしない。

なるほど。最高だ。

人がフィクションを好むのも、不思議はない。

三時少し前、ジョイはカサンドラのペントハウスを出て、グレイを待つためにパーク・アベニューに下り立った。日の光は暖かく、風は涼しい、すばらしい秋晴れだ。何時間も赤いドレスの調整を続けたあと、外に出るのは気持ちがよかった。

気分がくつろぎ始めたとき、黒のリムジンがすうっと建物の前に停《と》まった。後部座席からグレイが降りてきて、ジョイが近づいていく間、よそよそしい笑顔を作っていた。ジョイが脇を通り過ぎ、車に乗りこむときも、体には触れてこなかった。

「昼食は食べた？」グレイはたずね、車に乗りこんでドアを閉めた。

「クラッカーとチーズだけ」ジョイは伸びをし、背中をほぐした。リムジンの中は革とグレイのアフターシェーブローションの香りがした。その二つが混じり合った匂いがどんなに魅惑的かは、考えないようにする。

「あとで〈ピエール〉でお茶をしよう」

ジョイは自分の黒のパンツと、ゆるい黒のブレザーに目をやった。

「服装はばっちりだ。きれいだよ」

ジョイはぎこちなく笑った。「これは既製品よ。ただの既製品。本気でそう思ってるなんて信じられないわ」

「嘘《うそ》はつかない。ぼくの数少ない美徳の一つだ」

「ほかには何があるの？」

「自分の行動に責任を持つ」

ジョイは深く息を吸い、窓の外を見た。二人の間にぎくしゃくした沈黙が流れ、リムジンが渋滞に巻きこまれると、沈黙はさらに深まった。

「どこに行くの？」ジョイはたずねた。

「すぐにわかるよ」

ほどなく、リムジンは五番街で停まった。グレイは運転手を待たず、自分でドアを開けて縁石に降りた。ジョイが外に出ると、目の前には石造りの建物の正面がそびえていた。〈ティファニー〉だ。

「ここで何をするの？」ジョイはゆっくりたずねた。

「一緒に来てくれ」グレイはジョイの肘に触れ、二枚並んだガラス戸の中に連れていった。大きく開いた空間に入ると、スリーピースを着た男性が二人に近づいてきた。

「いらっしゃいませ、ミスター・ベネット。どうぞ、こちらです」

ジョイが足を止め、何をするつもりなのかと問いただささなかったのはただ、自分が結論に飛びつこうとしていることを恐れたからだ。

まさか、よりによってグレイ・ベネットが、処女を奪ったという理由だけで女性に結婚を申し込むはずがない。そんなはずがないのだ。うっかりそんな勘違いを口にしておいて、本当はカフスボタンを買うのにジョイの意見が聞きたいだけだったら、どんなに恥ずかしいだろう？

ガラスケースの間を迷路のように進む間、ビジネスマンのような服装をした店員の男女が、まるでグレイの来店が特別なことであるかのように見つめてきた。店員がグレイにほほえみ、会釈をするさまはうやうやしい。ジョイのことは、明らかに畏怖の目で見ていた。

ジョイは視線を避けるため、透明のケースの中に並ぶきらきらしたものを見続けた。まるで宝石の動物園みたいだ。

エレベーターの前でためらっていると、グレイが手を握ってきた。そこからは、建物内のどこを歩いているのかわからなくなった。ただ、何かの流れにのみこまれたように、どこにたどり着くかは神のみぞ知ると思いながらついていった。

二人は天井の高い小さな部屋に案内された。家具は最小限しかないが趣味がよく、マホガニーのテーブルと、凝った装飾の揃《そろ》いの椅子が三脚あり、片側に二脚が置かれている。淡いピンクと黄色の薔薇《ばら》の生花のブーケが、クリスタルのボウルに生けてあった。室内は庭のような匂いがしたが、安らぎは得られなかった。

むしろ、安らぎとはほど遠い状態だった。心臓が鳥の心臓ほど速く打ち、手のひらが汗ばんできたため、グレイとつないでいた手を離す。

グレイに座るようながされたが、それは都合がよかった。いずれにせよ、膝を休める必要があったのだ。グレイはジョイの隣の椅子に座り、テーブルに片肘をついた。ジョイはグレイのカフスの白が、ジャケットの袖の黒との対比で際立っていることを、ぼんやり意識していた。

そこから室内は静寂に包まれ、ジョイは不安がパニックに変わるのを感じた。息がつまりそうなその感覚は、スリーピースの男性が縦二十センチ、幅十センチほどの薄い革張りの箱を持って現れたことで、さらに高まった。男性は蓋を開け、トレーを引き出した。

ダイヤモンドの指輪が並んでいた。

ジョイはスリーピースの男性を見上げた。彼の目は、自分が提供できるものへの誇りに輝いていた。その箱の中に、フットボールスタジアムをも照らし出せそうなきらめきがつまっているとあっては、当然だろう。

「二人にさせてもらえます?」ジョイは男性に、驚くほど命令的な口調で言った。「かしこまりました」

スリーピースの男性は、上司に対するようにジョイにうなずいた。

男性がおじぎをして出ていく間、ジョイは自分かグレイが命じたら、この人は窓からスワンダイブも決めてくれるのではないかと思った。歩合制。もちろん歩合制だ。この〝ヘッドライト〟を一つ売れば、大金が手に入るのだ。

ドアが閉まると、ジョイは手を伸ばし、ベルベットのさやから指輪を一つ抜き取った。すさまじい大きさだ。ばかばかしいくらい。しかも、それでも小さいほうなのだ。

頭上の照明の下、ダイヤモンドの輝きは目を刺した。もちろん、その事実はさまざまなことの象徴でもあった。

「いったいなんのつもり?」ジョイはグレイを見なかった。見られなかった。

「きみに結婚を申し込みたい」

ジョイは頭を振った。それは、泣き出す以外の何かをしなければならないと思ったからだ。運命とはこんなにも残酷なのか。グレイの花嫁になることに、ここまで近づくなんて。

「どうして?」ジョイはひとり言のようにつぶやいた。「どうしてこんなことを?」

「昨晩——」

「やめて」まさか、グレイの後悔が理由で、夢が叶《かな》うなんて。「わたしたちが生きているのは二十一世紀だってわかってる? インターネットも、自動車も——」

「ジョイ、聞いてくれ」

「性革命と呼ばれるものだって経験して——」

「そんなことは——」

「いちおう教えてあげるけど、性革命によってセックスはさほど大問題ではなくなったの。だから、処女と寝ても——」

ついに、グレイははっきりと悪態をついた。アルファベット四文字から成る、舌を焦がすような、強烈な言葉。

「だから……ばかなまねはしなくていいの。わたしに結婚を申し込むようなまねは」

「それで終わりか?」

ジョイは首を振り、グレイをねめつけた。「むしろ始めたばかりよ。いったいなぜ——」

グレイはジョイを椅子から立ち上がらせんばかりの勢いで、肩をつかんだ。礼儀正しい自制は消えていた。目が燃えている。「ぼくはきみを傷つけた」

「だから、こうすれば事態はよくなると思ったの? グレイ、あなたは本気じゃない。こんなことしたくないはずよ。今は罪悪感でいっぱいかもしれないけど、それがおさまったとたん、自分がやったことをひどく後悔するでしょうね。それどころか、わたしに激怒することになれば、昨夜わたしの体にした何よりもずっと、わたしにダメージを与えることになるのよ」

グレイはジョイをそっと押し戻し、肩から手を離した。「ただ、筋を通したかったんだ。きみに償いがしたかったんだよ」

「でも、これでは償いにならないわ。わたしは夫となる人にはきちんと選ばれたい。自由な意思で」今にも声がひび割れそうになり、ジョイは視線をそらした。薔薇のほうに。まるで結婚式のブーケみたいだ。最高ね。

ジョイは両手に顔をうずめたい衝動を抑えつけた。

グレイに選ばれたい。本気でそう思う。だから、心のどこかには、グレイが犯そうとしている間違いに身を任せたくてたまらない気持ちもあった。

だが、それはできない。グレイがジョイの初めての男性であること以外に、二人がダイヤモンドに近づく理由は何もないという真実を、無視することはできないのだ。

ジョイは指輪をディスプレイに戻した。「帰りましょう」急に疲れた気分になって言う。

グレイはジョイの手を取った。「本当に指輪はいらないのか？」

「この状況で？　当たり前でしょう」ジョイはきらめくディスプレイを見つめた。「それに、ここにある指輪はどれもきれいだけど、とても冷たく見えるわ」

「これからもぼくと会ってくれるか？」グレイはだしぬけに言った。

ジョイはグレイを見つめた。きっぱり別れるのが自分にとってはいちばんだし、これから二人が向かう先が想像できないとあってはなおさらだ。グレイは恋人同士になるつもりはなさそうなのだから。

「冗談はやめて」

グレイは咳払《せきばら》いをし、ジョイの言葉を無視した。「ここじゃなくて、北部でも、どこでもいい。ぼくがきみに会いに行く。これからもきみに会いたいんだ、いいだろう？」

ジョイは首を横に振った。「あなたの罪悪感を晴らすために一緒にいるなんていや。むしろ、あなたがわたしに会いたい理由がそれしかないなんて、侮辱されているようなものよ」

「違う。ぼくはきみのことが好きなんだ。心からそう思ってる。きみと一緒にいるのが好きなんだ。きみは……ぼくにとって特別な人なんだよ」

「ええ、そうでしょうね。だって、いつになるのかしら、あなたが最後に処女と……」ジョイは口を閉じた。「今のは答えなくていいわ」

「ジョイ、ぼくを見てくれ」ジョイはグレイの目を見た。「きみに何かを求めるつもりはない。きみが望むとおり、気楽な、軽いつき合いでいい」

ジョイはグレイの目を探り、その真剣さに驚いた。その必死さに。

「わからないわ、グレイ」

そんな答えは求めていないとでもいうように、グレイは再び指輪に目をやった。

ジョイは箱の蓋を閉め、立ち上がった。

グレイはジョイを見上げた。「たいていの女性が、一つ欲しいと言うだろうに」

「でしょうね」

グレイは頭を振った。「きみには驚かされてばかりだ」

ジョイは傷つきながらも、グレイの行動を見る自分の目の明晰《めいせき》さを思った。グレイの判断ミスから自分たちを引き戻すことができた力強さを。妙な話だ。グレイのほうが世慣れていて、力を持っているはずなのに、ジョイのほうがグレイよりも状況を、感情をうまく処理する分別を備えているのだ。

「不思議ね。わたしも自分自身に驚いているところ」

10

一週間後、グレイはジョイが〈コングレス・クラブ〉のバーに入っていくのを見かけた。ジョイを見ただけで鼓動が速まる。いつもそうなのだ。ジョイが視界に入ったときはいつも。ジョイの香りを嗅いだときはいつも。ジョイのことを思ったときはいつも。疑似体験療法など、くそ食らえだ。ジョイを求める気持ちは日に日に強まるばかりで、静まることはなかったが、今も自分を縛る鎖はゆるめなかった。

自分が幸運であることはわかっていた。カサンドラの友達の一人がジョイの作品を見て、ドレスを二着注文したのだ。そのため、ジョイはカサンドラのドレス作りが終わったあとも、マンハッタンに滞在することになった。おかげで、グレイはジョイと定期的に会えるという希少なチャンスを得ていた。

グレイはジョイとほぼ毎晩会い、劇場や食事、画廊のオープニングセレモニーなどに連れていった。だが、デートの終わりはいつも、ジョイをカサンドラのアパートメントのロビーまで送り、明日も会ってほしいと頼む以外のことはしなかった。断られないかどうか、いつも不安だった。そのうち愛想を尽かされる気がしてならず、カサンドラの家に電話をするたびに、ジョイが電話に出てくれるか、それ以前にまだ街にいるかどうかも確信が持てなかった。

性的な欲求不満と新たに生まれた不安のせいで、頭がおかしくなりそうだった。世間に迷惑をかけないよう、毎晩ウォルドルフ・アストリア・ホテルに戻るとトレーニングウェアに着替え、ジムで何時間も過ごした。ウェイトリフティングのせいで体が痛み、歯磨きもままならないほどだった。ランニングマシンで太腿が疲れきってしまい、階段をのぼるのも一苦労だった。

この調子では、そのうち入れ歯と歩行器の世話になってしまう。まだ若いのに。

ジョイはグレイの姿に気づくと、小さく手を振った。グレイのテーブルに近づいてくるジョイを男たちが盗み見て、それからグレイに羨望のまなざしを向けてくる。どちらの視線もありがたくなかった。ほかの男たちの目にジョイがどれほど魅力的に映っているか、改めて教えてもらう必要はない。

「信じてもらえないかもしれないけど……」ジョイは言いながら、椅子に座った。ああ、なんてきれいなんだ。今夜、ジョイは髪をアップにしていて、頬は街を吹き抜ける冷たい風で赤くなっている。

グレイはあいさつ代わりのキスをしたいと思いながら、何もしなかった。ジョイに触れないよう気を遣っていたが、その距離感はもはや耐えがたいほどだった。色白なジョイの喉のラインをじっと見つめていると……。

「グレイ？」

「え？」

ジョイはグレイにほほえみかけた。「これを見たかってきいたの」

グレイはジョイが差し出しているものに目をやった。それは『ニューヨーク・タイムズ』紙のファッション欄だった。鮮やかな赤のドレスを着たカサンドラの写真が載っていて、その下のキャプションにデザイナーとしてジョイの名前が記されている。

「カサンドラのドレスが祝祭で好評だったの！　それで、あと四人のお友達がわたしにドレスの注文をしてきたのよ。すごくない？」

ジョイが喜んでいるのがうれしくて、グレイはにっこりした。ジョイが誇らしげなことがうれしかった。「きみのことだから、ちっとも意外じゃないよ」

「明日の朝、その人たちに会ってから、自宅に戻ってドレスをデザインしようと思うの」

「自宅？　サラナック・レイクか？」ジョイがうなずくと、グレイは顔をしかめた。「どうしても帰らなきゃだめなのか？」

「いつまでもカサンドラにお世話になるわけにはいかないわ。これまで客室を貸してもらっただけでじゅうぶんだもの」バーテンダーがやってきたので、ジョイは顔を上げた。

「シャルドネをお願い。ハウスワインでいいから」

バーテンダーはうなずいた。「ミスター・ベネット、バーボンをお代わりなさいますか？」

「いや、結構だ」二人きりになると、グレイは言った。「寝室なら一つ空いている。ぼくのところに泊まらないか？」

グレイは断ってくれることを願ってしまいそうになった。ジョイがスイートルームの反対側で眠ることを考えるだけで、皮膚がむずむずしてくる。

「ありがとう、でもやめておくわ。家に帰らなきゃ。祖母は新しい薬物療法でよくはなってるけど、みんなに世話を任せっぱなしにはできないもの。それに、姉の結婚式が三週間後に迫っているの。わたしも手伝いたいわ」ワインが運ばれてきたので、ジョイはそっと椅子にもたれた。「ありがとう」

グレイはグラスの側面をなでながら、頭の中でスケジュールを組み直そうとした。「明日はワシントンに行かなきゃいけないが、そのあとなら送っていけるよ」

「いいのよ。わたし、列車が好きだから」

「いつ戻ってくる？」

ふと、二人のテーブルに大きな影が落ちた。「やあ、グレイ、何事だ？」

グレイが顔を上げると、ショーン・オバニオンが立っていた。〝おいおい、面白いことになってるじゃないか〟と言わんばかりの表情を浮かべている。

「ショーン」グレイは言いながらも、友人に警告の視線を送った。「今週は日本に行っているのかと思っていたが」

「帰国が早まったんだ。それで、こちらの女性は?」ショーンは言い、ジョイを見た。

「ジョイ・ムーアハウスです」ジョイは名乗り、片手を差し出してにっこりした。

「ジョイ?　すてきな名前だ」

「ありがとうございます」ジョイは言い、二人は握手をした。

「ご一緒してもよろしいかな?」

おい、それはやめてくれ、とグレイは思った。「実は、ちょっとまずい――」

「もちろん、かまいません」ジョイはグレイの非礼に驚いたように、テーブルの向こうから視線を送ってきた。

ショーンが席に着くと、グレイはこの黒髪のハンサムな男はよき友人なのだと自分に言い聞かせた。これは射撃練習ではないのだと。

「それで、ジョイ、グレイには街をいろいろ案内してもらったかな?」

「わたしがここの人間じゃないって、すぐにわかりますか?」

ショーンは久しぶりに愛嬌《あいきょう》を引っ張り出すことにしたらしく、にっこりした。「いや、あなたは北部に住んでいると、グレイが言っていたのを思い出したんだ」

を飛ばしてきた。

グレイが自分の話をしていたことに驚いたらしく、ジョイはテーブルの向こうから視線
グレイは苦々しい顔になった。「ショーン、株券を現金に換えにどこかに行かなきゃいけないんじゃないのか？」

ショーンは笑い、ウィスキーを注文した。「暇な時間はたっぷりあるんだ。きみと違ってね。きみの魔法のおかげで、ライトは市長選で息を吹き返したそうじゃないか」ショーンはテーブルの向こう側のジョイに笑いかけた。「グレイが実際にどんな仕事をしているか、聞いたことはある？」

グレイはバーボンをちびちび飲んだ。「彼女はそんな話は聞きたくないんだ」

「いいえ、聞きたいわ」

「いや、そんなはずない」

「おや、グレイは恥ずかしがっているようだな」ショーンは話を続けた。「こいつはメイクアップアーティストなんだ。人を、これなら選挙に当選できるという人間に変身させる。こいつにもよく言ってるんだが、もしワシントンから追い出されたら、毛抜きと口紅を商売道具にすればいい。どこかの〈シャネル〉のカウンターで働けばいいんだ」

「もっと複雑な仕事のはずだわ」ジョイは言い、期待するような目でグレイを見た。

冗談じゃない、ジョイに自分の仕事について話すことを考えると、かつてないほど爪に

垢《あか》がたまっているような気分になる。

グレイが黙っていると、ジョイがうながした。「すごく刺激的なお仕事なんでしょうね」

「違う」グレイは簡潔に言った。

「おいおい、頼むよ」ショーンがやり返した。「きみはアメリカの政治の中心部にいるし、ぼくはきみの話を聞くのが大好きなんだ。覚えてるか、あの――」

グレイの声は、友人の言葉をざっくり切り裂いた。「ところでショーン、ニック・ファレルの会社の新規株式公開を発表するつもりだと聞いたが」

長い沈黙が流れた。

ショーンは目を細め、ジョイは椅子の上で身じろぎした。

やがて、ありがたいことに、ショーンが新規株式公開についてぺらぺらしゃべり出したので、会話は別の方向に向かった。ジョイは的を射た質問をいくつもし、ショーンはウィスキーを飲み干すころには、自分がジョイのデート相手であるかのような顔をしていた。

グレイは当然やきもきしたものの、友人を信じるしかなかった。どんなにジョイが美しくとも、ショーンは彼女の目しか見ていない。それに、ショーンの辛辣なユーモアも、男女や恋愛のこと、グレイの職業といったテーマに対しては発揮されないのだ。

ショーンは椅子から立ち上がると、ジョイと握手をし、グレイの肩をたたいたあと、ぶらぶらと歩き去った。

「あなたのお友達に会えてよかったわ」人混みを抜けていくショーンを眺めながら、ジョイは言った。「つき合いは長いの？」

「大学時代からだ」

「結婚は？」

「ショーンが？　まさか。あの男に教会の通路を歩かせるには、ショットガンが必要だ。それも、銃口を頭に突きつけなきゃいけない」

「まあ。ところで、ずいぶん仕事で忙しくされているみたいだったけど」

「ニューヨークでも指折りの投資銀行家だよ」

「寂しくなることはないのかしら？」

グレイは笑った。「とんでもない、一人で夜を過ごすこともあるが、それはあいつが好きでやっていることだ。女性なら、本人も持て余すくらいいるんだから」

ジョイは意気消沈したように、ワイングラスに視線を落とした。

「次はいつこっちに来る？」グレイはたずねた。

「あなたのお仕事の話を聞かせてもらえない？」

グレイは顔をしかめた。「ショーンの言うことは気にするな。そんなに面白い仕事じゃない。だから、いつこっちに来るんだ？」

ジョイは何も言わなかった。

「ジョイ？」

「それは、わたしが田舎者だから？」

「田舎……違う、そんなことは関係ない」グレイはただ、自分がやってきたことを、今すぐに話したくないだけだった。自分がしてきた脅しのことを。今もしている脅しのことを。

「じゃあ、どうして？」

「話す意味がないからだ」グレイはテーブルの上に手を伸ばして、ジョイの手を握りたかった。「だから教えてくれ、次はいつこっちに来る？」

ジョイはためらい、話題を打ち切っていいのか迷っているようだった。「結婚式が終わったら」

姉の結婚式は三週間後だと言っていただろうか？　それは長い。長すぎる。

「その前にぼくがサラナック・レイクに行く。きみが会ってくれるなら」

ジョイはワイングラスを左右に動かし、底に敷かれた〈コングレス・クラブ〉の小さなナプキンにそりの役目をさせて、つやつやしたテーブルの表面をすべらせた。

「会ってくれるかい？」グレイは全身が張りつめているのを感じながら、たたみかけた。ジョイが姿を消してしまうことを思うと、なぜだか恐怖に襲われたのだ。「ジョイ？」

ジョイはゆっくりうなずいた。「ええ。会うわ」

「よかった」グレイはほっとしてつぶやいた。

「でも、正直に言うと、断れたらいいのにと思ってる。あなたに今後ぱったり会うことがあるかどうかも、気にせずにいられたらいいのに。あなたに会いたくないと思えたらいいのに」ジョイは顔をしかめた。「侮辱してるみたいだけど、そういう意味じゃないの」

「かまわないよ。きみがぼくを求めてくれるなら。いや、ぼくに会いたがってくれるなら」

「もちろん求めてるわ」ジョイは皮肉めいた口調で言った。そのあと顔を赤らめたため、その言葉が思わず口から出たものであり、撤回したいと思っているのがわかった。

グレイの視線はジョイの唇に釘《くぎ》づけになった。唇の柔らかさが思い出される。自分の唇の上での感触も。舌を口に潜りこませ、突き入れて、なめているところが思い浮かんだ。

「グレイ?」ジョイはささやいた。グレイの思考が向かう先を察して、驚いているようだ。

グレイは酒をあおり、最後の二センチ分を飲み干した。「食事を始めよう」

食事をしている間、ジョイは物静かに見えたが、口数が少ないのはグレイのほうだったかもしれない。だが、口は動かさなくても、目は酷使していた。グレイはジョイをじっと見つめずにはいられず、それはこれから二、三週間、ほとんど会えなくなる期間に備え、ジョイの記憶をためておこうとするかのようだった。

リムジンでカサンドラのマンションに向かう間、その思いはますます募った。

ああ、ジョイが行ってしまうなんて、そんなことがあってはいけない。

「無事に戻ったことを確かめたいから、家に着いたらすぐに電話をくれるか?」

「もちろん」

車は赤信号で停止した。

「ジョイ、寂しくなるよ」

ジョイはその言葉に驚いたように、向かい側のシートからグレイを見た。そして、グレイを心底ぎょっとさせる行動に出た。

身を乗り出し、グレイの胸に両手を当て、唇にそっとキスをしたのだ。

唇にジョイの唇が軽く触れると、グレイは鞭《むち》で打たれた気がした。体がうねり、ジョイの二の腕を握って、彼女を自分の上に引き上げたい衝動と、自分がいかにジョイを傷つけたかという記憶の間で揺れた。

無理やり、ジョイを少しだけ押し戻す。「ジョイ……」

「あなた、震えてるわ。どうしてわたしを押しのけるの?」

グレイは言葉を発するわけにはいかないと思った。口を開けば、ジョイの首筋をなめてしまいそうだ。

グレイが何も言わないので、ジョイはグレイの力を振りきって、手のひらをジャケットの中に差し入れ、胸筋に置いた。グレイの体は反射的にびくりと震え、腰がシートから浮き上がって、どこでもいいからジョイの体に触れたいと懇願してきた。手でも。唇でも。

ああ、神よ、ジョイの唇に触れさせてほしい。

「グレイ、震えているのはわたしが欲しいから？　それとも、別の理由？」

「かわいい人……」グレイはうめいた。

「お願い、知りたいの。あなた、わたしにほとんど触れないわ……あの晩から。デートをしていても、何をしてるんだろうって思っちゃう。あなたは今もわたしが欲しいの？」

グレイはジョイの腕を放し、顔を包みこんだ。「この話はやめ――」

「欲しいの？」

「ジョイ――」

「いいわ……自分で突き止める」ジョイはふいにグレイの脚の間に手をやり、激しく高ぶったものにそっと触れた。

グレイの頭はシートにのけぞり、口からうめき声がもれた。

「まあ」ジョイはささやいた。「グレイ、どうしてわたしたちの関係を拒むの？」

グレイはジョイの手を引きはがそうとしたが、グレイから離れたがらないジョイの手をどかそうとしたことで、かえって摩擦が生まれた。それは快感どころの騒ぎではなかった。摩擦と熱、自分に触れているのはジョイの手だという意識が相まって、グレイは一直線に解放の縁に追いつめられた。歯を食いしばると、額から汗が噴き出した。

「やめろ」グレイは言い、主導権を握ろうとした。力と体重が勝っていることを利用し、ジョイを無理やりシートに押し戻す。息を切らしているさまも、獰猛《どうもう》さも、獣のようだった。「リムジンの後部座席でこんなことはしない。ぼくは一度きみを娼婦《しょうふ》のように扱っているのだから、二度と同じことはしないんだ」

ジョイはきらきら光る目でグレイを見上げた。「自分が犯してもいない間違いのために、いつまでわたしたちを罰するつもり？」

「そのことを考えるたびに、嫌悪感に襲われなくなるまでだ」

グレイがジョイの髪を後ろに梳《す》いている間、ジョイはキスを待つかのように、唇を開いていた。グレイはジョイを見下ろしながら、こんなにも愛《いと》おしいものはこの先見られないかもしれないと思った。ジョイの頬は女の欲望に赤く染まり、胸は不規則なリズムで上下し、体から放たれる熱が服を通ってグレイに伝わってくる。

「今のきみはすごくきれいだ」グレイは絞り出すような声で言った。「息が止まりそうだよ」

自分を止めることができなかった。グレイはジョイに唇を重ね、彼女の満足げなため息をのみこんだ。だが、死ぬような思いで、キスは軽いものに留《と》めた。

「ぼくはきみが欲しい。それは紛れもない事実だ。きみに見られるだけで、ぼくは硬くなって、その気になって、飢えたようになる。うずかないというのがどういう状態だったか、忘れてしまったよ」

グレイはジョイから離れ、自分の側のシートに戻った。顔をしかめながら、ズボンの中の位置を直したあと、両手で頭を抱えた。ジョイを求める気持ちが刃《やいば》のように鋭く光り、太腿の筋肉に深く突き刺さって、背中を痙攣《けいれん》させる。ボクサーパンツがわずかにずれただけでも、臼歯を噛《か》み砕きそうになるので、できるだけ動かないよう努めた。

「再来週の週末に行くよ」グレイは言った。「きみのそばにいるのはつらくてたまらないけど、きみに会えないのはもっとつらい」

次の日の午後、ジョイは列車に乗りこんで席を見つけると、自分に関係のある二つの状況を確認した。席が窓際であること、車両はビジネスマンでいっぱいであること。これから三時間、ハドソン川の景色はいい気晴らしになるし、たえず新聞をめくる音は、退屈してすねた子供たちのわめき声に比べればましだろう。

ただ、正直なところ、ジョイ自身もわめきたいくらい、痛みに似た何かを感じていた。カサンドラの友人たちとのミーティングは滞りなく終わった。皆、好みははっきりしていたが、固執はしなかった。納期も妥当だ。報酬は法外な額だった。カサンドラのときと同じく、デザインの話し合いでのやり取りは心から楽しめるものだったし、ジョイのデザインセンスに対する顧客たちの信頼は、これまでに受けたことがないほどの賛辞だった。だから、ジョイは幸せなはずだった。実際、幸せだった。けれど、鉄道がペン・ステーションの地下の線路網を出て、高層マンションや住宅群の脇を通り過ぎていくうち、何か大事なものを街に置いてきたような気分になってきた。

グレイ。

ああ、もうグレイが恋しい。自分がグレイにとってどういう存在なのかはわからなくても。恋人？　どうだろう。グレイはジョイに電話し、外に連れ出し、とてもていねいに、最大限の敬意をこめて接してくれる。だが、自分の気持ちや将来のこと、自分たちが向かう先のことはまったく話さない。それはまるで、幽霊とデートするようなものだった。目の前にいるときは、全神経が引きつけられる。姿が消えると、ほとんど何も見えていなかったことに気づくのだ。

ジョイは頭を振って『ヴォーグ』の最新号をぱらぱらめくり、ぼんやりと眺めた。服にはほとんど目を留めず、定期購読のちらしを捨て、くしゃみをしながら香りつきの折り込み広告を破り取る。

通路の向こうから、携帯電話を操作する小さな電子音が聞こえた。そのビジネスマンはジョイと同じく二十代後半に見えたが、ウォール街勤務らしい服装をし、黒っぽい縁のしゃれた眼鏡をかけていて、ジョイとは住む世界が違うようだった。

「もしもし」男性が低い声で言った。「よかった、メッセージを聞いてくれたんだね。いや、なんでもない。ただ、どうしてるかなと思って」

盗み聞きしてはいけないと思い、ジョイは顔をそむけた。

「今日は最悪だったけど、きいてくれてありがとう」男性は笑った。「血みどろの詳細が聞きたいって、本気で?」また笑う。「わかったよ……」

間違いなく、相手は妻だ。自分の生活を、妻に話して聞かせているのだ。

ジョイはシートの上で身動きした。脚を組み、また組み替える。通路の向こうの男性が妻にしているような形で、グレイがストレスを発散しているさまを想像しようとする。不可能だった。

この一週間で、グレイは聞き上手だが口数は少ないことがわかった。彼はいつも、ジョイが何をしていたか、どこに行ったか、誰と会っていたかを聞きたがる。けれど、自分のことは話そうとしなかった。ジョイが今日はどうだった、とたずねたときは、仕事相手の政治家たちと同じように、そつなく、慎重に、本質を伴わない答えを返すのだ。

昨夜、バーで友人がグレイの仕事のことを持ち出してくれたときは、とてもありがたかった。だが、グレイは話題を変えた。きっぱりと。

通路の向こうの男性が再び笑った。「確かに。腹を立てたぼくが悪いんだろう。でも、あいつはぼくをじわじわと攻撃して、しかもその場には……わかってる。そうだね」

その声には敬意がうかがえ、ジョイは聞いていられなくなった。

膝に視線を落とすと、自分が両手を握り合わせ、背筋を伸ばしていることに気づいた。

グランド・エムの古い戯曲から抜け出してきたようなポーズ。レディの正しい座り方だ。まるで、姿勢をよくしていれば、グレイの信頼を勝ち取れると思っているかのようだ。なんて哀れなんだろう。

動揺と混乱の中、ジョイは姿勢を崩して、グレイが自分をどう思っているかは考えないよう努めた。前者は、片脚を曲げて尻に敷き、窓にもたれかかることで成功した。後者はみじめな失敗に終わった。

どうして仕事のことを話してくれないのか、わたしを田舎者だと思っているからか、と問いつめたとき、グレイはただ、違う、それは関係ない、と答えただけだった。それは、〝違う、きみがどうしようもない田舎者で、ぼくが遊んでいる大きな悪い砂場を理解することができないだなんて思ってないよ〟という意味ではない。自分の口が重いのは、ジョイが世間知らずなこととは別の理由があるからだ、と言ったにすぎないのだ。

自分が世間知らずであることはわかっている。少なくとも、グレイやグレイが親しんでいる人々に比べればそうだ。結局、ジョイはグレイにとって世慣れた女性ではなく、田舎から出てきた処女なのだ。

そう考えると、そもそもグレイのベッドに潜りこんだときの自信はいったいどこから湧いてきたのだろう？　次の朝、グレイに立ち向かったときは？　〈ティファニー〉でグレイの求婚をはねつけたときは？

ジョイは確かにこれらのことをやってのけた。列車が街から遠ざかるにつれ、なぜそんなことができたのか思い出せなくなっていた。マンハッタンの水に何かが入っているのかもしれない。脳内の図々《ずうずう》しさの受容体を活性化させるミネラルとか。

「あと二十分だ」例のビジネスマンが言っていた。「助かったよ。半分寝かけていた」

ジョイは電話の向こう側にいる女性を想像し、グレイの生活におけるそういう存在になりたいと思った。グレイが相談を持ちかける相手。グレイが不安なときに電話をする相手。夜、眠るときに抱いて……。

「愛してるよ、ママ」男性はそう言い、電話を切った。

なんと。今のは取り消そう。グレイのお母さんになりたいわけではない。

ただ、グレイと対等な存在になれるチャンスが欲しくてたまらない。彼のパートナーに。そんなチャンスはすぐには訪れないだろう。グレイはジョイを求めているが、ベッドに連れていく気はない。ジョイのことは好きでも、好意は愛とは違う。ジョイに対する過去の扱いを悔やんでいるが、それは恋愛の土台にはなりえない。

そして、本人にも言ったが、ジョイはグレイの後悔を処理することに興味はなかった。

つまり、こういうことだ。ついに二人の未来が目の前に広がり、ヒーローとヒロインが雨の中で抱き合っているとき、男が〝ぼくはきみに罪悪感がある、心から、きみに罪悪感を持っているよ〟とささやく恋愛映画がどれだけあるだろう?

だが、それでも、この二人はハッピーエンドは迎えているわけだ。

だから問題は、なぜ自分はあきらめきれないのか、ということ。

それは、希望があるから。希望と……愛があるから。

ジョイをグレイに引き寄せる何かが、確かに存在する。その吸引力のせいで、はるか北に向かって一キロ、二キロと運ばれていくごとに、腹立たしさが募った。

ジョイは体を小刻みに揺らし、指で肘掛けをこつこつたたいた。市街地が遠ざかり、郊外の景色が広がり始めると、自分がニューヨークを歩きまわれるようになったことがなんだか不思議に思えてきた。もちろん地元住民には遠く及ばないものの、東西と南北の通りの配置も、それぞれの地区の位置や特性もわかっている。

驚いたことに、今はフラットアイアン地区と言われればぴんとくるのだ。地図がなくてもたどり着くことができる。ただ、なぜ六番街がアベニュー・オブ・アメリカズと呼ばれているのかはわからない。地下鉄網を利用するのは、今も少し怖かった。

今、この瞬間も舗道を歩いて、アパレル卸売り業者のところに見本を見に行きたかった。デリで手早くサンドイッチを買って、急いで食べたかった。あとで〈ゼイバーズ〉に寄って、テイクアウトしたコーヒーを手に通りに出てもいい。歩行者の群れに交じり、顧客に頼まれたドレスの構想で頭をいっぱいにしながら、早足で歩きたい。

夜はグレイに会って、すてきな隠れ家レストランで食事をしたい。グレイはジョイを送ると、今度こそキスをしてくれる。一緒に部屋まで来てくれる。朝までいてくれるのだ。

列車がクロトン・ハーモン駅に停《と》まり、あの若いビジネスマンが降りたときには、自宅に帰る気が失《う》せていた。きれいさっぱりと。

気の重さが、裏切りに思えた。

だが、正直に言って〈ホワイト・キャップス〉に向かっていると、くびきにつながれた気分になってくるのだ。あるいは、体に合わなくなった服を身につけるような。有能なフランキーの妹に戻りたくなかった。グランド・エムのただ一人の世話係に。兄のアレックスを恋しがり、今はひどく心配している人間に。信頼が置けて、誰にも迷惑をかけず、決して規則を破ることのない、ジョイ・ムーアハウスに戻りたくなかった。

大都会の女性でいるほうがよかった。新しいビジネスを始めようとしている女性。好きな場所に、好きなときに行けて、祖母の世話を誰が代わってくれるか悩まなくていい女性。カサンドラ・カトラーに何が似合うか、正しい指示ができる女性でいたかった。ニューヨークの街を迷わず歩くことができ、一人でも落ち着いてタクシーに乗れる女性。

何よりも、グレイ・ベネットと愛を交わし、彼を声が出なくなるほど燃え上がらせることのできる女に戻りたかった。

自分勝手だと思い、ジョイは両手に顔をうずめた。フランキーは両親が亡くなったあと、親代わりになるためにたくさんのことをあきらめた。グランド・エムも好きで機能を失ったわけではないのだから、ジョイのように自分を愛する人間からきちんと世話をされるのが当然だ。アレックスもたとえ本人がいやがろうと、今は助けが必要なのだ。

家族に会いたくないわけではないのだろう。ただ、家族に自分を違った目で見てもらいたいのだ。

最近まで、風に舞う凧《たこ》のように生きてきた。家族に、〈ホワイト・キャップス〉につながれ、あちこちに漂いながらも、自分で方向を選ぶことはなく、流れに身を任せるだけだった。大学でビジネスを専攻したのも必要に迫られてのことで、興味があったからではない。B&Bが赤字であることを知っていたので、実用的な専攻を選べば、給料の高い仕事に就くことができ、家計を助けられると考えたのだ。ヴァーモント大学に通っている間は、生活費を稼ぐためにアルバイトに精を出し、デートやパーティとは無縁だった。卒業すると、実家に戻ってグランド・エムの世話にあたったが、それは祖母にはどうしても支援が必要なのに、看護師を雇うほどの収入がなかったからだ。

そう考えると、カサンドラのドレスをデザインするというのは、ジョイが初めて自分の意思で選んだことのように思える。

それと、グレイに身を捧《ささ》げることが。

11

列車はオールバニ・レンセラー駅に入ったが、ジョイは降りるのがいやでたまらなかった。列車を降りると、ニューヨークで発見した新しい自分と縁が切れてしまう気がした。

だが、そのとき、窓の外にフランキーがいるのが見えた。

姉はプラットフォームに降りてくる乗客を見回していた。ブルージーンズをはき、ネイトのものだろう、ぶかぶかのアイリッシュニットのセーターを着たフランキーは、胸が痛むほど懐かしく、美しかった。フランキーこそわが家であり、快適さと安定の象徴だった。

ジョイはまつげに涙がにじむのを感じながら、スーツケースと書類かばんを押して通路を歩いた。家族と一緒にいたくないなんて、いったい何を考えていたんだろう？　そもそも、よく家族を置いて出ていけたものだ。

ジョイは感情を悟られたくなくて、すばやく目をしばたたいたが、フランキーと目が合った瞬間、視界は再びぼやけた。

姉は満面の笑みで駆け寄ってきて、重い荷物を持つのを手伝おうと手を伸ばした。「ジヨイ！　おかえりなさい……どうしたの？」

ジョイは荷物を下ろし、姉に腕を巻きつけた。それに応える姉のハグは、とても姉らしかった。力強くて、安心感があって、温かい。フランキーからは、アイボリーの石鹸《せっけん》とさわやかな空気の匂いがした。

「ジョイ、大丈夫？」

ねえ、どうしよう、姉さん。わたし、あっちで初めて男の人と寝たの。相手はグレイなの。あの人を本気で愛してしまうのが怖い、心がずたずたに傷つくのが怖いの。

それに、自分のことがわかってきたせいで、姉さんと兄さんとグランド・エムから離れてしまいそうなの。これまでに知ったすべてのことから。わたし、自分が何者なのか、わからなくなってしまったのかもしれない。自分がいるべき場所も。これから向かう先も。

「ジョイ？」

「大丈夫よ。ただ、姉さんに会えたのがうれしくて」ジョイは体を引いて涙を拭った。

「ごめんなさい」

「何が？」姉は身を屈《かが》め、スーツケースを持ち上げた。「涙が出るのは悪いことじゃないわ」

ジョイはセメントのプラットフォームから書類かばんを取り、姉についてターミナルの中を歩いた。逃げ場を求めるように、おなじみの質問をする。「グランド・エムはどう？」

「ずいぶんよくなってるわ。信じられないくらい。前よりも長い時間、じっとして何かができるようになったの。ネイトがこんろの前で音をたてていても、キッチンテーブルに着いて日記をめくることもできるのよ。ネイトは料理をしながら見張るつもりで連れてくるんだけど、グランド・エムはキッチンの匂いを楽しんでいるようなの」

「すごいわ」ジョイは言い、二人は外に出た。「副作用はまだ出ていないの？」

「薬をのんだあと一時間くらいは眠そうにしているわ。でも、それ以外は問題ないみたい」

不安が少し軽くなった気がした。今依頼を受けているドレスを作るためには、ニューヨークとの間を定期的に行き来しなければならない。家族の負担がそこまで大きくないのであれば、自分がいなくてもまだ許される気がした。

「兄さんは？」

フランキーは黙りこみ、二人は駐車場の中を曲がりながら進んだ。

「姉さん？　兄さんはどうなの？」

「また脚の手術を受けなきゃいけなくなったわ」

「そう……手術はいつ？」

「今週中よ」

「帰ってきてよかったわ」

　フランキーは古い愛車の前で足を止めた。「そうね。アレックスは……その、あまり状態がよくないの。わたしがしつこく話をしようとしたせいで、わたしの言うことはもう聞いてくれない。あなたから話してもらえると助かるわ。ほとんど何も食べないし、一晩じゅう灯《あか》りがついてるから、夜も眠れないいんだと思う。喪失感《グリーフ》を癒やすカウンセリングを受けてほしいんだけど、絶対にいやだと言うの」

「でしょうね」

「あなたが帰ってくるのがうれしいと言っていたわ。あなたがいなくて寂しかったんでしょうね。あなたたち二人は昔から特別な絆《きずな》で結ばれていたもの」

　二人は車に乗りこみ、フランキーはエンジンをかけた。

「あ、スチュの話はしたかしら？」

　アディロンダック山地までの二時間の道中、サラナック・レイクのあらゆる種類のニュースが語られ、姉が話をしている間、ジョイは景色に見とれていた。州間高速道路八七号線、通称ノースウェイは、ニューヨーク州を南北に走る四車線の高速道路で、ジョイは子供のときに通っていた道路ならではの親しみを持っている。出口も、草が生い茂り木々が並ぶ中央分離帯も、山も、水域もすべて知り尽くしていた。

　州の最北部へと突き進むにつれ、列車で感じていた残酷な気持ちは消えていき、ある程度の大きさがある最後の町、グレン・フォールズを過ぎてからはなおさらだった。そこからは、出口と出口の間隔がどんどん長くなる。そして、自宅にどんどん近づいていくのだ。〈ホワイト・キャップス〉の前で車が停《と》まると、帰宅できたことに胸が高鳴った。祖母に会うのが楽しみだ。許してもらえればだが、兄とも早く抱き合いたい。

車から出ると、深く息を吸った。冷たく澄んだ空気が鼻腔《びこう》に入りこみ、旅の疲れを焼き尽くす。あたりはとても静かで、小さくため息をついた音だけでフランキーが振り向いた。

ジョイは左手にある湖を見た。水面はほぼ静止していて、湖岸のそよ風は、桟橋のそばのオークの赤とオレンジの葉をそよがせているだけだ。

「帰ってこられてうれしそうね」フランキーが言った。

「うれしいの。ニューヨークを離れたくないと思う気持ちもあったけど」

「わかるわ。ニューヨークは刺激的な場所だもの」

「ええ、そうね」ジョイは〈ホワイト・キャップス〉に目をやった。

キッチンのはめ殺しの窓の向こうに、ネイトとその親友、調理場副責任者のスパイクが、湯気を立てるパンの塊のことで言い合いをし、どうかしたのかというくらい笑っているのが見えた。二人を取り巻くもの、室内の何もかもが、いつもと変わらなかった。アルコーブに使い古しのオーク材のテーブルが置かれ、平たい裏面の下に揃《そろ》いの椅子が押しこまれている。カウンターには郵便物が積まれ、隣にマッキントッシュという品種の林檎《りんご》が入ったボウルが置かれていた。セントポーリアが、窓の下枠にずらりと並んでいる。

「ずっとここにいたみたい」ジョイはささやくように言い、わたしはもとの役割に吸いこまれてしまうのかしら、それを気に病むことになるのかしら、と思った。

「中に入りましょう」姉が言い、後部座席からスーツケースを取り出した。「外は寒いし、あなたはその薄いブレザー一枚しか着てないんだから」

二人が家の中に足を踏み入れた瞬間、男たちは歓声をあげた。

「おい！　われらが世界の旅人じゃないか」スパイクが叫びながら、アイランド式のカウンターの外に出てきた。スパイクは身長百八十センチをゆうに超え、首にはタトゥーが入っていて、絶対に敵にまわしたくないと思わせるたくましい体つきをしている。真っ黒な髪はつんつんと立っていた。それが〝スパイク〟という名の由来でもある。そして、黒っぽいだぶついた服で全身を包んでいた。

スパイクの外見は震え上がるほど恐ろしい。だが、ジョイを見る笑顔はまさに純粋で、左右で微妙に色の違う黄褐色の目は深い愛情をたたえている。いや、愛情と、ピットブルやマスチフが確実に持っているはずの縄張り意識だ。もしジョイを困らせる人間がいれば、間違いなくスパイクが仲裁に乗り出すだろう。そして、それだけではすまないのだ。

スパイクは腕を広げた。「ごあいさつは、お嬢ちゃん？」

ジョイは笑い、スパイクをハグした。スパイクはいつもいい匂いがする。清潔な洗濯物のような匂いだ。

「新しいお友達を紹介してくれる?」ジョイは見慣れないこんろ台に顔を向けた。

ネイトがあいさつ代わりにウィンクした。「前のやつは三日前に息を引き取った。運よく、この娘《こ》がショールームから来てくれたんだけど、ぼくたちにふさわしい相手なのかどうか」

スパイクが頭を振る。「こいつめ、パンを台なしにしやがった」

「ああ、オーブンの温度が不安定なんだ」

「さてと、大都会の話を聞かせてくれ」スパイクはジョイを椅子に座らせながら言った。

一分後には、冷蔵庫からジュースを出してきてグラスに注《つ》ぎ、自家製の小麦クラッカーをジョイの前に置いた。「今日の午後に作ったんだ。気に入ってもらえると思うよ」

ジョイが冒険譚《たん》を話して聞かせる間、ネイトがビーフシチューを作り、四人は笑い声をあげながら、おしゃべりをした。席に着いて夕食をとっていると、電話が鳴った。

「出るわ」フランキーがオフィスに走っていった。戻ってきた姉は、表情に好奇心の色をにじませていた。「ジョイ、あなたよ。グレイ・ベネットから」

ジョイはナプキンで口を拭いて赤面をごまかし、急いでキッチンを出ていった。シャツを直してから受話器を取る。

「もしもし?」

「どうして電話してこないんだ?」グレイは問いつめるように言った。そして、息を吐き出した。「ごめん、第一声がこれっていうのはよくないよな?」

ジョイは笑った。「夕食が終わったら電話しようと思ってたの」

「道中は問題なかった?」

「長かった。いろいろ考える時間があったわ」

つかの間沈黙が流れた。「それは危険かもしれない」

「そんなことないわよ」

「で、何を考えたんだ?」

今度はジョイが黙る番だった。「たいしたことじゃないわ」

弱虫。

「ううん、それは違うわね」ジョイは訂正した。「ニューヨークに行けて楽しかったって思ってたの。しばらく自宅から離れて過ごすのはいいものだけど、こうして帰ってこられるのもうれしいなって。そうね、うれしいのと、居場所がつかめない感じと、半々かしら」

そろそろやめておこう。今は無意味なことをぺらぺらしゃべっているだけで、この勢いのまま列車の中で考えたほかのことまで話さないほうがいい。グレイに関係のあることは。

「ジョイ?」

「何?」

「会いたい」ジョイが何か言おうとする前に、グレイは続けた。「今はきみを家族に返すけど、明日また電話するよ」

ジョイは自分の体を抱くようにしながら、幸福感のようなものが、危険だとわかるくらい深いところにまでしみこんでくるのを感じていた。ニューヨークを離れるとグレイに忘れられるのではないかと不安だったが、そうではなかったことがよくわかった。もちろん、あれからまだ数時間しか経《た》っていないのだが。

「わたしも会いたいわ、グレイ」

「ああ、それからもう一つ」

「何？」

「今夜、ぼくの夢で会おう」グレイはかすれた声でゆっくりと言い、そして電話を切った。テーブルの前に戻ったジョイは、顔がにやけるのを隠すことができず、食卓の会話はぴたりと止まった。

「今のはいったい何？」フランキーがたずねた。

「なんでもないわ」

「ああ、そうか」ネイトが顔をしかめた。「ベネットがちょっかいを出してきているのか？　もしそうなら、ぼくのかわいい義妹《いもうと》から今すぐ手を引いたほうがあいつの身のためだな」

「あなたはグレイのことが好きなんだと思ってたわ」ジョイの顔から笑みが消えた。

「好きだよ。ただ、あいつのことはよく知っているからな。あの男は女の敵だ」

ジョイはシチューをつつきながら、いらだたしいほど強いグレイの自制心を思った。

「あの人、わたしにはすごく紳士的なのよ」

残念なのはそこなのだと、誰が想像できるだろう？

ネイトはテーブルの向こうからジョイを見つめ、その目にあらゆる種類の男の保護本能を光らせた。「まあ、あいつが行儀よくしているなら、歯はへし折らずにいてやる」

スパイクも太い腕を組んでうなずいた。「賢い男なら、その申し出に応じるだろう。入れ歯はがたがたするし、キャップは高くつく」

ジョイは頭を振って笑い声をあげたが、ベッドに入るときに笑顔でいることはできなかった。天井を見上げ、グレイは今どこで何をしているのだろうと考える。なぜか、ほかの女性といるところは想像できなかったが、それは希望的観測にすぎないのでは？

寝返りを打ったとき、小さなノック音が聞こえた。

「はい？」ジョイは声をかけた。ドアが開き、大柄な黒っぽい人影が見えた。「兄さん？」

ジョイが起き上がると、兄は脚を引きずりながら部屋に入ってきた。松葉杖《まつばづえ》にぐったりと寄りかかっていて、体重を支えるために肩が妙な形に突き出している。〈レッドウィングス〉のTシャツを着て、フランネルのパジャマのズボンをはいていた。

「起こしてごめん」アレックスは言った。

「まだ寝てなかったわ。もし寝ていても、いつでも来て――」

「土産をありがとう。たんすにあの本がのっているのを見て、おまえからだろうと思って」

「部屋をのぞいたら寝てたから。兄さんが今もハリー・ポッターを好きなのかどうかも、あの巻をもう読んだのかどうかも知らないんだけど」

「今も好きだ。あれは持っていない。だから、ありがとう」

「どういたしまして」

アレックスはよろよろとジョイの作業台まで歩いていき、糸巻や針山を見下ろした。手を伸ばし、裁ちばさみを拾い上げる。「ニューヨークの話をしてくれ」

「すてきなところだったわ」

「そうか。楽しんできてほしいと思っていたんだ。そろそろおまえも楽しむときだ」

「お客さんも増えたの」

「それはよかった」アレックスははさみを置き、松葉杖の上で少しよろめいた。

「座ったら?」

アレックスは首を横に振った。「あえて起き上がって動くようにしてるんだ。今週はまたベッドに逆戻りになるけど」

「どんな処置をするの?」ジョイは喉に手を当て、ささやくようにたずねた。

「骨の代わりに入れているチタンのロッドが、うまく噛《か》み合ってないんだ。それをやり直す。もしそれでだめなら、脚を切断することになるだろう」

ジョイは鋭くささやいた。「兄さん——」

「最後の話はフランキーにはしていない。おまえも黙っていてくれると助かる」

ジョイはうなずいた。「わかったわ」

「おまえにも言わないほうがよかったな。ただ、誰かに知ってもらいたかったんだと思う。そうすれば、ぼくが膝から下を失って出てきたとき、全員がショックを受けずにすむから」

アレックスはゆっくりと窓辺に向かい、濃い夜の闇を見つめた。

「ねえ、何かわたしにできることはある?」

アレックスは黙っていた。ようやく口を開いたとき、兄の声はとても低く、ほとんど言葉が聞き取れないほどだった。

「あの人がどうしているか教えてくれ」

ジョイはアレックスに近づいたほうが彼の望みを理解しやすくなるような気がして、ベッドの上で身を乗り出した。「ごめんなさい……誰のこと?」

長い沈黙が流れた。「カサンドラだ」

兄の背中はこわばり、盛り上がった肩は、脚のギプスと同じくらい硬く張りつめていた。凍りついたような沈黙が、カサンドラに関するどんな情報も重要であることを告げていた。

「カサンドラは……その、よくはわからないわ」ジョイは脚を動かし、立てた膝を両腕で抱いた。「知り合ったのは最近だし、今もよく知っているわけじゃない。眠れないでいるのは確かね。夜にペントハウスの中を歩きまわる音が聞こえたから。人づき合いはしてるけど、無理してるみたい。一緒に出かけると、ときどき人混みをぼんやり見つめて、体は部屋の中にあるのに、本人は別のところにいるようなことがあるの。泣いているところも一度見たわ。わたしが早めに帰った日、カサンドラはテラスに出て、入道雲が街の上にかかるのを見ていた。中に戻ってきたとき、目が赤くて、そのまま図書室に行ったわ」

「リースの肖像画はまだ飾ってあったか？」

「ええ」

アレックスは頭を振った。「ぼくはよくあの絵を茶化していたんだ。だがリースは、自分がいないとき、カサンドラに夫を思い出せるものが必要だからと言ってた」

張りつめた沈黙が流れた。

「兄さんのことをきいていたわ」ジョイは言った。

アレックスはうつむき、深呼吸をしたのか、胸が広がった。「なんて答えたんだ？」

「何も。兄さんは何も言ってほしくないんじゃないかと思って」

「ありがとう。本当にありがとう」アレックスは肩越しに振り向いた。「おまえはいつだってぼくのことを理解してくれている。だろう？」

ジョイは肩をすくめた。「いつだって、ということはないわ。でも、兄さんがプライバシーを必要としているなら、それは尊重する」

アレックスは脚を引きずりながらやってきて、ベッドに座った。体重が減ったとはいえ、スプリングは彼の重みに軋《きし》んだ。アレックスは左脚を伸ばし、顔をしかめた。

「あの人は誰か、男と会っているのか？」ぶっきらぼうにたずねる。

「いいえ」

アレックスはほっとしたように目を閉じたが、その表情は険しくなった。

「まだ日が浅いからな。そのうち誰か現れる。ニューヨークに住むカサンドラのような女性は、男を見る目があるから」

「デートをする気はないって言ってたわ」

「今のうちだけだ」

ジョイは兄の顔をまじまじと見た。辛辣な物言いに違和感を覚える。亡くなった友人の立場から言っているのだろうか。

「カサンドラは旦那さんのことが忘れられないんだと思うわ。それに、男遊びで心の隙間を埋めるような女性にも見えないし」

ジョイは兄を安心させるつもりだった。けれど、アレックスの横顔はさらにこわばった。本能か予感のようなものに突き動かされ、ジョイは口を閉ざした。もしかして、兄はカサンドラのことを……ああ、なんてこと。

「カサンドラに会ってみたらどう？」ジョイはそっとたずねた。

「無理だ」

「どうして？」

アレックスは鋭く頭を振った。「よくないことだから」

兄はすばやい動きで片方の松葉杖を宙に振り上げ、手のひらに垂直に立てて、ゴムの先端で長い杖のバランスを取った。そのような芸当をいともたやすくやってのけるのが、アレックスだった。手と目の驚異的な連携、手脚のコントロール。アレックスは昔から、体を動かすことならなんでもこいの、優秀なアスリートだった。

膝から下を失えば、アレックスはどうなってしまうのだろう。たとえ失わずにすんだとしても、プロのヨットレーサーとしての選手生命は終わる。医者にも、アレックスの四肢が以前の強さを取り戻すことは決してないと言われていた。

レースに戻れなかったときにアレックスが直面するブラックホールに、ジョイは思いを馳《は》せた。今まで生き甲斐《がい》としてきたものがすべて失われる。仕事、仲間、競争心のはけ口。そして何より、かつては海がなだめてくれていた旅への情熱が、行き場を失ってしまう。

ジョイはアレックスの肩をさすった。「愛してるわ、兄さん。何があろうと、わたしは兄さんの味方だから」

松葉杖が手から離れ、ふわりと落ちていった。床に着く前に、アレックスがつかんだ。

「ぼくも愛してる」兄はジョイのほうは見ずに言った。

12

ジョイは一週間、デザインのスケッチと祖母の世話、そしてみじめなことに、グレイからの電話を待って過ごした。救いだったのは、少なくとも電話は必ずかかってきたことだ。朝に一度。夜に一度。一日も欠かさず。

グレイはいつも、ジョイが何をしているのかたずねた。ドレスの進行具合。ジョイの家族の様子。グレイの声は耳に心地よく、それが低く笑ったりジョイの名前を呼んだりするたびに、息づかいが聞こえるほど彼の体がそばにあったときのことが思い出された。

だが、グレイはだいたい携帯電話からかけてくるため、彼の居場所はよくわからなかった。よく背後から人の話し声が聞こえた。あるいは、物憂げに響く空港のターミナルのアナウンスが。外を歩いているのか、風が吹きすさぶ音が聞こえることもあった。ジョイはグレイが電話をしてくれるだけでじゅうぶんだと自分に言い聞かせたが、それが本心でないことはわかっていた。二人で電話をしているうちに、自分がグレイに求めているものがはっきりしてきたものの、残念ながらそれは求めすぎのように思えた。

グレイはあれ以来、ジョイに会いに来るという話はしてこない。

中途半端な状態に耐えかねたジョイは、話をしなければならないと思った。交際に限りなく近いグレイとのこの状態は、彼に会わずにいることよりつらかった。結婚式が終わってニューヨークに行ったら、グレイを席に着かせ、面と向かって話し合おう。

その会話はとても楽しみとは言えなかった。何しろ、男とはこういうものだと、姉もよく言っていたのだ。こちらが質問をしなければならなくなった時点で、返ってくる答えは気に入らないものに決まっている、と。

金曜の晩になったときには、やっと一週間が終わったという気分だった。幸い、アレックスの手術は望める限りの成功をおさめたが、〈ホワイト・キャップス〉では誰もがぴりぴりしていた。アレックスがそのような状況で、結婚式も目前に控えているとあっては、浮き足立つのも無理はない。ネイトはローストを取り出そうとオーブンの中に手を入れて、火傷《やけど》した。スパイクはパンの塊を素手でつかんだ。フランキーは古い友人からカードが郵送されてきたのを見て、わっと泣き出した。

そして、ジョイは？　ゾンビのようだった。

全員が休息を必要としていて、ジョイは日が暮れたらネイトとフランキーを外出させようと決めていた。二人はよく頑張っていた。それに、自分もしばらく一人になりたかった。

「本当にいいのかしら」フランキーは言い、ネイトの手を借りてコートを着た。

ジョイが歩いていき、勝手口を開けると、熱気が逃げて冷気が入ってきた。熱量の急激な損失こそ、何よりもフランキーを急がせる材料になることはわかっている。

「姉さんたちはデートしなきゃいけないわ。起きている時間に、最後に二人きりになったのはいつ？」

「八月よ」フランキーは開いたドアを、ドル札が野外に歩き去っているかのような目で見た。「ねえ、そこを閉めて――」

「行って、早く」

「もしアレックスが病院から電話してきたら――」

「してこないわ。兄さんは大丈夫よ。一時間前に本人と話したばかりでしょう」

「でも、スパイクもまだバイクの集会から戻らないし」

「姉さん、わたしは十二歳じゃないの。一人で留守番くらいできるわ」

ようやく二人が出ていくと、ジョイは息を吐き出し、ドアにもたれかかった。グランド・エムは二階で寝ているため、家は静まり返っていて、それがとてもありがたかった。この点も、ニューヨークに惹《ひ》かれる一因だろう。ニューヨークなら静かな環境に身を置いて、スケッチに没頭し、自由に想像をめぐらせることができるのだ。

ジョイは家の正面を目指し、二枚並んだスイングドアからキッチンを出て、食堂を見回した。縦十メートル、横十二メートルの空間には、片側にテーブルと椅子が雑然と置かれ、反対側はがらんとしている。シーズンが終わって閉鎖したばかりのため、絨毯《じゅうたん》の半分がシャンプーされ、人工的なレモンの香りを漂わせていた。二日後、毛足の短い絨毯が乾いたら、床の上のものをすべて反対側に引きずっていき、残り半分もシャンプーする予定だ。

スイングドアを開けて固定し、風通しをよくしたあと、屋敷内のほかの共有スペースをまわった。書斎はジョイのお気に入りだった。濃い黄緑色と黒の壁紙が貼られ、古い本とヴィクトリア時代の装飾品でいっぱいの狭い空間は、昔から森の隠れ家の雰囲気を漂わせていた。夏は菱形《ひしがた》の窓を大きく開くと、そよ風がライラックときれいな水の香りを運んでくる。寒い季節には、暖炉で薪《まき》が赤々と燃え、木材と革の匂いが部屋いっぱいに広がった。

ジョイはマホガニーのマントルピースの前に行き、貴重な、もしくは笑ってしまうような家宝の品々を眺めた。ずっと昔に優勝したボートレースの銀のトロフィー。一九二〇年代に獲物になりそうだったところを助けられ、ペットとしてかわいがられていた鳥の剥製。エルヴィス・プレスリーの横顔に驚くほど似ている、オークの木の節くれ立った根っこ。ジョイはそれらの品々を指でなぞり、父が同じことをしていたのを思い出した。

外では、湖から吹く風が、家の鎧戸《よろいど》をがたがたと揺すっていた。ジョイはふと思いついて、炉床に積まれた薪に火をつけ、炎がずんぐりしたオーク全体にまわるのを眺めた。父のお気に入りだった革張りのウィングチェアに座ると、過去が毛布のように体を包みこみ、愛《いと》しい思い出が安らぎを与えてくれた。

列車の中で、家に帰ることを恐れていた自分が思い出される。だが、今は都会のほうをはるか遠くに感じた。マンハッタンに戻ることを想像すると、新しい自分と古い自分の間で板挟みになるような気がして、心細かった。

一時間ほど経《た》ったころだろうか、お腹《なか》がぐうと鳴った。ジョイはキッチンに行き、ハンガーフックから鍋を取って、ネイトが作ったシチューを温め直そうとした。新しいこんろに火をつけるのは至難の業だった。ダイヤルがいくつもついていて、これだけオプションがあれば、ジェット機を着陸させることさえできそうだ。

ようやく火がつくと、できるだけ弱火にセットして、暖炉の火を確認しに戻った。薪を足しているとき、家の裏手からどんどんという音が聞こえた。

ブルージーンズで手を拭き、勝手口に走る。ドアの向こうに大きな黒い人影が見えたので、錠類を外すより先に、外の照明をつけた。

「グレイ！」ドアノブをがちゃがちゃまわす。ドアを開けると、グレイが冷たい風とともに入ってきた。「こんなところで何をしてるの？」

グレイは疲れきっているらしく、ピンストライプのスーツにはしわが寄り、襟は開いて、ネクタイはだらりと下がっていた。疲れた目で、まるで数年ぶりに会ったかのように、ジョイの顔をじっと見つめる。

「どうしてもきみに会いたくて」グレイが言った。

ジョイが思わずグレイに抱きつくと、グレイは一瞬体をこわばらせたあと、ジョイを抱き返してきた。グレイの香りはすてきだった。記憶にあるとおりだ。サンダルウッドとヒマラヤ杉と……グレイの匂い。

「暖炉にあたってたの。あなたも少し温まる？」

「最高だ。酒も飲みたいな。オールバニ空港から渋滞がひどくて」

ジョイはバーボンを注《つ》ぎ、グレイがはるばる自分に会いに来てくれたことが信じられないまま、彼とともに書斎に向かった。グレイは暖炉に直行し、マントルピースにもたれて、炎を見つめながら酒を飲んだ。ジョイはウィングチェアに座り、グレイの張りつめた横顔を探るように見た。

「何かあったの？」そっとたずねる。

グレイは驚いたように体をびくりと震わせ、振り向いた。ためらったあと、グラスを置き、スーツのジャケットを脱いだ。それを椅子の背にかけると、ポケットから何かを取り出した。小さな布の袋だ。

「きみにプレゼントを持ってきた」ジョイのほうにやってくる。「両手を出して」

ジョイが左右の手のひらを揃《そろ》えて丸めると、グレイはひもをほどいて手のひらに袋を傾けた。きらきらした黒いビーズがばらばらとこぼれ落ちる。

いや、ボタンだ。それはアンティークの黒玉のボタンだった。おそらくヴィクトリア朝の。

「グレイ、すてきだわ！　どこで見つけたの？」ジョイはじゃらじゃらするボタンを指で触った。ボタンは少なくとも二十個はあり、ドレスの背中に並べれば一着分に足りる。

「今週、ファッション地区に行っていて、ボタン屋の前を通ったんだ。ウィンドウでこれを見たとき、きみのことを思い出した。何かに使えるんじゃないかと思って」

ジョイはグレイを見上げた。「ありがとう」

グレイはうなずいた。そして、手を伸ばし、人差し指でジョイの頬をかすめた。

「どうしたの？」

グレイは突然ジョイの前で膝をついた。「抱きしめてもいいかな？」

「もちろん――」

グレイは両手をジョイの膝の内側に入れ、そっと太腿を開いた。そして、大きな体をジョイの体にうずめ、両腕を背中にまわして、頬を胸骨に寄せた。グレイの呼吸音が低いため息になって消える。

ジョイはどうすればいいのかわからず、グレイの髪をなでた。

動揺しているのは気の毒だが、グレイが警戒をゆるめてくれたことがありがたかった。グレイが自分のもとに来てくれたことが。落ち着けば話をしてくれるだろうから、それまではただ、グレイを抱いているだけで満足だった。

グレイの頭頂部に唇を押しつけ、両手で肩をなでて、シャツの上質なコットンが絹のように筋肉に張りつくさまを感じる。ああ、グレイを抱いているだけで、こんなにも満足なのだ。

グレイはジョイに身を寄せながら、自分には安息の地が、人生に疲れたときに行く場所がなかったのだと思いいたった。追いつめられたときはたいてい、ショーンや同類の友人である財界のリーダーたちと遊びに出かけた。彼らは豪快に飲み、タフな物言いをするが、それは実際に豪快でタフな男たちだからだ。

全体的に見れば、それは気を抜かずにいるための非常に優れた戦略だった。バーボンと男性ホルモンで自己治療をすれば、自分の弱さに、自分が恐れているさまざまな事柄に、将来や現在や過去に対する不安に、思いをめぐらせる必要はない。グレイは内面を顧みずにいることを好んだ。いや、その結果を好んだと言ったほうがいい。砂に頭を突っこんだままでいれば、自己不信に陥ることはないし、自分は無敵であるという幻想すら抱くことができて、今ではそれを信じかけているほどだった。

問題は、セラピストのように頑固でいることに、以前ほど魅力を感じなくなったことだ。

今日の午後、憂鬱な気分でロジャー・アダムズのオフィスを出たとき、ジョイのことしか考えられなかった。ジョイに会いたい気持ちを拭い去ろうとしたが、結局はその闘いに負けた。おまえはばかだ、と心の中で悪態をつきながら、JFK国際空港ではなく、オールバニ空港行きの飛行機に乗った。そしてレンタカーを借り、ノースウェイに飛び乗ったのだ。

深呼吸してジョイのシャンプーの香りを吸いこみ、椅子の上の彼女の腰を前に引いて、もっと密着しようとする。ジョイの体はグレイに比べればとても小さいが、彼女から得られる力は計り知れなかった。まるで鎮痛剤のように、髪に深く手を差し入れられるだけで、頭や首の凝りがほぐれていく。ジョイの胸に頬をすり寄せると、柔らかなニットのタートルネックと、その下の女らしい感触に恍惚《こうこつ》となった。

「今日、ある人物に会いに行った」事情を説明しなければと思い、グレイは言った。「昔から知っている男だ」

ジョイは低い声で相槌《あいづち》を打ち、詳しくはきこうとせず、ただ先をうながした。

「結婚して二十年になる奥さんがいる。仲睦《むつ》まじい夫婦だと、ぼくはずっと思っていた」

適切な表現が見つからず、言葉を切る。「カサンドラのところの夫婦とも仲がよかった」

ジョイの手はグレイの肩に下り、円を描くように筋肉をさすっている。

ああ、ジョイの中に身をうずめることができるなら、そうするのに。

グレイは咳払《せきばら》いをした。「ぼくは昔から、結婚なんてするもんじゃないと思ってきた。両親の結婚生活が健全ではなかったし、大人になるにつれて、夫婦など醜い関係だと思うようになっていった。でも、その夫婦は愛し合っていた。幸せだった。例外こそ原則が存在する証拠、と言うが、まさにその例外となる夫婦だった」

グレイは少し身を引き、ジョイを見た。二人の距離はとても近く、ジョイのまつげの一本一本が見えるほどだ。濃い縁に取り巻かれた虹彩《こうさい》も。鼻に散る薄いそばかすも。

「今日、その男は自分が不倫をしていることを認めた。しかも相手の女は、情報を引き出すためにそいつを利用しているであろう記者だ」グレイは頭を振った。「男は結婚の誓いを破って、自分になんの感情もない女と寝た。それだけでも理解しがたいが、その上どうしたと思う？　そいつはなぜ自分がそんなことをしたのかもわかっていないようなんだ」

ジョイの顔を見つめながら、グレイはその先まで話したくなっている自分に気づいた。

「その男は……なんとかして奥さんに打ち明けようとしていた。白状することを考えて弱りきっていたが、同情の余地はない。奥さんはそれを聞いたら打ちのめされるだろう」

ジョイは身を乗り出し、グレイの額に軽くキスをした。「お気の毒に」

「正直に言うと、ぼくはその男を殴りたくて、実際殴った」グレイは肩をすくめた。「でも、ぼくが本当に動揺しているのは、前のぼくだったらこのトラブル自体にここまで頭を悩ませていないだろうってことだ」

「前って、いつ？」

「きみに出会う前だよ」

ジョイの目が燃え上がった。

「ぼくは……」グレイはどぎまぎして体を引き、手のひらを膝について、肩を前に出した。

「今日その男と話していると、やっぱり結婚に不信感を持っているのは間違いじゃないと思わされた。でも、それで自分の考えが立証されたとは思えず……落ちこんでしまった。それも、ものすごく。わけがわからないよ」

突然、自分が大ばか者に思えてきた。間の抜けた、無防備な大ばか者に。

感情を口にすることには慣れていないし、人に自分のことを話すのも得意ではない。最近のなよなよした男たちとは似ても似つかないのが、グレイ・ベネットなのだ。

それなのに、今はこんなふうにぺらぺらしゃべっている。あろうことか、膝をついて。

グレイは不安な気持ちでジョイを見上げた。ジョイの太腿は今も大きく開いていて、手が膝にのっている。どうかしているとしか思えないが、グレイはジョイが気前よく提供してくれるぬくもりの中に戻りたくなった。

「来て」ジョイはそっと言い、グレイに両腕を広げた。

ジョイが同じ言葉を繰り返す必要はなかった。

「気味が悪いか?」グレイはジョイを抱き寄せ、頭を彼女の肩にうずめて言った。

「いいえ。どうして?」

グレイは肩をすくめた。「今のぼくは強く男らしい行動を取っているとは言えないから」

「いつもいつも強くある必要があるの？」

「ぼくの世界では、弱さを見せればつけこまれる」

「でも、今はわたしと一緒にいるわ。それに、わたしはこういうのが好きよ。すごく」ジョイはグレイのうなじの毛に指を潜りこませた。「わたしのところに来てくれてうれしい。お友達のこと、残念だったわね」

しばらくの間、二人は身を寄せ合い、室内には火がぱちぱちとはぜる音だけが響いた。

「グレイ？」

「ん？」

「ご両親と何があったの？」

グレイはとっさに、何も言わずにおこうと思った。家族の暗い秘密は、深いところに埋められているし、それでいいと思っていた。ごたごたを引っ張り出すのは痛みを伴う上、それを埋め直したところで、気分がよくなるとは思えない。

ところが、気づくとグレイは話していた。

「母は……」〝あばずれ〟という言葉は、事実に基づいているとはいえ、ジョイの前で使うには露骨すぎる気がした。「母と父は、結婚に求めるものがまるで違っていたんだ。一緒にいても傷つけ合うばかりだった」

「あなたが結婚していないのはそれが理由？」

「わからない」嘘《うそ》だ。「いや、その……たぶんそうだ。ぼくはいざこざの渦中に立たされることが多かったから、自分は絶対に、絶対に両親みたいにならないようにしようと思った。あんな生き方はしない。あんな目に遭わせる子供は作らないと」

グレイは体を引き、ジョイの目を見つめた。くっきりと澄みきった視界の中に、自分の妻となったジョイが見えた。毎朝目覚めたときに隣にいる女性。この地球上でただ一人、信頼できる相手。癒やしを求め、自分も癒やしを与えられる人。

「きみと一緒にいると」グレイはささやいた。「真実だとわかっているあらゆることを忘れてしまう瞬間がある。安全ではないと知っているものを、信じたくなるときが」

ジョイの唇が、驚いたように開いた。

暖炉の火に照らされたジョイを見つめ、彼女のまなざしのぬくもりを測っていると、何かが口から飛び出しそうになった。グレイの身をすくませる何かが。

五文字の言葉が。

パニックの槍《やり》が胸を貫き、酸っぱいものが腹を焦がして、喉へとせり上がってくる。言うな。絶対に言ってはいけない。今は混乱しているだけだ。たいした理由もなく、神経が高ぶっているのだ。眠れない夜が何週間も続いて弱っているのだ。

次に致命的な間違いを犯す前に、態勢を立て直さなければならない。ジョイを愛してなどいない。そんなはずがない。ぼくはそういうタイプの男ではない。

グレイはジョイの唇に一度キスし、立ち上がって暖炉の前に戻った。

「さて、ぼくの話はこのへんで」辛辣に言い、グラスをなでる。「今日は何をしていた？」

ジョイは自らを閉じるように脚を合わせ、腕で自分のウエストを抱いた。グレイと視線が合ったとき、その目は見開かれ、少し心配そうだったが、話題の転換は受け入れてくれた。

「ええと……そうね、スケッチをして……」

グレイはジョイの話を聞くうちに、居心地の悪さを感じ始めていた。バーボンをすすりながら、来なければよかった、と思う。おかげで、二人とも無駄に動揺することになってしまった。自分の感情のこととなると、自分の尻と三塁ベースの区別もつかなくなるような男に痛めつけられるなど、ジョイも気の毒だ。来なければよかったのだ。

グレイの表情は平坦《へいたん》で、そこから何も読み取ることはできず、突然気分が変わった理由もやはり不可解だった。ジョイは沈黙を埋めるように日常生活の些末事《さまつ》を話しながら、グレイがこのおしゃべりをやめて、さっきの話に戻ることを期待していた。

「それで、こっちにはいつまでいるつもり？」ジョイはたずねた。

「明日の朝には発《た》たないと」

「それに、そろそろ自分の家に戻るよ。もう遅いだろう?」グレイは腕時計を見た。

「まだ九時よ。夕食を食べていったらいいのに」ジョイは髪をかき上げた。「あなたが来る前、ちょうどシチューを温めていたの。たいしたものは出せないけど」

「いいんだ。お腹はすいてない」

特に意外でもない返事に、ジョイは脚を組んで黙りこんだ。

うっすらと、何かをたたく規則的な音が聞こえ、やがてそれが自分が出している音であることに気づいた。片足が隣のテーブルを、メトロノームのように蹴っている。グレイの視線はその動きを追ったあと、ふくらはぎから膝、太腿へとゆっくり這《は》い上がった。胸で視線が止まると、ジョイに感じているものを隠したがっているかのように、まぶたが伏せられた。

「もう帰るよ」グレイが早口に言った。ジャケットを取ろうと体をひねったとき、横向きになった体が暖炉の火に照らされた。高ぶりの証拠は上質なズボンの折り目にほとんど隠されていたが、まったく見えないわけではなかった。

ジョイはグレイに向かって叫びたいという、抗《あらが》えないほどの衝動に襲われた。

この人は何百キロもの距離を、わざわざこのためだけに飛んで、わたしに会いに来た。心のこもったすてきな贈り物をくれた。個人的な打ち明け話をしてくれた。そのあと、そのどれもたいしたことではなかったとでもいうように、出ていこうとしているのだ。

「よい一週間を」グレイはなんでもないように言い、ジャケットに腕を通した。「向こうに着いたら連絡する。おそらく午後、夜遅くの可能性が高い」

ジョイはグレイからの電話を待つだけで、グレイ自身もそのほうが都合がいいと言わんばかりだ。

わかったわ、勝手にして。ジョイは突然、押したり引いたりのグレイの駆け引きに心底うんざりした。

「明日の晩は出かけるの」ジョイは言った。

グレイは目をきらりと光らせてジョイを見ると、眉根を寄せた。「どこに行くんだ？」

ジョイは肩をすくめ、立ち上がっていらだちを爆発させた。「たいした場所じゃないわ」

グレイの脇を通り過ぎようとすると、腕をつかまれた。

「たいしたことじゃないなら、教えてくれ」

グレイの凶悪な熱意を見て取ると、予定を口走ったのは間違いだったと悟った。隠すことは何もないが、夕食を一緒にとる相手をグレイが気に入らないのはわかっている。

「実は、トムと出かけるの」

グレイはジョイの手を放した。

「なんでもないのよ。妹さんがこっちに来るみたいで――」

「楽しんできてくれ」グレイは部屋を出ていこうとした。

「グレイ……グレイ！」ジョイが手をつかむと、ありがたいことにグレイは自分で立ち止まってくれた。「お願い、こんなふうに今夜別れるのはいや」

グレイは肩越しに振り返った。その目はのっぺりとして、生気がなかった。冷淡なときよりも、視線を合わせるのが難しい。

「心配しなくていい。ぼくたちは互いに一途《いちず》な愛を誓ったわけじゃないだろう？　それに、ぼくがきみの初めての相手だからって、最後の相手になるわけじゃない。それだけは自信を持って言えるよ」

ジョイはあえぎ、後ずさりした。「よくもそんなことが言えるわね」

「どうして？　事実じゃないか」グレイは髪をかき上げた。「きみは若いし、きれいだし、びっくりするくらい優しい。いやな話だが、ぼくは現実主義だから、きみがいずれ自分にふさわしい相手を見つけることはわかっている」

「グレイ、わたしが今まで深くかかわったのはあなただけ。あなた以外の誰ともつき合いたいとは思わないわ」

「そのうち気が変わるよ」グレイは辛辣に言った。「むしろ、トムとデートをしたほうがいいとぼくは思ってる。そのほうが手っ取り早いだろう？　二人ともこれ以上みじめな思いをしなくてすむ」

ジョイは痛みに引き裂かれた。わたしがさっきあなたに与えたぬくもりは、そんなにもひどい重荷だったの？

最低だ。

「よくもそんな……」今の自分の気持ちを表すのに、それ以上の言葉は思いつかなかった。「よくもそんなことが言えたわね。あなたは経験豊富だし、世間を知っているけど……わかってる？　無神経で、ひねくれてるわ」

「それならなおさら、ぼくのことは忘れたほうがいい」

ジョイは黙りこみ、ただグレイを見つめた。

「そのとおりね」手をさっと振って、髪を後ろに払う。「あなたといたら頭がおかしくなってしまいそうだから、もう終わらせたほうがいいわ。あなたとこんなことがあったせいで、もっと話が通じる男性とおつき合いしたくてたまらないもの」

グレイは目を閉じて悪態をついた。「ぼくたちの関係は最初から間違っていたし、ときが経つごとに……間違いはひどくなるばかりだ。〈ティファニー〉での茶番は、きみの言うとおりだ。ぼくは結婚など望んでいない。これからも望むことはない。きみをあそこに引っ張っていって指輪を押しつける権利はなかったし、今夜きみのところに来る権利もなかった。自分が何をやっているのかわからない、さっぱりわからないよ。むしろ、これからもきみの近くにいたら、何をしでかすかわかったものじゃない」

「じゃあ、わたしに会うのをやめればいいわ」ジョイはぴしゃりと言った。「電話もしないで。わたしのことは放っておいて。わたしが望んでいるのはこんな……恋愛じゃない」あきれたように目を動かす。「〝恋愛〟という言葉がわたしたちに当てはまるとも思えないけど」

「すまない。きみを傷つけるつもりは――」

「もうやめて！」ああ、この人を殴りたい。心からそう思った。「これ以上、あなたから謝罪の言葉なんて聞きたくないわ」

それからジョイは黙りこんだ。

妙な匂いが、突然室内に充満したのだ。

グレイもそれに気づいたらしく、肩越しに食堂のほうを振り返った。

そのとき、どん、と大きな音が鳴ったかと思うと、屋敷を揺るがすような爆発が起こって、あたりがぐらぐらと揺れた。

13

　ジョイは書斎を飛び出し、音が聞こえてきた家の裏手に向かった。食堂に入った瞬間、体が凍りついた。キッチンで炎が燃え、壁を這《は》いのぼっている。開いた両開きのドアから煙が噴き出し、天井沿いをもくもくと流れていた。熱風が吹いたように、顔に熱が押し寄せてくるのを感じた。

　グレイがジョイを引き戻し、轟音《ごうおん》をかき消すように叫んだ。「家から出るんだ！」

「だめ、祖母が階上《うえ》にいるの！」

　グレイは携帯電話をジョイの手のひらに押しつけ、外に通じるドアのほうに体を押した。

「九一一にかけろ。おばあさんはぼくが連れてくる。どの寝室だ？」

　それに答えるより先に、ジョイは炎の中で動いている人影を見つけてぞっとした。祖母がキッチンにいる。

「グランド・エム！」ジョイは叫び、前に飛び出した。「だめよ！」

　グレイがジョイを捕まえた。「ぼくが連れてくる！　きみは電話をかけろ！」

ジョイは一瞬ぼうっとしたまま、グレイが炎の中に姿を消すさまを眺めていた。すぐにわれに返ったが、それはグレイとグランド・エムが煙を吸いこんだせいで病院行きになるかもしれないと思ったからだ。いや、それだけではすまないかもしれない。

ジョイは悪臭と熱で目に涙をためながら、すばやく携帯電話から電話をかけ、住所と、今わかっている数少ない事実を告げた。炎はすでに食堂に入りこみ、天井沿いの繰形を焼いて、漆喰《しっくい》を焦がしている。ジョイは後ずさりしたが、ここを離れるわけにはいかなかった。グレイとグランド・エムを置いてはいけない。

炎と煙の様子を探っていると、蒸気かガスが放出されたような、しゅうっという音が聞こえた。そのとき、二度目の爆発が起こって、ジョイは背後の壁にたたきつけられた。

「グレイ！」

這うようにして外に出て、つまずき、手足をもつれさせながら、ようやく足場を確保して勝手口に向かって走る。広がりゆく惨状が目に入ると、すべりこむように足を止めた。荒々しいオレンジ色の舌が、ガラスが砕け散ったアルコーブの窓から外に出ている。冷たい夜気の中を煙が渦巻き、油の匂いをさせながらもくもくとのぼっていく。熱気は強烈で、夜の冷気を蹴散らした。

グレイは死んでしまったに違いない。

二人とも死んでしまった。

ジョイは草の上に膝をつき、これまで感じたことのない、とてつもない苦痛に襲われた。両親が亡くなったときも、これほどではなかった。

すすり泣く声に混じって、遠くでサイレンの音が聞こえた。遅いわ……手遅れよ。救う価値のあるものはすでに失われてしまった。

何かが手に食いこむのを感じ、視線を落とす。グレイの携帯電話だった。ジョイはそれを固く握り、荒れ狂う業火をじっと見つめた。

何かが動くのが目に入った。右のほうだ。

家の裏手で、一つの影が揺れた。いや、あれは背の高い人間だ。揺らめく炎の光を背に、シルエットが浮かび上がっている。長身の人影は、何かを抱えていた。

「グレイ！」ジョイは飛び起き、宙を飛ぶ勢いで走っていった。「グレイ！」

ジョイがたどり着いたところで、グレイは草の上にがくりと膝をつき、大きく息をして肺に酸素を送りこみながら、グランド・エムをそっと地面に横たえた。祖母はぼうっとしていて、グレイも同じ様子だ。二人とも灰にまみれていた。

「ああ、グレイ……」ジョイはグレイの顔にキスした。「どうやって出てきたの？」

「オフィスを通った。窓を割って……」グレイは激しく咳《せ》きこみ、うまく息ができないようだった。

「こっちよ！」消防車と救急車が停《と》まると、ジョイは叫んだ。「こっちです！」

救急救命士が駆け寄ってきて、消防士はホースを引き出し始めた。グレイとグランド・エムにはただちに酸素マスクが装着され、二人とも火から離れた場所に動かされた。二人が処置を受けている間、ジョイは医療関係者のまわりをうろつきながらも、危機一髪の状況に膝の力が抜けそうだった。

二人とも重傷ではないことがわかると、ジョイは背後を振り返った。屋敷の裏側部分は、炎に焼き尽くされていた。

いったいどうしてこんな……。

冷たい恐怖が襲ってきた。こんろ。バーナーだ。ジョイはバーナーに火をつけたままにしていた。だが、それだけではあのような爆発が起こるはずがない。もしかして、いくつもあるダイヤルをいじっているうちに、何か別の部分にも点火してしまったのだろうか？

そこまで考えたとき、フランキーの車が私道に入ってきた。

「姉さん！」叫ぶと、喉からすすり泣きがせり上がってきた。「ああ……姉さん！」

ゆっくり車から降りてきたフランキーに、ジョイは駆け寄った。ネイトが助手席側から、やはり愕然《がくぜん》とした顔でまわってくる。

フランキーの目は大きく見開かれていた。「ジョイ……大丈夫なの？」

ジョイはわんわん泣きながら、姉に抱きついた。「ええ、大丈夫……グレイがグランド・エムを助けてくれたの。でも、わたしのせいだわ。わたしがうっかり――」

「しいっ」フランキーは火事を見つめながら、ジョイを優しく揺すった。「あなたはヒステリーを起こしているわ。消防隊の人と話してくる」

　炎との闘いが続く中、救急救命士は検査のためにグランド・エムを〈バーリントン医療センター〉に搬送することを決めた。ジョイは付き添いを申し出たが、グレイと話をせずにここを離れるわけにはいかず、だがふくれ上がった人混みの中に、グレイの姿は見当たらないようだった。

　消防車は二台増えていた。救急車も一台増えている。警官が二人来ていた。その場にいる男性は全員、大柄で長身に見えた。

　グランド・エムが救急車の後部に運びこまれると、ジョイは混沌《こんとん》の中から必死にグレイを捜そうとした。

「お嬢さん？　すみません、お嬢さん？」救急救命士の一人が、ジョイの前に顔を突き出した。「もう行きますよ。一緒に来られますか？」

　ジョイは現場から視線を引きはがした。「はい」かすれた声で言う。「でも――」

　突然、グレイがジョイの傍らに現れた。スーツはぼろぼろで、髪は灰に覆われ、顔には黒い筋がついている。ジョイはグレイに抱きつきたくて、実際そうしかけた。だが、思いとどまったのは、ジョイに話しかけたときのグレイの目がよそよそしかったからだ。

「お姉さんとネイトとスパイクには、うちに泊まってもらう。電話番号はわかるか？」

「ええ」

「きみも泊まればいい。〈ホワイト・キャップス〉が住める形に戻るまでは、いつまでいてくれてもかまわない。おばあさんに付き添って病院に行くのか？」ジョイがうなずくと、グレイはたずねた。「ヴァーモントからはどうやって帰る？」

「フランキーが明日の朝、迎えに来てくれるわ」

グレイはうなずき、視線をそらした。「わかった。気をつけるんだよ」

「これでさよならなの？」ジョイはささやいた。

「本当にもう行きますよ」救急救命士がさえぎった。「乗りこむのを手伝いましょうか？」

ジョイはあと一秒、グレイの答えを待った。だが、彼が何も言わないので、救急救命士の手を取って救急車に乗りこんだ。

救急救命士はジョイとともに乗りこみ、両開きの扉を閉めようとして手を止めた。「ご心配なく。奥様とおばあ様のことはわれわれにお任せください」

扉が閉まるとき、グレイがこう言ったのが確かに聞こえた。「彼女は妻じゃない」

エンジンがかかり、救急車が動き出すと、ジョイはこみ上げてきた涙を押し戻すようにまばたきをした。リアウィンドウから外を見ると、グレイがポケットに手を入れて私道に立っているのが見えた。しかし、その顔は陰になっていた。

次の朝、ジョイは病院の敷地内を一時間ほど歩きまわった。日の光は明るいが、暖かいというほどではなく、空気はジョイの望みどおり冷たくさわやかだった。祖母の病室で椅子に垂直に座って一晩を過ごしたせいで、脱脂綿の中に押しこまれているような気分だった。

あるいは、ショックから立ち直れていないだけかもしれない。

火事の責任が自分にあると思うと、罪悪感に苛《さいな》まれた。自分のせいで、人の命が危険にさらされたのだ。グレイの命。グランド・エムの命。消防士の命。そして、家族の家の一部を焼いてしまった。姉の結婚式を台なしにした。数えきれないほどの身のまわりの品と家宝を破壊した。

しかも、それだけではない。

目を閉じるたびに、燃えさかるキッチンに飛びこんでいくグレイの姿が浮かび、彼が死んだと思ったときの気持ちがよみがえった。そして、まるでさよならを告げるように〝気をつけるんだよ〟と言ったグレイの姿が思い出された。

胸を殴られたような気分だ。

思考の中に沈みこまないよう、太陽を見上げると、角度が変わっていることに気づいた。そろそろ姉が来るはずだとぼんやり考える。駐車場の車を見回し、姉の愛車を捜した。

「グレイ?」

「ここにいたのか」

聞き慣れた低い声に、ジョイはくるりと振り向いた。

「おばあさんの病室で待ってたんだが、ちょうど窓からきみの姿が見えて」

ジョイはグレイの顔を探り、元気そうに見えることにほっとした。また、グレイという存在が自分の想像の産物ではなかったことにも。「何をしに来たの?」

「今朝、きみのお兄さんが予定より早く退院したんだ。それで、フランキーがオールバニまでお兄さんを迎えに行くことになって、ネイトは保険業者とすったもんだを始めた。だから、ぼくがきみを迎えに来ることにしたんだ」

「まあ。ありがとう」

「大丈夫か?」グレイの目は何もかもを見透かすようだった。ジョイの心が粉々に砕けそうなことに、気づいているのかもしれない。

「わたし……」

探しているのは〝大丈夫〟という言葉だ、と自分に言い聞かせる。気を強く持って、そう言わなければならない。

わたしは大丈夫よ、グレイ。心配してくれてありがとう。家族の家に火をつけて、祖母を病院送りにし、愛する男性を大火事の中に飛びこませたくらいでまいってしまうほど、やわじゃないから。本当よ、本当に大丈夫。

大丈夫。

「わたし……」ジョイは口に手を当て、目を固くつぶった。グレイが手を伸ばしてくるのがわかったが、たがが外れてしまうことを恐れ、後ずさりした。今は無防備すぎて、ついグレイの強さに頼ってしまいそうになる。しかし、彼が涙という重荷を心から受け入れてくれるかどうかはわからない。

「ううん、大丈夫。本当よ。わたしのことをそんな――」

「ジョイ、怒らないでほしいんだが、黙るんだ」グレイはささやき、ジョイを抱きしめた。

ジョイも〇・五秒くらいは抵抗した。けれど、すぐにグレイの腕の中に崩れ落ち、ウエストに腕を巻きつけて、グレイにしがみついた。すばらしい感触だ。とても力強い。

だが、このハグに意味を見いだしてはいけない、グレイはただ思いやりを示してくれているだけなのだと、自分に言い聞かせた。火が出る前に、グレイは自分の気持ちを明らかにしている。どんな悲劇が、どんなドラマが起ころうと、奇跡のように二人の問題が解決することはない。ジョイは無理やりグレイから離れた。

「じゃあ、あの、そろそろ行きましょう。でも、その前に祖母にあいさつしたいわ」ジョイは向きを変え、正面入り口に向かった。

グレイの声がジョイを呼び止めた。「フランキーに聞いたが、きみは自分が火事を起こしたと思っているようだな。でも、知っておいてほしい。消防隊はあのこんろ台が欠陥品で、裏側のガスの接続部分が破裂したと考えている。おそらくメーカー側の不備だろうし、爆発を起こしたのはオーブンの点火用バーナーであって、きみがその上で使っていたこんろのバーナーではない」

ジョイはただ肩越しにグレイを見つめ、あのときひねったいくつものダイヤルのことを思い出していた。ジョイが何を点火したのかは、誰にもわからない。

「聞いてくれ」グレイはもう一度言った。「きみの責任じゃない」

「そうは思えないの」

また、二人の問題も、自分の責任ではないとはとても思えなかった。ジョイがもう少し世慣れていれば、関係を続けることができたかもしれない。大人のカップルらしく、刺激的な情事を楽しむことができた。いずれ別れるときも、好意は失わずにいられたはずだ。

ジョイはなんとか足を動かした。グレイがそのあとに続いて、二人は病院の中に入った。祖母の頬にキスをすると、連れ立って外に出た。グレイが先に立ち、これといった特徴のないセダンのもとに歩いていく。

車が病院の敷地を出ると、ジョイは言った。「ねえ、今思い出したんだけど。わたし、あなたが昨夜《ゆうべ》してくれたことにお礼を言ってなかった気がするの。あなたは祖母の命を救ってくれたわ。自分の命を危険にさらして」

グレイは肩をすくめた。「きみが見ている前で、おばあさんを死なせるわけにいかないだろう。助ける方法はあったんだし」

　二人は黙ったまま、車はニューヨーク州に戻るフェリーの乗り場に到着した。

「あなたはニューヨークに戻らなきゃいけないんだと思っていたわ」ジョイは言い、車はフェリーの平らなデッキに入っていった。

「そのとおりだ。きみをうちまで送っていったら、すぐにあっちに向かう」

「そう」ジョイは膝の上で指を組み合わせた。「昨夜、家族を泊めてくれて、本当にありがとう。できるだけ早く、ほかに住む場所を探すわ」

「そう言うと思った。でも、それ以上はやめてくれ。その件に関しては、すでにお姉さんと議論している。お姉さんは議論に勝てなかったし、きみも同じだ。うちは今、誰も住んでいないし、リビーは人の世話を焼くのが大好きだ。きみもご家族も、必要なだけ住んでくれ。春になってもいてくれればいい。ぼくはかまわないから」

　フェリーはシャンプレーン湖をゆっくり進み、ジョイは車の窓から水面を見ていた。波は荒れて黒っぽい色をし、頭上をぐんぐん流れていく雲を映している。

「グレイ？」ジョイはグレイに視線を投げた。グレイはフロントガラスから向こう岸を見ていた。眉根は寄り、目はまばたきをしていない。

「なんだ？」

「また会える？」質問は、思いとどまる間もなく口から飛び出した。

「本当に会いたいのか?」

いい質問だ、とジョイは思った。そしてきっと、答えてはいけない、少なくとも答えを言葉にしてはいけない質問だろう。あれから二人の間で、実際に何が変わったというの?

ジョイはとにかく口を開いた。「昨夜、あなたが火に飛びこんでいくのを見たあと、二度目の爆発が起こって……あなたは死んだものだと思ったの。つらすぎて、息ができなかった」

グレイは何も言わず、表情も変えなかったので、ジョイは目をそらした。

長い沈黙が流れたあと、グレイがシートの上で身動きする音が聞こえた。「持っていてくれ」

ジョイはグレイに視線を戻した。彼は何か薄いカードを差し出している。「何?」

「ウォルドルフ・アストリア・ホテルのぼくの部屋の鍵だ。今朝、カサンドラと話した。これから二週間ほど家を空けるから、きみがニューヨークに来ても彼女のところには泊まれないそうだ。だから、ぼくの部屋を使ってほしい。来月はほとんどワシントンに行っているから」

それはしごく当然の反応であり、ジョイが求めていた答えはいっさい含まれていなかったので、二人の関係は本当に終わったのだと思うしかなかった。

「それはご親切に」そんな申し出を受けられるはずがないと思い、ジョイはこわばった声で言った。「でも、泊まるところなら――」

「ニューヨークにいるときは、ぼくの部屋を使うんだ。そのほうが安全だから」

命令するようなグレイの口調に、ジョイは顔をしかめた。「グレイ、あなたはわたしの保護者じゃないわ」

「きみの面倒を見たいんだ」

「どうして？　わたしは、あなたとのことは昨夜終わったという前提で話をしてるのよ」

グレイはその言葉を無視した。「今日から二週間後、〈コングレス・クラブ〉できみを称《たた》えるパーティを開く。カサンドラが『ウィメンズ・ウェア・デイリー』と『ヴォーグ』と『タイムズ』のファッションページの編集者に連絡を取ってくれた。全員来てくれるそうだ。もちろん、カサンドラもそれには間に合うようにニューヨークに戻ってくる」

ジョイは唖然《あぜん》としてグレイを見つめた。「どうしてそんな――」

「スケッチを持ってきてくれたら、額に入れて会場に飾るよ。客にあいさつもしてもらうから、内容を考えておいてくれ。時間は六分から八分程度だ。ぼくが事前に原稿に目を通してもいい」

「グレイ、答えて」ジョイは鋭く言った。「どうしてあなたがそんなことをするの？」

「きみの力になりたいからだ」

「どうして？」

「パーティが終わって、その三誌にきみの記事が出たら、大きな反響があるだろう。アシスタントとニューヨークの電話番号が必要になるだろうが、そのセッティングはうちのオフィスの人間が手伝う」

ジョイは頭を振った。「そんなことはさせられないわ。だめよ」

「すでに手配はしてある。あとは、きみが姿を現せばいいだけだ」

「わたしは行かないわ」ああ、この人の考えることがさっぱりわからない。二人の間には何もないのに、わたしのためにそこまでのことを計画してくれているの？

「ばかを言うな、ジョイ。きみは来なくちゃいけない」

「いやよ。行かない」

そのあと長い沈黙が流れ、ジョイはこれで話は終わったのだろうと思っていた。ところが、そのときグレイがシート越しに手を伸ばしてきて、ジョイの手を握った。

「昨晩、ぼくが眠れなかったのはなぜだと思う？」グレイの言葉はゆっくりで、しゃがれていた。喉から絞り出しているかのようだ。「火が消し止められたあと、消防士が何人か懐中電灯を持って歩きまわっていた。その中の一人がこんろの残骸の前で足を止めて、誰も死ななかったのが驚きだと言ったんだ。ぼくは、きみが夕食用のシチューを温め直しているところを、鍋をスプーンでかき混ぜているところを思い浮かべた。そして、もしあのときぼくが来ていなかったら、どうなっていただろうと考えた。もし、火がついたとき、ぼくたちが書斎で話をしていなかったら……」

　グレイがジョイの手をきつく握り、ジョイは声をあげそうになった。だが、グレイはすぐに指の力をゆるめ、ジョイの手首をさすった。

「ジョイ、ぼくは女性と関係を築くのは苦手だけど、人を成功に導くことは得意だ。少なくとも、きみのためにしてあげられることが一つはあるんだ」ジョイが黙っていると、グレイは親指で手のひらをさすった。「わかってくれるかい？」

「いいえ、それは違うわ。わたしたちはもといた場所に戻って、お互いのまわりをすべっているだけで、確かなものは何もない。結びつきはあるけど、それは本物ではないわ」

「じゃあ、ぼくのことは抜きにして、デザインの観点から考えてくれ。きみはカサンドラと仕事をするのが大好きだと言っていただろう？　しかも、すばらしい結果を出している。カサンドラはホール財団の祝祭で、一晩じゅう褒め言葉をあしらっていたと言っていたよ。クライアントも増えた。ここをうまくやってのければ、大好きな仕事で食べていくことができる。パーティはそれを実現する助けになるんだ」

　ジョイはなんとかいらだちを抑えつけようとした。グレイは一つだけ正しいことを言っている。ジョイは顧客の依頼を受けてドレスを作るのが大好きだ。しかも、若いデザイナーがこんな形で独立できるチャンスを得るなど、宝くじに当たるようなものなのだ。

　でも、どうしてグレイにこんなことをさせられるだろう？

「ジョイ?」

ジョイの中の少女は、グレイの申し出を断りたがっていた。状況全体がグレイとつながっているのに、自分は本当の意味では彼とつながっていないのだ。一方で、ジョイの中にいる大人の女性は、これほどのチャンスを逃すなんて大ばかだと言っていた。

「あなたのことをもっと理解できたらいいのに」ジョイは静かに言った。

だが即座に、それは違う、と考え直した。グレイのことは完璧に理解している。ジョイの望みは、グレイが自分と真剣につき合い、キャリア計画のことなど忘れてくれることだ。

「一つでもきみのためになることをしたいんだ。一度でいい、きみの力になりたい。もしきみが許してくれるなら、これは……親切、だと考えている」

そのあとは沈黙の中、車はグレイの家に向かった。グレイは裏口に車をつけると、ジョイを中に招き入れた。

「シャワーを浴びて横になりたいだろう。寝室に案内するよ」

ジョイはグレイについて二階に上がり、屋敷の湖側の廊下を進んだ。やがてグレイは一つのドアを開け、黒とクリーム色と金で装飾された部屋にジョイを通した。

「ぼくの部屋を使ってくれ」

ジョイの視線は即座にベッドに飛んだ。

「心配いらない、シーツはリビーが替えてくれているから」

ドアが閉まる音が聞こえたので、グレイは出ていったものと思い、ジョイは振り返った。ところが、違っていた。グレイはまだ部屋の中にいた。

「風呂はあの奥だ」グレイは言い、角のほうに顔を向けた。

ジョイはそちらを見た。「そう」

長い沈黙が流れた。グレイの顔には妙な表情が浮かんでいて、ジョイはその意味がわからず、顔をしかめた。グレイは大きな体をぴくりとも動かさずに、ジョイを見つめている。

「許してくれ」その声は低かった。

「なんのこと？」

「これだ」

グレイは大股に二歩歩いて二人の間の距離を横切り、ジョイの手を両手ではさんで、本気でキスをした。

激しく。厳しく。深く。

ジョイは衝撃から立ち直ると、グレイの体に寄りかかり、背中をつかんだ。たちまちグレイはキスをやめ、ジョイの肩に頭を落とした。

「ジョイ……」深く息を吸う。「きみがほかの男といるところを想像すると耐えられないが、ぼくがきみの人生を取り上げるわけにはいかないんだ。こっちできみが誰と会おうと気にしない。ただ、ぼくがきみを思っていることはわかっていてほしい。きみを求めていることは。きみがニューヨークに来たら……一緒にいよう」

「一緒にいるって、どういうふうに？」

グレイは顔を上げてジョイにキスをし、両手をジョイの髪にうずめた。グレイの情熱の強さがジョイの服を、肌を、心を焦がした。

「きみを手放せるようになりたいと、ずっと思っている」グレイはささやいた。「でも、それはできそうにないんだ」

なるほど、それならジョイにも理解ができた。グレイと別れなければならない理由はこんなにもあるのに、彼に二度と会えないと思うと、ぞっとして身がすくむ。

だが、ジョイが別の誰かとつき合うことに関するグレイの考えは理解できなかった。

「どうすれば」ジョイはささやいた。「わたしを信じてもらえるの？」

グレイは頭を振った。「きみを信じる必要はない」

「その考えは間違っているわ」

「いや、間違っていない。ぼくはきみが欲しい。それでじゅうぶんだ」

グレイが出ていくと、ジョイは表現を間違えたと思いながら、ベッドに座った。二人が一緒にいるためには、グレイが信じてくれていると、ジョイが思えることが必要なのだ。

ああ、もといた場所に逆戻りだ。

どこでもない場所。そこにはただ、情熱だけがある。

二日後の夜、ジョイはグレイが火の中に飛びこむのを見て以来つきまとわれている悪夢を見て、汗びっしょりになって飛び起きた。夢の中では、何もかもがあの晩起こったことと同じだった。匂いも、光景も、音も。ただ、グレイだけが家から出てこないのだ。

ジョイは震え、神経を高ぶらせながらベッドから下り、東洋の敷物の上をはだしで歩いてバスルームに行った。浴室の大理石の床が足にひんやり感じられ、顔にかけた水はとても冷たく、頬の感覚がなくなるほどだった。

しばらくは眠れそうにないため、グレイの匂いがする黒のカシミアのローブをはおって、階段を下りた。一階に下りると、家の裏手が明るくなっているのが見えた。

「姉さん？」ジョイは声をかけた。

「いや、ぼくだ」アレックスの声が返ってきた。

ジョイはキッチンに入った。兄はフランネルのパジャマのズボン一枚という格好で、こんろで何かを温めていた。ズボンの片側はギプスに合わせて切り開かれ、二つの安全ピンが膝の上で生地を留めていた。

寒いだろうとジョイは思ったが、もっと服を着たほうがいいと提案しても無駄なことはわかっていた。

「お腹《なか》がすいたのか？」アレックスは顔を上げずに言った。

「ううん。何か手伝う？」

「〈キャンベル〉のチキンヌードルを温めるくらい、自分でできると思うよ」

ああ、こんなにも痩せてしまったの？　そう思いながら、ジョイはテーブルの前の椅子に座った。長年、ヨットレースで激しい運動をしてきた兄は、がっしりした骨格に何キロもの筋肉をつけていて、その大部分は今も残っていた。違うのは、皮膚の下にかろうじて蓄えていた薄い脂肪の層が、削《そ》ぎ落とされてしまったことだ。筋肉がくっきりと浮き彫りになっていて、一つ一つの筋が見えるほどだ。

アレックスはこんろから鍋を下ろし、湯気を立てるスープをボウルに注《つ》いだあと、松葉《まつば》杖《づえ》をつかんだ。脚を引きずりながらそろそろとテーブルまで来たが、座るときに少しスープがこぼれた。アレックスはひどく顔をゆがめ、ナプキンでそれを拭いた。

スプーンを汁に浸《つ》けたが、中身を口元に運ぶことはしなかった。ただ、かき混ぜている。

「眠れないのか？」アレックスはジョイにたずねた。

「ううん」

「悪い夢を見たんだな？」

「どうしてわかったの？」

「ぼくも同じだったから。今もそうだ」アレックスは集中するように眉をひそめた。ボウルからゆっくり、スプーン一杯分をすくい上げる。吹いて冷ましてから、口元に運んだ。

ジョイは息を吐き出し、初めて自分が息を止めていたことを知った。

その小さな音で、アレックスは自分が食事をしていることをジョイが喜んでいると気づいたらしく、心配されることを疎ましがるように顔をしかめた。

「夢だけじゃないの」ジョイは急いで言った。「全然眠れないのよ」

「〈ホワイト・キャップス〉が焼けたのはおまえのせいじゃない。火事調査員の報告書を読んだだろう」

「眠れないのはそのせいじゃないの」

「じゃあ、なんだ？」

「愛する人が炎を上げる部屋に入っていくのを見たの。忘れられない光景だわ」

アレックスの視線がジョイに飛んできた。「ベネットのこと、そこまで思っているのか？」

「ええ。でも、姉さんには言わないで。誰にも……言わないで」

アレックスはかぶりを振った。「ジョイ、気をつけるんだよ」

「わかってる。あの人は女たらしよ。前から話は聞いてるし、自分にも言い聞かせてる」

「でも、無駄なんだろう？」

「何が？」

「こう思わなきゃいけないと、自分に言い聞かせることだ」アレックスはスープに戻った。

「ええ、無駄だったわ」ジョイはアレックスがスープを飲む様子を見ながら、兄の私生活に思いを馳《は》せた。こんなにも愛している兄のことを、ほとんど知らないというのは妙だった。「兄さん、誰かを愛したことはある?」

「ああ」

その答えに、ジョイは驚いた。「本当に?」

アレックスがうなずく。

「どうなったの?」

「うまくはいかなかった。だから、おまえも気をつけろと言っているんだ。たとえグレイ・ベネットが一途《いちず》な男だったとしても、愛というのは長く険しい道のりなのに、あいつは一途ですらない。愛というものは、できれば避けたほうがいいんだ」

「相手は誰だったの?」

アレックスはそれ以上話す気はなさそうだった。口が真一文字になったのを見ればわかる。そんなふうに心を閉ざし、外界を締め出す様子は、グレイとよく似ていた。いっそ、二人で遊びに行ってみたらどうかしら。重苦しい沈黙もお互いさまなら快適だろうし、親密さというものがいっさいない雰囲気も楽しめるだろう。

「それで、ニューヨークへはいつ行くんだ?」アレックスはたずねた。

「姉さんとネイトは盛大な結婚式を挙げられなくなったし、もうすぐ行くと思う。グランド・エムの面倒はリビーが見てくれるから、ここを離れるのも少し楽になったわ」

「カサンドラのところに泊まるのか？」

ジョイは目を細めた。アレックスの口調はさりげなかったが、さりげなさすぎる気がした。肩がこわばって上がり、スプーンを取り落とすことを恐れるかのように手に力が入ったのを見ると、なおさらだった。

「あの人なの？」ジョイは静かにたずねた。「兄さんが愛した人って、カサンドラ？」

「違う」

「嘘《うそ》をついている気がする」

アレックスはスプーンを口元に運んだ。その手を止め、ボウルを見つめる。「もしそうでも、関係ないだろう」

「わたしには関係あるわ」ジョイはぴしゃりと言った。

アレックスの視線がテーブルの向こうから飛んできた。

アレックスに言葉を発する隙を与えず、ジョイは胸の前で腕組みをして兄をにらんだ。

「どうしてわたしはそんなに信用がないの？　理由を説明してくれない？　ねえ、わたしって何かいかがわしいオーラでも発してる？　さっぱりわからないわ」

アレックスはゆっくりとスプーンを置いた。「信用がないなんて誰が言った？」

「今ここで、兄さんが。わたしが何をすると思ってるの？　カサンドラのところに走っていって、兄さんの秘密をもらすとでも?」

「いや」アレックスはゆっくり言った。「ぼくには打ち明けるような秘密はないんだから、おまえもそんなことはしない」

「そう。つまり、わたしにもそれなりに誠実さがあるという事実は、この件とはそもそも関係がないわけね」ジョイは立ち上がった。「わたしが間違っていたわ」

アレックスはジョイの手をつかんだ。「ジョイ、いったい何があったんだ?」

「何も。何もないわ。まったく、何一つないわよ」

「座れよ」

「そんな気分になれないの。もう行くわ」ジョイは兄の手を振り払い、窓辺に向かった。外では、雲のない寒空に満月が輝いていた。

「そうだ、彼女を愛してる」

ジョイはくるりと振り向いた。

アレックスはジョイのほうはまったく見ていなかった。また殻に閉じこもってしまったらしく、大きな体がいつもより小さく見える。

「兄さん……」

「カサンドラが親友の腕に飛びこむところを初めて見たときから、彼女を愛していた。この六年間は過酷だったし、リースが……いなくなった今は、終わりが見えなくなった」アレックスの真っ青な目が、ジョイを見上げて光った。「このことを、自分で認めたくないんだ。おまえを信用しているかどうかとは関係ない」

ジョイはテーブルに戻った。「カサンドラは……知ってるの？」

アレックスは首を横に振った。「知っているのは、おまえと神様だけだ。これからも誰にも言うつもりはない。わかってくれるか？」

ジョイは椅子に座りながら、うなずいた。「もちろん」

そのあとは沈黙が流れ、ジョイはアレックスがスープを飲む様子を見ていた。

「もうすぐここを出るつもりだ」アレックスがだしぬけに言った。

「どこに行くの？」ジョイは声に警戒の色がにじまないよう気をつけた。

「父さんの古い作業場なら、シャワーつきのバスルームがある。あの部屋にベッドを運び入れればいいと思うんだ」

「でも、作業場には暖房がないわ」

「ストーブがある。それでなんとかなる」アレックスはスプーンをもてあそび、スープをぐるぐるかき混ぜた。「この家には人が多すぎる。それに、ベネットの温情にすがって生活するのもいやなんだ」

「姉さんには言ったの？」

「ああ。かんかんだったが、ぼくを止められないことはわかっている。次に主治医の診察を受けるまで、ここにいることは約束した。でも、それが終わったら出ていく」

不安な気持ちが、心にまつわりついてきた。「兄さん、もし徐々に死んでいくつもりなら、絶対に許さないから」

アレックスはスープに向かって冷ややかにほほえんだ。「大丈夫だ、ぼくが死ぬつもりだったら、すでに埋葬されているはずだ。家の中のショットガンのありかなら、突き止めてあるからね」

14

その週末、ジョイは姉とネイトが郡庁舎で結婚するのに立ち会った。もう一人の証人はスパイクだ。ジョイが一生懸命作ったドレスは煙と水でだめになってしまったため、フランキーはあつらえのパンツスーツを着ていた。ネイトはジャケットを着てネクタイを締めていた。

結婚するというより就職面接に行くような姉の服装を見て、ジョイはフランキーが逃したすべてに泣きたくなった。ドレス。ベール。盛大なパーティ。

だが、おかしなことに、服装も場所も計画も変わったことを、フランキーとネイトは少しも気にしていないようだった。それどころか、役所で判事の言葉を聞いているとき、自分たちがいる場所が大聖堂ではないことに気づいてもいないように見えた。二人は星のように輝いていて、夫婦として初めてのキスを交わしたとき、その輝きはいっそう増した。

一方、ジョイは失ったものを痛感していた。証人として書面にサインすると、その思いはますます強くなった。こんな状況はあんまりだと思ったし、メーカーに非があろうとなかろうと、火事のことでは今も自分を責め続けていた。

そのあと、四人は〈シルバー・ディナー〉という一九五〇年代風の地元の居酒屋で静かに食事をすませ、グレイの屋敷に戻った。玄関に入ったとき、自室にいるリビーが名前を呼ぶ声が、裏階段の上から聞こえてきた。

「ジョイ、あなた？」

「ただいま、リビー」ジョイは答えた。「わたしよ。というか、みんな揃《そろ》ってるわ」

犬がすばやく動きまわる音が聞こえたかと思うと、アーネストが階段の吹き抜けを駆け下りてきた。犬が二足動物の集団のお出迎えを手短にすませている間に、飼い主がキッチンに入ってきた。リビーはふわふわしたピンクのバスローブとスリッパを身につけ、白髪は片側がもつれていて、ベッドで本でも読んでいたように見えた。

リビーはジョイに笑いかけた。「ちょうど今、グレイ坊っちゃまからお電話がありました。今は移動中だけど、あとでもう一度かけるそうよ」

「まあ。ありがとう」

この一週間、グレイは以前と同じ頻度で電話をしてきていたが、ジョイは彼の行動を違った目で見るようになっていた。朝早くと夜遅くに電話をかけてくるのは、自分が忙しいからではなく、ジョイの行動を確認するためではないか？　今日は何をしていたかときくのは、誰かとデートしていなかったかどうか、探り出すためではないか？

ジョイが北部で何をしていても気にしないとグレイは言ったが、ジョイは彼を信じることができなかった。これでおあいこだ。グレイもジョイのことを信じていないのだから。

胸にいらだちが忍び寄り、肺を焦がした。その感覚は今ではおなじみになっていて、ほとんど気づかないくらいだった。

「それで、みんなでどこに行っていたの？」リビーは夜遊びから帰ってきた子供たちに問いかけるように言った。「わたしが兄の家に行っている間に出られたみたいで」

「結婚してきたの」フランキーは言った。シンプルな金の指輪とまばゆい笑顔を光らせ、その首に花婿が鼻をすり寄せてきた。

「まあ！　どうして言ってくださらなかったの？」

リビーは駆け寄ってきてカップルを抱きしめ、アーネストは大勢でのハグを待ち構えていたように、前足をネイトの尻に置いた。

「今の状況を考えて、大げさに騒ぐのはやめることにしたの」フランキーが言った。

「シャンパンを開けます？」

フランキーはネイトを見てにっこりした。「いいわね」

五人はキッチンのテーブルに着いて一本のボトルを分け合った。フランキーとネイトを見ていると、ジョイの心は張り裂けそうになった。グレイの父親の誕生日パーティで、二人がこのキッチンにいたときのことが思い出される。あのときは二人の愛の深さと、自分の白昼夢の浅さにショックを受けた。

今、姉夫婦の状況と、自分とグレイの関係を比べるのは、いっそう耐えがたかった。

しばらくして、ジョイはグレイの寝室に行き、シャワーを浴びてシーツの間に潜りこんだ。枕を一つ体の下にはさんでうつ伏せになっていると、サイドテーブルの電話が鳴った。とっさに手を伸ばしたが、外の廊下の電話が鳴っていないことから、グレイの専用回線にかかってきたのだと気づいた。

誰がかけてきたのだろうと思ったが、知らないほうがいいと考え直した。アレックスと話をして以来、グレイがワシントンで何をしているのか気になっていた。ジョイが北部で誰と会っていても気にしないと言った以上、グレイも南部でほかの女性と一緒にいるのかと考えてしまうのも無理はない。

だから、寝てしまうのがいいに決まっている。

四回鳴ったあと、電話は切れた。

グレイは携帯電話を閉じ、腕時計は見なかった。真夜中を過ぎているのはわかっている。ジョイは電話に出てくれなかった。あるいは、家にいないのかもしれない。誰と会おうと気にしないなんて、どうして言ってしまったんだ？

気にしている。大いに気にしている。気にしすぎて、ジョイのことしか考えられないほどだった。ジョイに会いたいという思いで頭がいっぱいで、彼女がそばにいないと、なんだか……裸でいるのに近いような気分になった。

グレイはひどく疲れた気分で目をこすり、今またワシントンのパーティに出ていることにうんざりした。一人になりたくて閉めたドアの向こうから、人々が酒を飲み、おしゃべりをし、笑い合う、たえず沸き返るような音が、客間に入りこんでくる。ジョン・ベッキンはいつもどおり盛大なパーティを開いていたが、グレイは乗り気になれなかった。

現実に直面するのを先送りにするため、客間をうろつき、装飾品や絵画や写真を眺める。

頭の中ではずっとジョイの声が聞こえていた。

〝どうすれば、わたしを信じてもらえるの?〟

〝きみを信じる必要はない〟

グレイは正直に答えたつもりだったが、すべて間違っていたのだろう。第一に、あれが正直な答えなら、今ごろこんなにみじめな気持ちになっているはずがない。第二に、あの答えのせいでジョイにどう思われた? グレイは自分を信じているのだと、ジョイは思いたいのではないか?

〝どうすれば、わたしを信じてもらえるの?〟

その質問が怖かった。心底怖かった。ジョイと過ごす時間が長くなるにつれ、ジョイに惹《ひ》かれる気持ちは高まり、自分の過去を気にせずにいることが難しくなってきたからだ。

父が傷ついた顔をしている場面を忘れるのは、ほとんど不可能になっていた。頭の中では、母の愛人が出ていくときのドアの開閉の音が、たえず鳴り響いている。

くそっ、ジョイが母と違うことはわかっている。だが、ジョイがまだ一人しか男を知らないこともわかっているのだ。しかも、生まれてこのかた田舎から出たことのなかったジョイが、今からニューヨークという世界に入ろうとしている。ジョイはとても美しいし、気立てもいい。自由に探険させてやったほうがいいのではないか？

グレイは胸の中心をさすった。探険？

おい、いい加減にしろ、ベネット。マンハッタンでのデートの場面は、『ナショナル・ジオグラフィック』のページをめくるようなものなのか？

確かにニューヨークには、さまざまな種類の動物がいる。そして、その中の一人がジョイと握手をしただけで、グレイはゲリラ隊員と化すだろう。ジョイは誰のものでもない、自分だけのものにしておきたい。

となると、ぼくたちはどうすればいい？

答えは簡単だ。そして、ひどく感情を揺さぶるものだった。グレイが自分から進んで、ジョイに交際を申し込めばいいだけなのだろう。お互いただ一人の相手として。二人とも大人であることを考えれば言葉づかいは妙だが、〝彼氏と彼女〟になればいいのだ。ただ、そのささやかな提案をすることを思うと、感じるのは冷たい空虚さばかりだった。

その感覚は、火事の晩にもう少しで〝愛してる〟と口走りそうになったとき、体内で跳ねまわっていたものを思い出させた。

グレイは再び胸骨をさすった。ああ、なんということだ、怖いのだ。

でも、なぜ？

もしかして、もしかしての話だが、問題の根っこはグレイの過去にもジョイの現在にもないのかもしれない。もしかして、時間は関係ないのかもしれない。ただ、グレイが臆病で、傷つくのが怖いだけかもしれないのだ。

グレイはたじろいだ。

くそっ、どうりで自分の気持ちについて考えることを避けてきたはずだ。自己実現は、大腿骨《だいたいこつ》の治療と同じくらい楽しいものではない。

そんな青くさいことを考えていたせいで、大学生の集団の白黒写真の前で足が止まった。若きジョン・ベッキンと亡き妻のメアリー、二人の仲間らしき若者たちが、イェール大学のスエットシャツを着て、フットボール場の屋外観覧席に座っている。

ジョンはとても若く見えるが、その熱情はすでにはっきりと見て取れた。写真の中で、ジョンは後ろを振り返っていた。何かをじっと見ている。すっかり心を奪われた様子で。

グレイは顔をしかめ、写真立てに向かって身を屈《かが》めた。

なんと。ジョンの後ろにいるのは、アリソンとロジャーのアダムズ夫妻だ。

ジョンが見つめているのは、アリソンだった。

グレイは写真を手に取った。

アリソンはジョンの視線には気づいていないようだ。将来の夫のほうを見て、彼が言った何かに笑っていて、自分にまなざしを向けている若者のことはまったく気に留めていない。そのまなざしには……愛がにじんでいた。

おぞましい感情が、母に利用されたときに感じたのと同じ激痛が、グレイを襲った。

「ここにいたのか」部屋の向こう側から、声が聞こえた。

グレイは写真を手にしたまま振り返った。ジョンがほほえみながら客間に入ってくる。

「もう帰ったのかと思って心配していたんだ」

「今も彼女を求めているんですか」グレイは低い声でたずねた。

ジョンはわけがわからないという顔をした。「なんの話だ?」

「アリソン・アダムズですよ。あなたはこのころ、彼女を求めていた」グレイは写真立てをくるりとまわした。「今も求めている。だから、ぼくに不倫の調査をさせたんだ。アリソンに確実に不倫のことを知らせたかったから、ぼくが事実を突き止めれば、ロジャーに奥さんに打ち明けるよう迫るか、自分で本人に伝えるかすると踏んだんです。情報漏洩《ろうえい》や記者や議会のことは関係なかったんでしょう?」

ジョンは一度下を向いてから、嘘《うそ》をついた。「ばかを言うな、グレイ」

「あなたはぼくがアリソンと親しいことを知っている。彼女を尊敬していることも。ぼくがその種の事柄を秘密にするのを潔しとしないことも」グレイは頭を振り、写真立てを戻した。「ジョン、ぼくを上手に利用しましたね。とても、とても上手に」

ジョンは抜け目ない目つきになり、嘘をつきとおすべきか状況を測っているようだった。

「ロジャーと話はしたのか？」

「ええ、しました」

「ロジャーはなんと言っていた？　認めたか？」

「あなたに教えるつもりはありません。ただ、情報を漏洩したのは自分ではないと請け合ったし、ぼくはロジャーを信じます」それは、その話をしたときにロジャーが泣いていたからというのもあるが、それよりも、記者と関係を持った時点でじゅうぶん危ない橋を渡っているからだ。自分が寝ているジャーナリストに秘密を打ち明ければ、キャリアは確実に犠牲になるし、ロジャー・アダムズはそんなこともわからないほど愚かではない。

「グレイ、アリソンは結婚相手を間違えたんだ」

「それはあなたの考えでしょう」

「少なくとも、わたしだったら彼女をないがしろにするようなまねはしない」

グレイは頭を振ったが、感覚が麻痺《まひ》していた。「そろそろ失礼させてください」

ジョンは手を伸ばした。「グレイ、ロジャーは大学時代も浮気をしてアリソンを裏切っていた。あいつは彼女にふさわしくない。昔からそうだったんだ」

「あなたはふさわしいのですか？　あなたはぼくをはめて、汚い仕事を押しつけた。それが気高い行為だとはとても思えませんが、ぼくも何か見落としているのかもしれませんね」

グレイは部屋を横切った。

ジョンが口を開いたとき、その声は険しかった。「わたしたちの関係は何も面倒なことにはならないよな？　そんなことになれば、不幸を生むだけだ。愛する仕事をきみが失うところは、わたしも見たくないからね」

グレイは肩越しに振り返った。

戦争の第一原則は単純だ。攻撃を受けたら、相手の息の根が止まるまでやり返す。半死の敵には、こちらの命を奪う力がまだ完全に残っているからだ。

グレイはジョンのほうに向き直り、彼をまっすぐ見据えた。

「ジョン、本当にそこまでやるつもりですか？　ぼくが持っている情報があれば、あなたを石みたいに沈めることができるし、ぼくには感傷など少しもない。百万年前に父の下で働いていたからといって、あなたを今この場で殺さないわけじゃない」グレイは携帯電話を取り出し、何気なく宙に投げ、手のひらで受け止めた。それを何度も繰り返す。「ぼくは自分の仕事を守るために、何千人もの有権者に感じのいい、信頼に足る人物だと思わせる必要はないが、あなたにはそれが不可欠だ。イラン・コントラ事件。上院が小切手を切ったスキャンダル。予算審議に裏ルートを作っていること。ぼくはあなたの悪行はすべて知っているし、それだけじゃありませんよ？　あなたの個人ファイルを作っているんです。あなたが署名した文書、書いたメモ、写真などがつまったファイルです。新聞社に一本電話を入れて、ファックスを二枚ほど送れば、あなたが一生をかけて作り上げてきたイメージを粉々にすることができる。ああ、そうだ、『ワシントン・ポスト』が短縮ダイヤルに入っていることは言いましたっけ？　『ニューヨーク・タイムズ』もありますよ」

ジョンは黙りこみ、顔は蒼白《そうはく》からてらてらした土気色に変わった。だが、すぐに気を取り直し、かの有名な愛想笑いをした。「おかしな話になったが、わたしたちは敵同士じゃない。いったい何を騒いでいたんだ？　きみをとんでもない立場に追いやってしまって悪かった」

「こちらこそ。でも、もう謝ってすむ段階は過ぎてしまった。ぼくはあなたにひどく腹を立てているから、どっちにしても電話はするでしょうね。あなたのような道徳観を持った人が上院のトップにいるべきではないし、こんなにも長い間、罪を黙認する尻がその席を汚すままにさせておいたなんて、ぼくは急に自分がいやになったんです」

グレイはドアを開け、部屋を出ていった。

「グレイ！」

グレイはジョンを後ろに従えたまま、タウンハウスを出て、自分の車に合図をして街路に出た。吐き気がする。自分にうんざりしていた。ジョンにも。ワシントンという街にも。

「グレイ!」ジョンがグレイの腕をつかんだ。「このまま行かせるわけにはいかない。わたしたちは——」

「ジョン、引退すればいいんですよ、今すぐに。仲間の手で路上に放り出されるよりは、そのほうがいい」

「そんなことはさせない」

「ぼくの評判は知っているでしょう。準備が整うまで引き金は引かないって。ご自分のためだと思って、引退してください」グレイはリムジンに乗りこみ、運転手にエンジンをかけるよう言った。

「ご自宅ですか?」運転手がたずねた。

「いや。ホワイトハウスに行ってくれ」

「かしこまりました」

ペンシルベニア・アベニュー一六〇〇番地まで二ブロックのところで、車は赤信号のため減速した。

「通用口に向かいますか?」運転手はたずねた。

「いや、前を通ってくれればいい」

「わかりました」

前方に、スポットライトに照らされた黒い鉄製のフェンスと、青々と広がる芝生が見えた。やがて、ホワイトハウスが灯台のように現れた。

「スピードを落として」グレイは言った。「いや、停《と》めてくれ」

運転手は車を停めた。

グレイはドアを開け、外に出て車にもたれた。ホワイトハウスを見つめながら、初めてこの建物を見たときのことを思い出す。あれは五歳のときで、この建物の中では何か魔法のようなことが起こっているのだと信じて疑わなかった。

今も魔法は続いているのだろう。ただ、グレイにはもう見えなくなっていた。キャピトル・ヒルを知りすぎたせいで、視界が曇ってしまったのだ。


ジョイはスーツケースに荷物をつめる手をぴたりと止めた。廊下の電話が鳴っている。息をつめ、リビーの声が階段の下から、グレイからの電話だと告げるのを待った。

この二日間、グレイの電話に一度も出ることができなかった。二度は〈ホワイト・キャップス〉の掃除を手伝っていたから。一度はフランキーとネイトと夕食をとっていたから。そして、最後は頭の中を整理するために、長い散歩に出かけていたからだった。

今日の午後にはニューヨークに到着するため、グレイがいるのかどうかを知りたかった。

マンハッタンのホテルをいくつか調べたところ、宿泊に何百ドルも費やすより、グレイの厚意に甘えたほうが得策だとわかった。だがその決断をする前に、グレイがワシントンにいることを確認したかった。グレイのすぐそばで寝泊まりするのは、拷問のように思えた。

ジョイはリビーが呼びかけてくるのを待った。だが、声は聞こえない。

目を閉じ、荷造りを再開した。

「ジョイ！　グレイ坊っちゃまからですよ」

ジョイは早足で電話のもとに行き、受話器を取った。「グレイ？」

「やあ」

「ニューヨークに行くわ」

「いつ？」グレイの声は遠かったが、それは単に携帯電話で話しているせいだろう。

「今日の午後よ」

「そうか、あの申し出はまだ有効だ。ぼくはワシントンにいるけど、きみは部屋を好きに使ってくれればいいから」

「ありがとう」ジョイは咳払《せきばら》いをした。「助かるわ。ニューヨークって何もかもが高いんだもの」

「ルームサービスも遠慮せず頼んでくれればいい。全部ぼくにつけておいてくれ」

いや、それはできない。グレイに食べ物をたかるつもりはなかった。「気持ちはうれしいけど、食事代は自分で払うわ」

「こっちは忙しいんだが、そっちに行けるようにするよ」

「来られなくても気にしないで。しかたのないことだから。選挙が近いんでしょう?」

「ああ。いいか、パーティの準備はすべて整っている」

まあ、どうしてそのことを忘れていたのかしら?　あと……五日しかない。今週末だ。

「ジョイ?　聞いてるか?」

「ええ、聞いてるわ」

「ニューヨークのアシスタントに言って、きみが目を通せるよう、パーティの詳細プランをホテルの部屋に置いておくようにする。それから、カサンドラがどうしても準備に参加したいから、休暇を切り上げて早めに戻ってくると言っていた。あいさつのポイントは、ぼくが勝手にまとめておいたよ。それもアシスタントに持っていかせる。服は自分でデザインしたものを着てくれ、何か華やかなものを。ほかの人がきみを見つけやすいよう、人混みの中で目立たなきゃいけない。それから、ニューヨークのオフィスに中継用の回線を一本入れた。きみへの電話はうちのアシスタントが取り次ぐし、名刺にもその番号を入れておいた」

ジョイの体にぶるっと震えが走った。「何もかも手配してくれたのね?」

「これがきみのキャリアにとってどれだけ大事なことかはわかっているから」間が空き、

背後が騒がしくなって、人が言い合っているような声が聞こえた。「すまない、用事ができた。ジョイ、気をつけて。安全な旅を」

電話はぷつりと切れた。ジョイは受話器を置き、グレイの友人の投資銀行家が言っていたことを思い出した。グレイはメイクアップアーティストだと。人を、これなら選挙に当選できるという人間に変身させるのだと。

ジョイもその長い列に並んで、手早い処置を受けるのを待っているかのようだ。

荷造りを再開したが、その手は震えていた。望みが叶《かな》うのよ、と自分に言い聞かせる。ニューヨークで無料で泊まれる場所。キャリアをスタートさせるのに役立つパーティ。グレイはワシントンにいる。条件はすべて揃っている。

それでも、ジョイはグレイに会いたかった。たとえ愚かなことであろうと。どこにもたどり着くことはなくても。

一緒に過ごしたあの晩が思い出された。一瞬だけ、二人がつながったときのこと。下腹部に熱がたまってくる。

ジョイの心はグレイを求めていた。体も求めていた。頭だけがそれに抵抗し、筋の通ったことを言っていた。

神様ありがとう。人に、論理的に考える能力を与えてくれて。

15

雨のニューヨークは悪夢だ。ジョイはそう思いながら、カードキーをホテルの部屋のロックにすべらせた。小さな緑のランプが点灯し、金属音がすると、真鍮《しんちゅう》のノブをまわした。

中に入った瞬間、ハイヒールを脱ぎ、濡《ぬ》れて冷えた足をぶあついカーペットに絡ませた。照明はつけなかった。不安といらだちと興奮から、できるだけ刺激は避けたかった。神経を静め、眠れるようになるまでには、しばらく時間がかかりそうだ。

ジョイは靴を持ち、窓の向こうに広がる街の灯《あか》りを頼りに歩いて、寝室に向かった。濡れたレインコートを脱いだが、びしょびしょだったのでシャワー室に吊《つ》るさなければならなかった。

今朝ウォルドルフ・アストリア・ホテルを出た瞬間から、猛烈な寒さと雨と風が襲ってきて、その陰惨な天候は今もしつこく続いていた。嵐のおかげで、また新たにニューヨークに関する知識が加わった。寒くて風雨の強いときにマンハッタンでタクシーを捕まえるのは、宝くじに当たるようなものだと。このまま来年の夏になるまで、体が温まらないような気がした。

すごい一日だった。カサンドラの友人たちと一人ずつ会った。新たに顧客になりそうな二人とランチをした。営業時間が残りわずかというところでファッション地区に行き、絹とタフタを値切った。マラソンのような一日の締めくくりは、カサンドラとの夕食だった。パーティが二日後に迫っているため、出席者のことや、どのスケッチを飾るかについて話し合った。そんなこんなで、夜の十時近くになっていた。

それも、腕時計を見て初めて知ったことだ。今が午前四時なのか、正午なのか、自分ではよくわからなかった。ジョイの中のエンジンはでたらめに空転し、体が脳から六十センチほど遅れを取っている気がしていた。

今はお風呂に入りたい。熱いお風呂に、ゆっくりと。

リビングをのぞき、グレイが使っている寝室の開いたドアに目をやった。グレイの風呂に、小さな池ほどの広さのジャグジーがあるのは知っている。

この三日間、グレイの私室は避けていたが、今夜は行ってみることにした。ドアの中に足を踏み入れた瞬間、なぜわざわざこの部屋を避けていたのだろうと思った。そこに、グレイを感じさせるものは何もなかった。身のまわりの品も、書類も。ただ、クローゼットに服が数着かかっているだけだ。

足はベッドの前で勝手に止まり、ジョイはきちんと整えられた枕をじっと見つめた。極上のサテンの布団。揃《そろ》いのクッション状のヘッドボード。自分たちがここに再び入ることは想像がつかなかった。いや、ほかのどのベッドにも。

そもそも、本当にここでグレイと結ばれたのだろうか？

ジョイは気を取り直してバスルームに向かった。浴槽は壁に仕切られた大理石のアルコーブ内にあり、その広い空間を目で測ったところ、ゆうに三人は入れそうだった。ジャグジーに湯をためるには少し時間がかかるため、蛇口をひねったあと自分の部屋に戻り、服を脱いでローブをはおった。

二十分後、ジョイは天国にいた。湯に浸《つ》かると、まるで抱きしめられているようで、体は気持ちよく沈んでいった。手を伸ばしてバスタオルを取り、ぶあつい四角形に折りたたんで、頭の後ろにクッション代わりに入れる。そして、ジェット噴射のボタンを押した。

それは間違いだった。湯がほとばしる音と、肌に水流が当たる感覚が神経に障った。そこでジャグジーを止め、湯が静止するのを待ってから、目を閉じた。

グレイはスイートルームのドアの外に、凍りついたように立っていた。中に入ったとき、何を目にすることになるのかわからなかった。

頭の中に、母親の寝室の前でためらう十代の自分の姿が浮かんだ。手には一枚の紙片が握られている。そこには、自分で書いた大きな文字のメッセージが記されていた。父親から電話があり、早めに帰ると言ってきたのだ。到着予定時刻は、二十分後。

閉まったドアの向こうから、ベッドが小さく軋《きし》む音が聞こえてくる。

何度もそうしてきたように、あのときもグレイは一度だけノックし、メモを室内にすべりこませた。それは母との間にできあがっていた合図であり、返事は待たなかった。真っ赤な顔をし、髪と服を乱した男が帰っていくのを見ると、いつも気分が悪くなった。

グレイは母の秘密を守ることに必死になっていたが、それは自分が気をつけていないと、両親を二人とも失ってしまう気がしたからだ。離婚することになれば、父は本と判事の仕事に没頭し、母は愛人と出ていって、自分は一人きりになると思っていた。暗い公共施設に、見知らぬ意地悪な人々と取り残されるという悪夢に、グレイは長年苦しめられていた。機能不全も裏切りも嘘《うそ》も、それで不穏な想像が現実にならずにすむなら、たいした代償ではないと思った。

しかも、そうやって人をだます訓練を積んできたことが、役に立ったのではないか？政界でのグレイのキャリアは、感情を殺すこと、真実を隠すこと、隙を見せないよう先々まで考えて動くことに関して、このようにして学んできたすべてが基礎となっているのだ。疑うことは、ごく自然な行為だと思っていた――ジョイに出会うまでは。

なんとかカードキーをロックにすべらせ、ゆっくりドアを開ける。何も聞こえなかった。

前戯中の忍び笑いも、熱を帯びたため息も。出ていこうとしている男のうなり声も。

グレイは息を吐き出し、もしかするとジョイはニューヨークに来ていないのかもしれないと考えた。留守番電話のメッセージの再生方法がわからないのか、グレイが残したメッセージに答える気がないのか、とにかくジョイとは連絡がついていなかった。

といっても、まだ十時半だ。出かけたまま戻ってきていないのかもしれない。

自分を抑えることができず、グレイは第二寝室に向かった。たんすにヘアブラシが置かれている。椅子の背にスカーフがかかっていた。ベッドの上には、スカートと絹のシャツがきれいにたたまれている。

おそらく、これは昼間に着ていた服で、ジョイは着替えてどこかに夕食に出かけたのだ。

グレイは自分の部屋に入り、旅行かばんを置いて、スーツのジャケットを脱いだ。ジャケットはベッドに落とし、ネクタイとカフスボタンを外しながら、靴を脱いで蹴り飛ばす。シャワーを浴びたい。何か食べたい。酒が飲みたい。

だが、何よりもジョイが欲しかった。

ジョイの体に抱かれていた、あの時間に戻りたい。グレイが自分の弱さをさらけ出し、男らしい理想的な姿を保てなかったのに、ジョイは軽蔑せずにいてくれたあのとき。

グレイはベルトを外し、ズボンを落とした。ボクサーパンツと靴下を脱ぐ。

移動とストレスと性的な欲求不満で、体はこわばりきっていた。腕を伸ばしてストレッチをすると、背中がぐきっと音をたて、皮膚が痛んだ。

シャワーだ。まずはシャワーを浴びよう。だが、シャワーを浴びている間、ジョイがこのスイートルームにチャールズ・ウィルシャーを連れて飛びこんでくる想像をしてはいけない。あるいは、別の男でも。

グレイはバスルームのドアを押し開け、顔をしかめた。頭上の灯りが小さくついている。流しに無造作にバスローブが放ってあった。空気は暖かい。そして、湿っていた。

ゆっくり動き、息をつめて、アルコーブの内側をのぞきこむ。

ジョイがジャグジーに入り、すらりとしたしなやかな体を湯の中に伸ばしていた。首がのけぞり、後頭部がタオルにのっていて、髪がクリーム色の大理石の上にストロベリーブロンドの波を作っている。胸の先端がちょうど水面から出ていて、ゆっくりと穏やかに息をするたびに薔薇《ばら》色の頂が突き出し、ほの暗い灯りを受けてきらめいた。息を吐くと、水中に沈んだ。

グレイはジョイに吸い寄せられるように前に進んだ。

その瞬間、ジョイのまつげが震えながら開き、とろんとした目がグレイのほうを向いた。

「グレイ！」ジョイは自分が裸であることを忘れたかのように、曲げた片脚をてこにして、体を起こした。湯が色白の胸を流れ落ちる光景に、グレイははっとしたが、それだけでは終わらなかった。波打つ水面の下で、ジョイの中心部が現れたり隠れたりしている。

そのとき、ジョイの視線がグレイの体をとらえた。

グレイの高ぶりがガちがちにこわばっているのを見て、ジョイの唇は半開きになった。

グレイのぶしつけな反応にぞっとしたのか、欲情したのかはわからない。

いや、サイズのせいかもしれない。グレイは大柄な男で、どこもかしこも大きいのだ。ジョイはこんなものが自分の中に入ったのかと驚いたのかもしれない。

タオルをつかんで局部を隠すべきだというのはわかっていた。何気ない言葉をかけ、ジョイの気を楽にさせてやるべきだというのもわかっていた。この場を立ち去るべきであることも。

ところが、何もできなかった。その場に立っているだけでやっとだった。

「ジョイ……」グレイはささやいた。

それは質問だった。考えるのと同じようには、言葉を発することができなかったのだ。

ジョイはグレイの質問を理解したかのように、目を見開いた。グレイに向かって片手を差し出したのが、ジョイの答えだった。

ジョイの信頼に、グレイは目を閉じた。行動も、言葉も、自分で勝手に考えていることも、ジョイの信頼に足るものは何もない。いったいなぜ、ジョイがこの部屋でほかの男と寝ているところなど想像したのだろう？

ああ、母から教訓を学びすぎた。幼いころからの教訓が、頭にこびりついて離れない。

過去のせいでジョイのような人まで疑ってしまうのなら、自分は修正不可能なほどに壊れている。

再びジョイを見ると、彼女は浴槽の縁に手を置いて、前をまっすぐ見ていた。グレイのそばを通らずに、どうやってローブを取りに行くか考えているかのようだ。その顔に浮かぶ傷ついた表情に、グレイはたじろいだ。

グレイが片足を温かな、心地よい湯に入れると、ジョイは驚いて顔を上げた。

膝をついて体を沈めると、大きな体のせいで四リットルほど湯があふれ、浴槽の縁から床にこぼれ出した。その水音さえ、グレイの耳には入らなかった。ゆるやかな湯の中でジョイの体に手を伸ばし、彼女に腕をまわして、自分のほうに引き寄せる。

ジョイはとても柔らかく、グレイの皮膚や骨に流れこんできて、自分を温めているのは風呂ではなく、ジョイなのだと思うほどだった。最初に唇に触れた部分にキスをする。首筋だった。それから、耳たぶまで唇を這《は》わせ、繊細な皮膚を優しくついばんだ。

「ジョイ」名前を呼ぶと、ため息がもれた。「会いたかった」

グレイの手はジョイの背筋をなぞり、彼女の下半身を自分にぴったり引き寄せた。高ぶったものがそそり立って二人の腹の間にはさまり、ジョイの柔らかな肌に押しつけられる。

グレイは必死だった。欲望にとらわれていた。だが、待つ気はじゅうぶんあった。

ジョイを自分の上にのせ、上がった水位で髪まで浸かりながら、ジョイの顔を両手で包む。両脚をジョイの脚に巻きつけ、浮き上がろうとする彼女の体を押さえた。

「ゆっくりだ」グレイは言ってから、ジョイにキスをした。「今回は、ゆっくりやる。今回は、きみを大事に扱うよ」

ジョイの口に舌を潜りこませると、それに応えるように愛撫《あいぶ》が返ってきて、グレイはめまいを覚えた。ジョイはグレイのたがが外れてしまいそうなほど貪欲にキスを返し、グレイの胸をまさぐった。

グレイは唇を離すと、ジョイの脚を固定していた脚をゆるめ、彼女の体をそっと持ち上げて自分をまたがせるようにした。ジョイの胸の先端は、情欲と風呂から出た寒さでつんと硬くなっていて、グレイは体を起こし、そこから水滴をなめ取った。片方の突起を唇に含み、張りつめた皮膚に舌を這わせて、一度、二度とすばやく動かし、それを繰り返す。ジョイがあえぐと、愛撫の仕方を変え、優しく吸った。

ジョイを見ようと、グレイは体を引いた。ジョイの頭はのけぞり、髪が肩から湯に落ちていた。胸はぽってりと張りつめていて、グレイが口に含んでいた頂は、愛撫のせいで赤みを帯びていた。グレイは反対側の胸に取りかかった。

ジョイはグレイの髪に両手を差し入れ、自分の胸にさらに引き寄せようとし、グレイはそのしぐさを楽しんだ。どんなに近づいても足りないと言わんばかりで、その感覚はグレイにも痛いほどわかった。

二人は長い間その場でキスと愛撫を続けたが、グレイはジョイに、水があるところではできないことをしたかった。そこで、大きく不格好に一度動いてジョイを浴槽から持ち上げ、アルコーブの外に運んでいった。ジョイを抱いてキスをしながら、手を伸ばしてタオルをつかむ。まずはジョイの首を拭き、タオルを肩へと下ろしていった。胸を拭きながら、交互にその頂にキスをし、引き締まった腹から優美な腰骨へと移っていく。

太腿の合わせ目に誘惑されながらも、膝をついて脚を足首まで拭いた。柔らかいタオルでそっとこすりながらふくらはぎをのぼったあと、肌にキスをする。太腿に到達すると、動きを遅くした。

ジョイは息を乱し、目に光を揺らしながら、グレイを見下ろしていた。グレイはジョイの太腿の外側にキスをした。薄い小さなほくろをなめる。ごく優しく、肌に歯を立てた。

そして、脚の内側をタオルで拭いていった。ジョイを急《せ》かしたくなかった。欲望が体内で脈打ちながらも、ジョイが自分を開いたとわかるまで待つつもりだった。

ジョイの体が動いた。太腿が少し開いた。

ジョイはからからになった喉で息をのんだ。

グレイの黒っぽい頭が太腿の前にあり、長く美しい指がタオルで肌を拭いているというだけで、気が変になりそうだった。それでいて、もっと親密な愛撫を望んでいるのだ。

舌が出てきてあのほくろを再びなめると、その思いはいっそう強くなった。

グレイは身動きして頭の位置を上げ、ジョイの脚の間で動き始めた。ジョイは足の幅をあと少し開いた。

グレイの髪が、内腿に柔らかく触れる。

「きみの熱いところに入りたい」グレイはジョイの肌の上で言った。「いい？」

「ええ、もちろん……」

低く満足げなうなり声が聞こえたあと、グレイの手がジョイの脚をもう少し開いた。

ところが、うずく部分に触れてきたのは、グレイの指ではなく唇だった。

「グレイ！」ジョイの全身を稲妻が貫き、背筋がぴんと伸びた。

グレイはジョイに鼻をすり寄せ、熱く、ゆっくりと執拗《しつよう》に、甘美な唇と舌で快感を与えた。ジョイは余裕ができるとグレイを見たが、高ぶった大柄な男性が自分の前にひざまずき、こんなふうに自分の体を崇《あが》めているさまに驚いた。それはまさに〝崇める〟という言葉がふさわしく、グレイの表情は至上の喜びに満ちていた。その行為によって、ジョイと同じだけのものを得ているかのように。

ジョイの膝から力が抜けると、グレイはいとも簡単にジョイの体を抱えた。

「まだ終わってないよ」グレイは言い、ジョイをベッドに連れていった。「まだまだだ」

ジョイを横たえると、グレイはさっきの続きを始めた。ジョイの体はグレイの愛撫で変化し、グレイが徹底的にキスをしている箇所が熱と潤いを帯び始め、体の隅々に広がっていった。

そして、なんの前触れもなくグレイは急にテンポを変え、速度を上げて愛撫を強めた。ジョイはグレイの唇の下で身をよじり、片足が彼の背中を打つほどに脚をばたつかせた。やがて世界は弾《はじ》け、息は止まり、心臓も止まり、思考も止まり、ジョイはグレイの名前を叫んだ。体は溶けてなくなり、再び形を取り戻したときにはグレイが隣に横たわり、ジョイの首に鼻をすり寄せ、賞賛の言葉を優しくささやいていた。

ジョイはやみくもに寝返りを打ち、グレイに体を押しつけた。腹がグレイの高ぶったものをこすると、彼の息づかいは軋んだ。

「終わりたくないの」ジョイは言った。「もっとして」

グレイは喉を鳴らすような、低く男らしい笑い声をあげた。「喜んで」ジョイの体を仰向けにし、胸にキスをして、再び下に動いていく。

「違うの」ジョイはグレイを止めた。彼の体を引き戻す。「入れてほしいの……中に」

グレイは目を閉じ、顔をこわばらせた。「ジョイ、その必要はないんだよ」

「あなた……すごく硬くなってる。腰に心臓の鼓動を感じるくらい」

ジョイの言葉に高ぶったのか、グレイは歯を剥《む》いて必死の形相になった。「ぼくは大丈夫だ。いや、これで我慢しなきゃいけないんだ」

「いいえ、違うわ。わたしを愛して」ジョイはささやき、グレイの背中をなでた。「二人のどこまでがあなたで、どこからがわたしかわからなくなるくらい、近づいて」

グレイは目をぱちりと開けた。ジョイの顔を優しくなでる。「本当に？」

ジョイはうなずき、グレイの首筋をつかんで、唇を引き寄せた。グレイは長くゆっくりとキスをし、彼が顔を引いたとき、以前と同じ引き出しが開く音が聞こえた。重いまぶたの下から、グレイが長いものにさやをつけるのを見ながら、これがどうやってわたしの中に入るのかしらと思ったが、前に一度入ったのだからと自分に言い聞かせた。

グレイは膝でジョイの太腿を開くと、両肘をついて肩と胸を支え、ジョイにかかる体重を調整した。ジョイの髪をかき上げて額にキスをし、こめかみ、頬へと移っていく。ジョイの体はグレイの下でひとりでに動き、近づこうとするように張りつめた。

グレイの片手が二人の間に消えた。グレイの体が動き、あの部分をジョイに据えたのが感じられる。

そして、ゆっくりと甘美な動きで中に押し入り、ジョイを広げ、満たしていった。痛みはなかった。ただ、信じられないほどの快感が押し寄せてきた。

グレイはジョイの肩に頭を落とし、体を震わせた。「痛いか？」くぐもった声でたずねる。

ジョイは衝撃を味わうのに忙しく、グレイの声はほとんど聞こえなかった。

「ジョイ？　教えてくれ。抜いたほうがいいか？」

「だめ……絶対にだめよ」

グレイは少しほっとしたようだった。そして、動き始めた。

ジョイはグレイの下で体をのけぞらせ、彼の腰にしがみついた。グレイの動きは官能的で、大きな波となってジョイの上で、中でうねり、体の摩擦が熱を高めていった。ジョイは膝をできるだけ開いて、もっとグレイを取りこもうとした。

「いい子だ」グレイは言ったが、その声はしゃがれていて、ほとんど言葉が聞き取れなかった。「かわいい人、ぼくはきみに夢中だよ」

グレイのリズムは力強さを増したが、肌から噴き出す汗と、ジョイの上で震える張りつめた筋肉から、彼がまだ自分を抑えているのがわかる。

「もっと」ジョイは要求し、グレイの肩に歯を立てた。「グレイ、もっと」

「脚をぼくの腰に巻きつけて」

言われたとおりにすると、グレイは腰を前に突き出した。引いては戻るたびに深くまで当たったので、ジョイはあえいだ。再び何かが、グレイが自らを解放すれば一緒に感じられる何かが迫りくるのを感じ、その切迫感にジョイは気が変になりそうだった。

「我慢しないで」ジョイはグレイの肌に爪を立てた。「グレイ、楽になって」

喉から絞り出すようなうめき声とともに、グレイは自制の鎖を解き放ち、自分が持てるものをすべて与えるように、ジョイの中に激しく、深く突き立て、やがてジョイはグレイの名前を呼びながら、彼の下で身をこわばらせた。はるか遠くで荒々しいうなり声が聞こえ、それがグレイの喉から、胸から、おそらく魂から出た声であることが、ぼんやりと意識された。グレイの体はジョイの体内に向かって、何度も何度も痙攣《けいれん》した。

そして、静けさと二人のあえぎ声だけが残った。

グレイがジョイの上から下りようとすると、ジョイは今取れるただ一つの方法、グレイにしがみつくことでそれに抗議した。

「安全のためだよ」グレイはしゃがれきった声で言った。ジョイはグレイの手が二人の間に入り、彼が自分の中から出ていくのを感じた。「本当はもう一回できるくらい硬くなるまで、きみの中にいたいところだけど」

グレイはジョイを腕に抱いた。そして、唇にキスをした。

「こんなにも……乱れたのは初めてだ」グレイは低い声で言った。そのかすれ声には、心底驚いているような響きがあった。「痛かった？」

ジョイはグレイのなめらかな肌と過熱した筋肉に体をすり寄せた。「全然」

グレイはいっそう安堵《あんど》したようだった。「かわいいジョイ、こんなセックスがこの世に存在するなんて知らなかった」

ジョイは目を閉じ、二人の間に流れる穏やかな空気に身を浸した。考えるのは明日にしよう。今はただ、この人のそばで休みたい。

五時ごろ目を覚ましたグレイは、自分が横向きに寝て、ジョイに腕をまわしていることに気づいた。ジョイの頭を自分の胸にのせ、片腕をジョイの首の下に入れて、もう片方をウエストに巻きつけている。太腿はジョイの脚の間に入りこんでいた。足までも押しこんでいて、足の裏をジョイのふくらはぎに当てている。

ワシントンDCに戻るのがいやでたまらなかった。ぼくのジョイを残して飛行機に乗るなど、この世でいちばんやりたくないことだ。

ぼくのジョイ。

ああ、なんて響きのいい言葉だろう。

もしかすると、行く必要はないのかもしれない。このままここにいて、パーティを迎えればいいのかもしれない。

ぼんやりとジョイの肩にキスをすると、彼女が動くのが感じられた。目を覚ましたときからことことと煮込まれていた興奮がいっきにあふれ出し、熱と欲求が全身を満たした。

ただ、昨夜があれほど激しかったことを考えると、ジョイがまたグレイを受け入れられる状態になっているかどうかはわからない。

その疑問は、ジョイがグレイを自分の上に引き寄せたときに氷解した。

グレイはジョイの顔を見下ろした。ジョイの目は眠気の残りと情熱の始まりで、とろんとしている。

ジョイがどれほど愛《いと》おしいか、それを表す言葉は見つからなかった。昨夜はグレイがジョイにではなく、ジョイがグレイに本物の情熱を教えてくれた。さまざまなレベルでグレイに手を伸ばしてきて、それは怖くもあったが、驚きでもあった。

グレイにできるのはただ、示すことだった。口と手で。体で。グレイはジョイにゆっくりとキスをし、舌で唇を開いた……。

そのとき、サイドテーブルで、グレイの耳から六十センチほどのところにある電話が鳴った。グレイは頭を撃ち抜かれたような気がした。

いまいましいその物体をにらみつけて言う。「大丈夫だ、出ないから」

電話は四回鳴って切れた。

グレイがジョイに顔を寄せようとすると、電話は再び鳴り出した。

次に、スーツのジャケットのポケットに入っている携帯電話が鳴り始めた。さらに、鏡台の上のスマートフォンも音をたて始めた。

こんなふうに三者が一丸となってかかってくるのは、大事件が起こったときだ。重要人物が暗殺されたか。あるいは、死んだか。告発されたか。

グレイは口汚く罵り、サイドテーブルからコードレスフォンをつかみながら、立ち上がって携帯電話のほうに向かった。「なんだ?」

「デラコアです。大変です、ボス」

グレイはスーツの前に歩いていき、携帯電話を引っ張り出して開いた。「待ってくれ、ランドルフからも携帯電話にかかってきてる。もしもし、ランドルフ? デルが固定電話にかけてきているから、あとでかけ直す」

次にスマートフォンを確認する。また別のスタッフだった。

「で、誰が殺された?」グレイはたずねた。「それとも、捕まったか?」

ジョイが眠りに戻ってくれればいいと思いながら、寝室を出ていった。


グレイが出ていってドアを閉めると、ジョイは横向きになって体を丸めた。グレイの低くいかめしい声が、別の部屋から聞こえてくる。

ジョイはさっき始めたことのせいで今も体をほてらせながら、たった今、キスをする前に自分を見たグレイの目つきを思い出していた。グレイの目には、ジョイがこれまで見たことのない深みがあった。勘違いでなければ、あれは愛に近いものだった。

そんなことがあるだろうか? だが、昨夜のグレイの信じられないほどの情熱は、それ以外に説明がつくだろうか? 百人の男と愛し合うまでもなく、二人の間で交わされたものが、優れた化学反応の域を超えていたことはわかる。二人の間で何かが変わった……。

ドアが開き、グレイが部屋に入ってきた。「今すぐワシントンに戻ることになった」

ジョイは慌てて体を起こし、胸の前にシーツを引き上げた。「何があったの？」

「きみが心配することじゃない」グレイは早口でそう言うと、バスルームに向かった。

シャワーが降り注ぐ音がした。十分も経《た》たないうちに、グレイは寝室に戻ってきて、まっすぐクローゼットに向かった。

「グレイ？　何があったのか教えて」

たった数分で、グレイは着替えをすませて出てきた。顔にはなんの表情もなく、唇はいかめしく引き結ばれている。彼はベッドのそばで足を止めた。

「パーティには間に合わないかもしれない」グレイは身を屈《かが》め、ジョイの目をじっと見つめた。口を開き、また閉じた。「昨夜《ゆうべ》、きみが示してくれた情熱は絶対に忘れない」

唇を軽く重ねた。そして、行ってしまった。

ジョイは全身が怖いくらい麻痺《まひ》するのを感じた。シーツと毛布をさらに引き上げ、体に巻きつける。

またお父さんの具合が悪くなったのだろうか。あるいは、何か緊急事態が起こったか。

グレイは電話をくれるはずだ。あとで、今日じゅうに。いつもそうだったのだから。

ところが、七時をまわっても連絡はいっこうになく、ジョイは忘れ去られた気分になってきた。

一日じゅう、スイートルームから出ず、外界を遮断して過ごした。何時間もかけてデザイン画を直し、仕事をしているふりをしたが、実際には電話を待っていただけだった。

ようやく夕食に備えてシャワーを浴びたとき、二人が交わした会話の断片が――グレイが言った言葉がよみがえってきた。

〝ぼくは翌朝、女性を置き去りにして、それっきりにしたことも多い〟

〝きみを愛してくれる人のために取っておくべきだった〟

〝〈ティファニー〉での茶番は、きみの言うとおりだ。ぼくは結婚など望んでいない。これからも望むことはない〟

〝こんなセックスがこの世に存在するなんて知らなかった〟

愛ではなく、セックス。

グレイは愛については一言も言っていない。

グレイの言ったとおりになったのだと、苦々しい理解が襲ってきた。グレイは自分がどんな男かをよくわかっていて、ジョイが身を差し出そうとしたときでさえ、できるだけ長い間抵抗していたではないか。だから、この結果に驚くことは何もない。ジョイを手に入れた今、グレイの用はすんだのだ。

でも、もしかすると……。

ジョイは自分をたしなめた。グレイは電話もしてくれなければ、ここを出ていく理由さえ説明しなかったのだ。本当に、このことをもっとはっきり表現する必要があるだろうか？

ジョイはグレイを愛している。グレイはジョイを愛していない。それだけのことだ。

ジョイは気力を振り絞って〈ブル・アンド・ベア・レストラン〉に行き、夕食をとった。常連客たちが笑い、おしゃべりをしながら、ワインと牛肉を味わう様子を見ていると、ひどく寂しい気分になって泣きたくなった。

16

次の日、ジョイは午前十時過ぎに徒歩で五番街に向かっていた。グレイが振り返りもせずに出ていってから一時間ごとに、十歳も年をとった気がしていた。

スケッチの入った書類かばんを小脇に抱え、鉛筆などの道具を入れた箱を手に持って、目に涙がにじまないようこらえながら、約束の場所を目指す。気をそらすために、サラナック・レイクのさまざまな色を思い浮かべた。秋空のアイスブルー。沸き返る紺色の波に降り注ぐ、日光の黄色いきらめき。毒人参《にんじん》に覆われた山の濃緑。

灰色がかった人工の森の真ん中を歩いている今、故郷の森の色合いが恋しかった。周囲を急ぐ人波も、刺激的とは思えなくなっていた。喧噪《けんそう》は耳障りで、神経を逆なでした。脇をすり抜ける歩行者に、腕に抱えた書類かばんを蹴散らされないよう、気を引き締めなければならない。まわりを見ずに縁石を下りると、一台のタクシーがクラクションを鳴らし、運転手が罵声を浴びせてきた。

五時になってホテルに戻るころには、すっかり落ちこんでいた。夜のパーティが形ある障害物のように、乗り越えるか突破するしかない何かのように、目の前に立ちはだかっていた。

アムトラックの時刻表を確認する。北部行きの最終列車がペンシルベニア駅を出るのは、十時四十五分。パーティは七時に始まり、九時半には終わる予定だ。荷作りをしておけば、ホテルに寄ってかばんを取るだけで、街を抜けて自宅を目指すことができる。

グレイのスイートルームに向かうエレベーターの中、ニューヨークに来てハンサムな権力者の男性とつき合い、仕事で成功をおさめるというのは、よくできた夢物語だと感じた。ただし、それは紙の上で展開された場合に限る。現実には傷つき、老いて、苦い教訓を得ただけだ。

サラナック・レイクに戻って、五着のドレスを完成させよう。今夜のことで新たな顧客になってくれそうな人が出てきた場合、必要ならニューヨークに戻ればいいが、本拠地はこれからも北部に置こう。今までに稼いだお金があれば〈ホワイト・キャップス〉が住める形に戻るまでの間、祖母を連れて小さなアパートメントに移ることもできる。自分の住みかが見つかるまでは、アレックスが暮らしている父親の作業場に仮住まいすればいい。

エレベーターが止まり、ベルが鳴った。ジョイはクリーム色の廊下に出て、美しい金色と栗色《くりいろ》の絨毯《じゅうたん》を見下ろした。

一つだけ確かなことがあった。どれだけ収入を得ようとも、ウォルドルフ・アストリア・ホテルには二度と泊まらない。

「やあ、父さん」グレイは父親の書斎に入った。ワシントンDCには昨日の朝に着いたが、自宅に戻れたのはこれが初めてだった。「話は聞いただろう」

今では普通のことになってしまったが、父は大きなマホガニーのデスクではなく、暖炉の前に座っていた。部屋は暖かいが、赤い格子縞《じま》の膝掛けで脚を覆っている。

「ああ」

グレイはいちばん近くの椅子に座った。この一日半、あの悲劇についてマスコミ関係者や政界の大物、学識者と休みなく話し続けてきた今でも、信じられない出来事だった。ジョン・ベッキンが死んだ。バスルームで首を吊《つ》っているところを、スタッフの一人に発見されたのだ。

「大丈夫？」グレイはたずねた。

父は顔をしかめた。「悲しい」

グレイは目を見られるのがいやで、そっぽを向いた。

「グレイ？」グレイが返事をせずにいると、父は身を乗り出し、グレイの手を取って握った。「グレイ？　話して、くれ」

グレイは父の手を握り返し、椅子にもたれた。

父は声ではできない要求を音でするように、杖《つえ》で床をたたいた。

グレイは咳払《せきばら》いをした。「こんなことになる二日前の晩、ジョンに会った。口論になったんだ。それで……泥沼にはまった。ひどい泥沼だ」

「まさか、自分の、せいだと？」

「ああ、父さん。ぼくは、あの人がしてきたことの一部を表に出すと言って脅したんだ」

「おまえの、せいじゃない」父の頭はしっかりと前後に揺れた。「脅しなら、ジョンは、何度も受けている」

確かに、それは紛れもない事実だ。それでもどういうわけか、最後にジョンを脅したのは自分なのだろうと思うと、その重荷から逃れられなかった。グレイが本気であることは、互いにわかっていた。グレイはジョンが引退しない限り、罪を暴露するつもりでいた。

長い沈黙が流れた。

「ジョンは、しゃべって、いた」

「なんだい、父さん？」グレイは父の言葉が聞き取れず、身を乗り出して膝に肘をついた。

「新聞に」

グレイは顔をしかめた。「ごめん、なんだって？」

「アンナ・ショウが、昨日、電話をかけてきた」父は深く息を吸い、話をする労力だけで疲弊しているようだったが、断固とした調子で言葉を発した。「死亡記事に、コメントを、くれと」

グレイは、父が骨を折って考えをまとめ、それを言葉として発するのを待った。

「最後に、わたしは言った。残念な、ことだと」一瞬、間があった。「彼女も、つぶやいた。はい、今までで最高の、情報源、でしたと」

グレイは肌に震えが走るのを感じた。「つまり、上院の情報をもらしていたのはジョンだったのか？」

父はうなずいた。「ショウは、今の言葉は、取り消すと。だから、たぶん、事実だ」

グレイは椅子にもたれた。

「自分を、責めるな。ジョンは、悪魔を、飼っていた。たくさん」

「なんてことだ」

父が頭をのけぞらせ、目を閉じる。その姿は、とても年老いて見えた。とても弱々しく。

ぼくと父さんの時間は、あとどのくらい残されているんだろう？

「愛してる」グレイはささやいた。ああ、この言葉を最後に父さんに言ったのはいつだ？

父の目が震えながら開いた。その目に浮かぶ驚きが、親子がこのような時間を共有したのが久しぶりであることを物語っていた。父が脳梗塞を起こしたあとも、グレイは事態を処理しようと、強くあろうとして、ろくに話もしなかった。

だが、それこそが昔から、ぼくの弱さではなかったのか？

「愛してるよ、父さん」グレイは大きくはっきりと言った。

「わたしも、だ。愛してる、グレイ」

「あとで電話する」

「わかった」父は目を閉じたが、表情はやわらいでいた。父には時間を超えた穏やかさが感じられ、それは過去にさかのぼりながら、未来に向かっていた。

グレイが部屋を出ていく途中、アシスタントから携帯電話に電話があった。

「ニューヨークへの定期便を予約しました」彼女は言った。「出発は四十分後です。お急ぎください」

ワシントンに留《とど》まったほうがいいのはわかっていたが、ジョイのもとに帰りたいという思いは無視できないほどに大きかった。スタッフとは連絡がつくようになっているし、CNNとFNCと三大ネットワークの取材はもう受けた。ジョンの死が選挙にもたらす影響に神経をとがらせている顧客たちとも、連絡は取った。大統領とも電話で二十分間話をした。ジョイのもとを離れてからずっと、彼女に電話をしたくてたまらなかったが、一分たりともその余裕がなかった。

だが、それだけではない。ジョイはおとといグレイの世界を揺さぶった。グレイはそのことをジョイに伝えたかったが、電話ですませたくはなかった。ジョイにすべてを伝えたい、自分を丸裸にしたいという欲求が、グレイをジョイのもとに駆り立てていた。自分はジョイにはふさわしくない、自分の気持ちが怖い、ジョイを愛することで変わってしまいそうだと感じながらも、それと同じくらい、ジョイに話がしたくてたまらなかった。

ＪＦＫ国際空港に着いたときには八時近くになっていて、グレイはまっすぐ〈コングレス・クラブ〉を目指した。ロビーに入ると、パーティの音が大理石の壁に反響していた。舞踏室に向かい、ドア口で足を止める。

何もかもが、グレイの注文どおりに実現されていた。真鍮《しんちゅう》の柱にあちこち貼り出された、ジョイのデザイン画。生花の巨大なブーケ。ろうそくに火が灯《とも》され、輝いている。人々はごった返しながら、舞踏室の中央にいる女性に近づこうとしていた。

ジョイは水のように体にフィットするクロムイエローのドレスを着て、変わった色のため目を引く髪を美しく波打たせていた。生き生きした表情で、ほほえみながら話をしている。人々は感嘆したようにジョイを見つめていた。

ぼくがいる必要はない、とグレイは誇らしげに思った。ジョイは自分自身もその場も掌握していた。

バーベキューの晩、ジョイを腕に抱いて踊ったときのことが思い出される。あのときのジョイはとても若く見えたが、今のジョイはすっかり大人に見えた。強く、美しく、賢い。

ジョイを取り巻く輪に、一人の男性が入ってきた。男性がジョイのウエストに腕をまわすのを見て、グレイは身をこわばらせたが、それは単なる反射だとわかった。ジョイはさりげなく、だが断固として脇によけ、そのあからさまな拒絶だけで状況は読み取れたものの、彼女がほかの誰かと懇意でないことはわざわざ証明してもらうまでもなかった。あの晩、ついに二人が結ばれたときのことを考えればわかる。

問題はグレイだった。だが、ジョイの誠実さと自分の過去を混同することはもうない。

「グレイソン・ベネットですね？」

グレイは肩越しに振り返り、顔をしかめた。「そうですが？」

「『ニューヨーク・ポスト』の者です。新人デザイナーの取材に来ていまして。でも、あなたにお会いしたことですし、ジョン・ベッキンの自殺についてコメントをいただけますか？」

「いや、断る」

「驚かれましたか？　ベッキンの自殺の理由に心当たりは？」

その瞬間、『ニューヨーク・タイムズ』の記者も人混みの向こうからグレイを見つけ、こちらに向かってきた。ほかにも二人がグレイに気づき、ひそひそ話を始めた。

グレイは向きを変え、大股にロビーを出た。ジョイの晴れ舞台を汚すわけにはいかない。あそこでジョイと一緒にいたい気持ちはあったが、グレイがいればジョンのスキャンダルが話題になり、彼女の存在がかすんでしまう。

ジョイとはスイートルームに戻ってから会えばいい。

ウエストに腕をまわしてきた男から離れたとき、部屋の向こうが視界に入り、黒っぽい頭が入り口のほうを向くのが見えた。

グレイだ。

グレイが足早に会場を出ていくのを見て、ジョイの心は冷えた。

なんと、グレイはあの一夜を経てもなお、ジョイは自分に触れた男を誰でも家に連れて帰ると思っているのだ。

「ジョイ? 大丈夫?」

ジョイは振り向き、カサンドラにほほえみかけた。「ええ。大丈夫」

「じゃあ、こっちに来て。ルーラ・ラスボーンを紹介するわ」

二時間後、パーティは終わり、ジョイはタクシーでホテルに向かっていた。かばんを持ってこなかったことを悔やみ、グレイがどこかに行っていることを願った。

スイートルームのドアを開けると、注意深く耳を澄ました。音は聞こえなかったので、走って客用寝室に向かう。

すると、グレイがウィングチェアに座っていた。ジョイの荷物のすぐそばで。

グレイは胸の前で両手を組んでいる。その顔はいかめしかった。

「荷物をまとめたのか」グレイが言った。

「ええ。帰るから」

「なぜ？」

「オールバニ行きの列車が十時四十五分に出るの」

ジョイは部屋に入り、書類かばんと傷だらけのスーツケースをつかんだ。グレイの手が飛んできて、ジョイを止めた。

「行かせて」

「だめだ」

「どうして？　また寝たいの？」

グレイは鋭く息を吐き、手の力を強めた。「一緒に過ごした晩のことを、そんなふうに思っているのか？」

「ええ、そうよ」だって、〝愛し合う〟には二人の人間が必要だから。あなたにとっては、ただのセックスでしょう。

グレイの手が落ちた。ショックを受けたのか、腹を立てたのか、顔が青ざめている。きっと後者だ、とジョイは思った。

「あなたには感謝しなきゃ」ジョイは辛辣に言った。「いろんなことを教えてくれて、わたしを成功に導いてくれた。あなたが世話をしてる立候補者みたいにね？　着るものも、言うことも教えてくれて、参加者を揃《そろ》えてくれて、何もかもが滞りなく進んだ。みんなわたしの作品を気に入ってくれて、お客さんも増えるだろうから、これでわたしは定職に就けたわ。たった二時間、体を差し出したにしては、あり余るほどの報酬よ」

グレイは憤怒《ふんぬ》の表情で、椅子から立ち上がった。「ぼくをそんな男だと思っているのか？」

「あなたはわたしを愛していないもの。わたしを信用もしていない。でも、罪悪感を抱きやすいのはよくわかったわ。今夜のことは〈ティファニー〉での茶番の別バージョンということよ。だから、もうなんの良心の呵責《かしゃく》もなく、わたしのもとを去っていいと思うの」

グレイは激昂《げっこう》した顔でジョイを見下ろした。「いいか、ぼくはきみのもとを去る気はこれっぽっちもなかったんだ。今までは」ジョイを避けて歩き、リビングに向かう。「出ていくとき、ドアが尻に当たらないよう気をつけるんだな」

まるで、不当な扱いを受けたのは自分だと言わんばかりだ。

ジョイは荷物を引きずって、グレイのあとを追った。「腹を立てるなんて図々《ずうずう》しいにもほどがあるわ！　昨日の朝、わたしのもとを去ったのはあなたのほうでしょう」

「まだここにいるのか？」グレイはバーで自分用にバーボンを注《つ》ぎながら言った。ジョイのほうを向いたとき、その目は氷のようだった。

ジョイはグレイを見上げ、目の端に涙がにじんでくるのを感じた。

「そうか、今度は泣き出すのか」グレイはぴしゃりと言った。「ぼくをさんざん侮辱しておいて、ぼくが腹を立てると怒り出し、挙句の果てには泣くわけか。きみが駆け引きをする人だと思ったことはないが、間違いだったようだ。ぼくをすっかりロマンティックな気分にさせて、行かないでくれとすがりつかせるのが狙いだな？」

「そんなことは考えていないわ」ジョイはささやくように言った。

「それはよかった」

「だって、あなたは人を愛することができないんだもの」

グレイの目が険しくなった。「きみにいったいぼくの何がわかる――」

「わたし、一度でもあなたを裏切るようなことをした？」

「なんだと？」

「今夜のパーティでのことよ。あの男の人がわたしのところに来たとき、あなたが背を向けるのを見たわ。これだけいろんなことがあったのに、あなたは今も、ズボンをはいたどこかの愚か者がこっちを見さえすれば、わたしがついていくと思っているのよ。実際、わたしが北部に戻ったら、まずはトムのところに行くと思ってるんでしょう？　あなたがベッドで教えてくれた動きをすべて、トムと試すと思っているのよね？」グレイは口を開けたが、ジョイは続けた。「内容は想像もつかないけど、わたしはあなたに何か本当にひどいことをしたんでしょうね。仕事の話もしてもらえないくらい、信用されていないんだもの」

「ぼくの仕事がこれとなんの関係がある？」

「わたしがあなたの仕事のことを話題にするたびに、あなたははねつけたわ」

「きみは本当に知りたいわけでは――」

「知りたかったわ。本気で知りたかった。あの晩、あなたが〈ホワイト・キャップス〉に来たとき、やっと自分の生活のことを少し話してくれてすごくほっとした。この人はわたしを対等な存在として見てくれているんだって。わたしを信頼してくれているんだって。でも、あなたはすぐにまたドアを閉めて、自分の部屋に閉じこもってしまった」ジョイは頭を振った。「これは一度きりの火遊びじゃない。わたしは何年もあなたを愛しているのに、期待どおりだったのはただ一つ、おとといの晩、わたしの中にいたあなたの感触だけよ。でも、夢だからしかたがないんだけど、目が覚めたら消えてしまった」

「何年もぼくを愛している？」グレイは低い声で言った。

これ以上グレイを見ていられず、ジョイは彼の顔から目をそらした。

「ええ、ばかみたいでしょう？　いちばんどうかしてるのは、最初に寝た晩のこと。わたしが言ったあの言葉は本気だったの」ジョイは耳障りな声で笑った。「でも、心配しないで。もう乗り越えたわ。わたしは幻想に取りつかれるくらいだから、間抜けには違いないけど、マゾヒストじゃない」荷物を持ち上げる。「だから、さようなら、グレイ。あなたが一夜の情事を得意としているのはわかってるけど、万が一北部に来たくなって、わたしを捜す気になったとしても、それはやめてね。もう二度とあなたに会うつもりはないから」

ジョイはくるりと向きを変え、大股に絨毯の上を横切った。部屋を出ると、ドアは背後でひとりでに閉まった。


ペンシルベニア駅は夜の遅い時間でもかなり混み合っていて、荷物を引きずって早足で歩くジョイは、何度も妙な目で見られた。クロムイエローのイブニングドレスを着た女性が、巨大な駅のロビーを突っ切る光景は、さすがのニューヨークでも珍しいようだ。

乗る予定の列車はすでに待っていたので、ジョイはドレスの裾を持ち上げ、プラットフォームに急いだ。いちばん奥、エンジンのそばの先頭車両に制服を着た集札係がいて、ジョイに向かって手を振った。

「お客様、荷物をお持ちしましょうか?」集札係はそうたずねながら、近づいてきた。

「いいえ、大丈夫。ありがとう」

「では、乗るのをお手伝いしますよ」集札係はスーツケースを取り、ジョイに手を差し出した。

その何気ない気配りに心を揺さぶられ、目に涙を浮かべたジョイを見て、イブニングドレスを着た女性は泣かないとでも思っているのか、集札係は驚いた顔をした。

車両に乗りこむと、席はすいていた。ジョイは窓際の席を選び、集札係の手を借りて、床の空いたスペースに書類かばんとスーツケースを引き入れた。トイレを目で探すと、わずか四列先にあった。地元に向かうこの旅では、ティッシュが重要な役割を果たすだろうから、調達できる場所がすぐ近くにあるのはありがたい。

警笛を鳴らし、がたんと揺れたあと、列車が動き始めた。

ジョイは頭を座席の背にもたせかけ、目を閉じた。当然のごとく、涙が流れ始めた。

プラットフォームから何やら叫ぶ声がぼんやりと聞こえたが、ジョイはその騒ぎを無視した。列車はスピードを上げ、前方のエンジンが鈍い音をたてて回転し、勢いを増しながら、トンネルに向かって突き進んでいく。

列車がスピードに乗ったころ、誰かが言った。「おい、あの男、飛び乗るつもりだ！」

ジョイは後ろを振り返った。乗客たちが荷物を置く手を止め、窓の外を見ている。ジョイも興味を引かれ、窓ガラスのほうを向いた。

一人の男性が列車と並んで走り、ネクタイを後ろになびかせていた。何か叫んでいる。

あれは……。

「グレイ？」

ジョイは自分の席から叫んだ。そのとき、グレイが宙に跳び上がった。

「グレイ！」ジョイは悲鳴をあげた。

足よ、うまくやってくれ、と思いながら、グレイは最後尾の車両の開いた扉に向かって体を投げ出した。

空中で列車の下の車輪に目をやったあと、顔を上げると、ぐんぐん近づいてくるトンネルの入り口が見えた。

選択肢は二つ。真っ二つに切り裂かれるか、パンケーキのようにぺちゃんこになるか。

幸い、グレイの取った道筋と速度は正しかったようだが、扉の中に入るとき、ウィングチップの革底が金属の床をすべった。外に放り出されないよう、握り棒をつかむ。

足場を確保するとすぐに、乗客の顔を見ながら通路を駆け抜けた。人々はグレイの前から飛びのき、雑誌は宙を舞い、ペーパーバックは手から飛び出して、荷物は床に落ちた。

遠く、はるか遠くまで、開いた車両の扉をいくつも抜けていくと、ジョイの鮮やかな黄色のドレスが見えた。ジョイは席から跳び上がり、ぞっとした顔でグレイを見た。

「まだ終わっていない」グレイは叫び、ジョイに向かって車内を突っ切っていった。「ジョイ、ぼくたちは……きみとぼくは、まだ終わっていない！」

ようやくジョイのもとにたどり着くと、体を傾けて立ち止まり、息を切らしながら、座席の上部をつかんで体を支えた。

「ぼくたちは……まだ……終わっていない」

「あなた、死ぬところだったわ！」

集札係が二人のもとにやってきた。「お客様、失礼ですが――」

グレイはポケットに手を突っこんだ。「切符はある」

集札係はその切符を、外国語で書かれているかのような目で見た。いちかばちかで列車に乗ってくる客はめったにいないということだろう。

「すみません、そちらのお客様」集札係が言った。「この男性が何かご迷惑を？」

ジョイは首を横に振ったが、それは集札係の質問に答えたというより、グレイの精神状態を嘆いたように見えた。ジョイは口を開きかけた。

「愛してる」突然、グレイが言った。

ジョイはがばっと顔を上げてグレイを見上げた。美しい髪が後ろにこぼれた。「えっ？」

「愛してるよ、ジョイ・ムーアハウス。愛してるんだ」

ジョイはグレイを見つめた。ジョイの後ろの席に座っている女性もグレイを見た。通路をはさんだ隣の男性も。それどころか、車両の乗客全員がグレイに注目した。

集札係はにっこりした。「お客様？」

「いいえ……この人はわたしに迷惑はかけていません。ただ、頭がおかしくなっただけです」ジョイはグレイの腕をつかみ、引っ張って自分の隣に座らせた。「あなた、いったい何を――」

グレイはジョイの顔を両手ではさみ、熱烈なキスをした。「愛してる。手遅れじゃなければいいんだけど」

ジョイはぼうっとして頭を引いた。「意味がわからないわ」

グレイはジョイの両手を取って、ぎゅっと握った。「到着までどのくらい時間がある？」

「三時間くらい」

「よかった。話さなきゃいけないことがたくさんあるんだ」

オールバニの外れに差しかかるころには、ジョイもこれが夢だとは思わなくなっていた。グレイはジョイにすべてを話してくれた。母親のこと。父親のこと。子供時代のこと。

「だから、きみの家に車を飛ばしたあの晩、あんなふうに後ずさりしてしまったんだ。ぼくは絶対に父さんのようにはならないと誓っていたのに、実際にはきみに会うためだけに、五百キロ近くの距離を飛んできていた。きみがぼくの母と違うことはわかっていたのに、両親を別れさせまいとして痛い目に遭ってきたものだから、素直になってきみに心を捧《ささ》げるのが怖かった。パニックになったんだよ」

グレイは優しい目をして、ジョイの髪をなでた。

「ジョイ、すまなかった。きみにつらい思いをさせて、筋の通った行動を取るのにこんなにも時間がかかってしまって。ぼくの不信感をあおるようなことを、きみは何一つしていないのに」グレイは深く息を吸い、髪をかきむしった。その動作をこれまでに何度もしているせいで、ウェーブのかかった黒髪はでたらめに逆立っていて、あつらえのしゃれたスーツには不釣り合いだった。「今夜、きみが部屋を出ていったあと、ぼくは胸を刺されたような気分で、その痛みがあまりにひどいものだから、自分の気持ちも伝えずにきみを手放すなんてできないと思ったんだ。きみがぼくを見限ったのなら、それはしかたのないことだ。きみは悪くない。きみとのつき合いで、ぼくは完全に……スマートさを欠いていた。常識も。ああ、礼儀も。それに、何という皮肉だろう？　ぼくはきみの相手として年をとりすぎていると思うようにもなっていた。でも、それは違う。いろんな意味で、きみのほうが大人だ。きみは自分の気持ちをわかっている。自分の感情を言葉にすることができる。ぼくはその分野が大の苦手だ。でも……ああ、ぼくはきみを愛してる」

グレイは言葉を切り、二人の手を見下ろした。グレイは話をしている間ずっとジョイの手を握っていて、黙りこんだ今は、ジョイがこれまで見たことがないほど無防備に見えた。目は感情がむき出しになり、不安そうで、それでもなお、必死さを隠そうとしているのがわかった。

「教えてほしいんだ」グレイはそっと言った。「もう手遅れなのか？　ぼくが台なしにしてしまったのか？」

ジョイはグレイの顔を両手で包み、顔を持ち上げた。身を乗り出し、唇に唇を押しつけると、グレイの目に炎が燃え上がった。

「いいえ。手遅れなんかじゃないわ」

グレイの腕が巻きついてきて、ジョイは彼の体に押しつけられ、息ができないほどだった。ようやく腕の力がゆるんだとき、鼻をすする音が聞こえたので、首を伸ばしてまわりを見た。後ろの席に座っている女性が、目元を拭い、顔に泣き笑いを浮かべていた。

「それで、仕事のことだけど」グレイは再びいかめしい顔になった。「ぼくがやってきたのは……誇れるようなことばかりじゃない。きみに仕事の話をしなかったのは、それを思い出させられるのがいやだからだ。正直に言って、きみに知られたくもなかった」

グレイはつかえながらゆっくり、ジョン・ベッキンの死と、そこで自分が演じたかもしれない役割について語った。グレイが悲しみ、自分を責めるさまは、見ていてつらかった。

「まあ、グレイ」ジョイはグレイの手をさすった。

「聞いてくれ、ぼくは誠実でありたい。政治からは足を洗いたいんだ。これ以上は続けられない。二年ほど前から、政治の世界そのものに幻滅していたけど、ジョンのことがあった今はとにかく、もう続けられない」グレイは頭を振った。「続けられないんだ。それはつまり、ぼくは権力を持った大物じゃなくなるということだ。大統領から電話が来ることもない。国の有力者とつるむこともない。そこらへんにいるただの――」

ジョイはグレイの口に手を当てた。

「グレイ、怒らないでほしいんだけど、黙って」ジョイは穏やかにほほえんだ。「わたしがそんなことを気にするなんて、本気で思ってるの？　わたしはあなたと一緒にいられるなら、どんなあなたでもかまわない。それに、政治から手を引くのは大賛成よ。仕事のせいでそこまでいやな思いをするのなら、自己嫌悪に陥るようなことをやらなきゃいけないのなら、ほかの道に進んだほうがずっといいわ」

「でも、きみにふさわしい男というのは――」

「わたしのそばにいてくれて、人生を楽しんでいる人よ」

グレイは黙りこんだ。「コロンビアでの講義は増やせると思う。専任教授になるのもいいな」肩をすくめる。「でも、実際にどうなるかはわからない。なあ、言っておくが、きみは無職の男と結婚しようとしているんだよ」

「結婚？　結婚ですって？」ジョイはしどろもどろに言った。

グレイはにっこりした。「おいおい、ぼくが今さらきみを手放すなんて、思ってないだろう？　ぼくは古風な男でね。愛する女性とは結婚したいんだ。その人の夫になりたい。きみの夫に」

ジョイはグレイを見つめた。「あなた、結婚するつもりはないって――」

グレイはジョイにキスをした。「ぼくが間違っていた」

グレイが脚を動かして立ち上がった。しっかりした手つきで、ネクタイとジャケットを直す。そして、車両じゅうの見知らぬ人々が固唾をのんで見守る中、通路に片膝をついた。

「指輪はないけど、これ以上待てないんだ。ジョイ、ぼくと結婚してくれ」

ジョイがさっと手で口を覆い、目をぱちぱちし始めると、後ろの女性が座席越しに頭を突き出してきた。「お嬢さん、あなたが結婚しないのなら、わたしが彼をいただくわよ」

ジョイは笑い、その乗客を見た。「ごめんなさい。この申し出はわたしが受けると思うわ」

「残念。そうじゃないかと思ってたの」女性はウィンクし、背後の席に姿を消した。

「じゃあ、結婚してくれるのか？」グレイはたずねた。「まともなことは何一つしていないし、ときどき最低の石頭に成り下がるぼくでもいいのか？　約束するよ、いつまでもきみを愛することを。いつまでもきみを大事にする。それから――」

「しいっ」ジョイは身を乗り出し、両手の親指でグレイの眉と頬をなでた。ああ、この顔が好き。険しく傲慢な、美しい顔が。ジョイはグレイの額に、そして唇にキスをした。

「ええ。あなたと結婚します」

喜びが駆け抜けるように、拍手の音がさざ波のごとく車内を伝わった。ジョイは驚いて顔を上げた。列車がオールバニ・レンセラー駅に到着すると、乗客たちは立ち上がって歓声をあげた。

グレイはジョイを見上げ、黒いまつげ越しに薄青の目をきらめかせている。ジョイにはこれまでに起こったことが信じられなかった。今起こっていることが。

「頬をつねって」ジョイはささやいた。

「なんだって？」

「夢じゃないかと思って」

グレイはにっこりし、ジョイを自分の唇に引き寄せた。「つねる代わりに、もう一回キスするのはどう？」

「いいわね」

訳者あとがき

J・R・ウォードはパラノーマル・ロマンスで知られる作家ですが、ジェシカ・バード名義でコンテンポラリー・ロマンスも手がけています。本書は二〇〇六年にジェシカ・バード名義で発表された作品『His Comfort and Joy』の邦訳になります。

舞台はニューヨーク州北部にある湖畔の町、サラナック・レイク。その町で実家の手伝いと祖母の介護に明け暮れる女性ジョイが、本書のヒロインです。ジョイは長年、町に避暑に訪れる政治コンサルタント、グレイに思いを寄せています。大学時代以外はほとんど地元から出ることなく過ごし、もうすぐ二十七歳になる今も男性経験のないジョイに対し、グレイは汚い政治の世界を含め世間を知り尽くし、女性経験も豊富な、都会の男性。対照的な二人を象徴するように、物語も田舎町と大都会を行ったり来たりしながら展開します。

サラナック・レイクとニューヨーク間を、グレイは片道四時間半かけて車で移動していますが、ジョイは全米をネットワークする鉄道網アムトラックを使っています。国土の広いアメリカでは鉄道はあまりメジャーな交通手段ではなく、北東部の大都市間を結ぶ短距離路線を除けば運行本数も少なくて、利用者も限られています。ジョイが利用しているのは、ニューヨーク州を南北に走るアディロンダック号のようですが、これはアムトラックでは数少ない国際列車。ニューヨークを出発し、ジョイが降りるオールバニ駅を過ぎたあとは、カナダのモントリオールまで北上します。サラナック・レイクへはオールバニ駅からさらに高速道路を使わなければならないので、鉄道も決して便利なわけではありませんが、アメリカでの遠距離恋愛をつなぐ交通手段として、アムトラックがロマンス小説に登場するのは少し珍しいかもしれません。

一見、うぶで世間知らずで田舎に縛られているように見えるジョイですが、子供のころの経験から心に重い荷物を抱え、頑《かたく》なになってしまったグレイよりも、実はずっと大人で自由なところがあります。この物語は、純朴な女性が都会の富豪に見初められ、成功への階段を駆け上がるシンデレラストーリーの側面もありながら、同時に、傷ついた少年の心のまま大きくなった男性が一人の女性との出会いによって、心を開くこと、心をあずけること、愛することを知っていく成長物語でもあります。ニューヨーク州の南北が、田舎娘と都会の男性が、頑なな心と温かな愛情が〝つながる〟物語をどうぞお楽しみください。

琴葉かいら

二〇一四年一月

＊本書は、2014年1月にMIRA文庫より刊行された
『この手はあなたに届かない』の新装版です。

mira™

この手《て》はあなたに届《とど》かない

2024年4月15日発行　第1刷

著　者　J・R・ウォード
訳　者　琴葉《ことは》かいら
発行人　鈴木幸辰
発行所　株式会社ハーパーコリンズ・ジャパン
東京都千代田区大手町1-5-1
04-2951-2000（注文）
0570-008091（読者サービス係）
印刷・製本　中央精版印刷株式会社

この書籍の本文は環境対応型の植物油インクを使用して印刷しています。

ISBN978-4-596-77606-8